Achim Aurnhammer
Hans-Jochen Schiewer (Hg.)

Soll man es wagen?

Briefwechsel zwischen Rainer Maria Rilke
und Agnes Therese Brumof (1918–1926)

Herausgegeben unter Mitarbeit
von Regina D. Schiewer

Schwabe Verlag

Bibliografische Information der Deutschen Nationalbibliothek
Die Deutsche Nationalbibliothek verzeichnet diese Publikation in der
Deutschen Nationalbibliografie; detaillierte bibliografische Daten sind im Internet
über http://dnb.dnb.de abrufbar.

© 2022 Schwabe Verlag, Schwabe Verlagsgruppe AG, Basel, Schweiz
Dieses Werk ist urheberrechtlich geschützt. Das Werk einschließlich seiner Teile
darf ohne schriftliche Genehmigung des Verlages in keiner Form reproduziert oder
elektronisch verarbeitet, vervielfältigt, zugänglich gemacht oder verbreitet werden.
Abbildung Umschlag: Herzdame. Eigenhändige Zeichnung von Agnes Therese
Brumof mit Text (1924). Schweizerisches Rilke-Archiv (SLA), Bern, Ms_A_234/34
Korrektorat: Ruth Vachek, Schwabe Verlag Berlin GmbH
Cover: icona basel gmbh, Basel
Layout: mittelstadt 21, Vogtsburg-Burkheim
Satz: Dörlemann Satz, Lemförde
Druck: Hubert & Co., Göttingen
Printed in Germany
ISBN Printausgabe 978-3-7965-4586-3
ISBN eBook (PDF) 978-3-7965-4681-5
DOI 10.24894/978-3-7965-4681-5
Das eBook ist seitenidentisch mit der gedruckten Ausgabe und erlaubt
Volltextsuche. Zudem sind Inhaltsverzeichnis und Überschriften verlinkt.

rights@schwabe.ch
www.schwabe.ch

Inhalt

Vorwort 7

Siglen und Abkürzungen 11

Editionsprinzipien 15

1 Einleitung 17
  1.1 Historischer Hintergrund 17
  1.2 Agnes Therese Brumof (1893–1987) 20
  1.3 Rainer Maria Rilkes letzte Münchner Jahre und
      seine Schweizer Zeit (1918–1926) 43
  1.4 Das Briefgespräch zwischen Rainer Maria Rilke
      und Agnes Therese Brumof 50
  1.5 Die moderne Tanzbewegung als Kontext der
      Freundschaft 58
  1.6 Agnes Therese Brumofs lyrisches und
      bildkünstlerisches Werk 62
  1.7 Literatur 78

2 Kritische und kommentierte Edition des
  Briefwechsels 85

3 Agnes Therese Brumof
  Proben des bildkünstlerischen und lyrischen Werks 197

4 Register und Biogramme 215

5 Abbildungsnachweise 225

Vorwort

Der Fund von 23 bislang unbekannten Rilke-Briefen ist ein Glücksfall. Er ermöglicht die vorliegende kritische und kommentierte Edition des Briefgesprächs zwischen Rainer Maria Rilke und Agnes Therese Brumof (geb. 1893 als Agnes Therese Pariser) und profiliert mit Agnes Therese Brumof eine unbeachtete, in der Rilke-Forschung bislang nicht-existente Briefpartnerin: eine junge, künstlerisch und literarisch hochgebildete Frau aus der wohlhabenden Familie Pariser mit jüdischen Wurzeln, die im Kaiserreich fester Bestandteil der Münchner Kultur- und Literaturszene war. Agnes Therese Pariser, die sich selbst den Künstlernamen Brumof gab, ließ sich an privaten Kunstschulen in München bei namhaften Lehrern wie Emil Preetorius, Paul Renner und Walo von May zur Illustratorin, Zeichnerin und Graphikerin ausbilden und erhielt 1915 mit einer Buchillustration ihren ersten großen Auftrag. Agnes Therese Brumof und Rilke haben sich wohl nach dessen Rückkehr nach München Ende 1917 kennengelernt. Am 16. Februar 1918 bat Rilke um ein erstes Rendezvous. In den folgenden Monaten drängte Rilke immer wieder auf intime Begegnungen unter vier Augen. Ein Höhepunkt der Beziehung scheint das Weihnachtsfest 1918 gewesen zu sein. Ein Briefgespräch entsteht erst, als beide im Juni 1919 München verlassen. Der erste Brief Brumofs stammt vom 13. Juni 1919, der letzte vom 26. April 1926. Die beiden sahen sich vor Rilkes Tod nie wieder, doch die Hoffnung auf ein Wiedersehen prägt ihren Briefwechsel über lange Zeit. Im Laufe der Korrespondenz lernen wir Agnes Therese Brumof als eigenständige Lyrikerin kennen, die – wie sie selbst sagt – «taktlos» mit Rilke umgeht. Durch den ungezwungenen Ton unterscheidet sich das Briefgespräch von vielen anderen Korrespondenzen Rilkes und lädt zu einer Entdeckungsreise ein. Es zeigt neue Seiten Rilkes, vor allem aber präsentiert es eine künstlerisch und literarisch begabte, emanzipierte junge Frau auf ihrem Weg durch die Wirren der Nachkriegszeit und der Weimarer Republik. Brumofs späteres Schicksal wird durch die gnadenlose Verfolgung jüdischer und jüdischstämmiger Menschen durch das Naziregime überschattet sein. Sie überlebte das Dritte Reich und starb 1987, über 90jährig, einsam in Berlin.

Regina D. Schiewer gelang es, Brumofs Briefe in Bern ausfindig zu machen. Ohne ihre Mitarbeit wäre auch vieles von der Geschichte der Familie Pariser unentdeckt geblieben. Die entsprechenden Kapitel sind weitgehend von ihr geprägt und verantwortet.

Der Kommentar verdankt sich der Unterstützung vieler Kolleginnen und Kollegen: Dem Leiter des Deutschen Tanzarchivs in Köln, Frank Manuel Peter, verdanken wir Abbildungen und vielfache Unterstützung. Andreas Urs Sommer (Freiburg) war unser numismatischer Ratgeber, Joachim Grage (Freiburg), Bettina Sieber Rilke (Gernsbach) und Erich Unglaub (Braunschweig) danken wir für freundliche Auskünfte.

Unmöglich wäre die Publikation ohne die großzügige Unterstützung des Schweizerischen Rilke-Archivs in Bern, in Person von Lucas Gisi. Er bot uns ideale Arbeitsbedingungen und erfüllte unsere Wünsche nach Reproduktionen und Abbildungsgenehmigungen immer hilfreich. Stets konnten wir uns auf die fachliche und bibliothekarische Kompetenz von Matthias Reifegerste (UB Freiburg) verlassen.

Anja Kury unterstützte uns bei der Transkription der Briefe. Vielfache Hilfe bei Recherche und Literaturbeschaffung erhielten wir von unseren studentischen Mitarbeiterinnen Cathrin Reetz und Alisa Winterhalter. Besonderer Dank gebührt Helene Weinbrenner, Constanze Albers und Gregor Biberacher.

Letzterer schrieb während der Arbeit an unserer Ausgabe seine Masterarbeit zum literarischen Werk von Erna Ludwig (Pariser), der Mutter von Agnes Therese Brumof.

Zum Schluss gilt unser Dank dem Schwabe Verlag: Susanne Franzkeit für die prominente Aufnahme in das Programm und Jelena Petrovic für die exzellente Betreuung.

Freiburg, im August 2022
Achim Aurnhammer und Hans-Jochen Schiewer

Siglen und Abkürzungen

AKL	*Allgemeines Künstlerlexikon*, Bd. 1–117, hg. von Andreas Beyer, Bénédicte Savoy und Wolf Tegethoff, Berlin, Boston 1991–2022.
AKLONLINE	*Allgemeines Künstlerlexikon. Internationale Künstlerdatenbank. Online*, hg. von Andreas Beyer, Bénédicte Savoy und Wolf Tegethoff, Berlin, Boston 2009. https://doi.org/10.1515/AKL.
ATB	Agnes Therese Brumof
Dbl.	Doppelblatt
DLA	Deutsches Literaturarchiv Marbach
EA	Erstausgabe
Fischer: *Hamburger Kulturbilderbogen*	Hans W. Fischer: *Hamburger Kulturbilderbogen. Eine Kulturgeschichte 1909–1922*, hg. von Kai-Uwe Scholz, Hamburg 1998.
HamBiogr	*Hamburgische Biografie: Personenlexikon*, hg. von Dirk Brietzke und Franklin Kopitzsch, 7 Bde., Göttingen 2001–2020.
Ms	Manuskript(e)
NDB	*Neue Deutsche Biographie*, hg. von der Historischen Kommission bei der Bayerischen Akademie der Wissenschaften und der Bayerischen Staatsbibliothek, 27 Bde., Berlin 1953 ff.
RChr	Ingeborg Schnack: *Rainer Maria Rilke. Chronik seines Lebens und seines Werkes 1875–1926*. Erweiterte Neuausgabe hg. von Renate Scharffenberg, Frankfurt/M., Leipzig 2009.

Reg. Nr. 222328	Berliner Landesamt für Entschädigung der Opfer des Nationalsozialismus, Reg. Nr. 222328 (Agnes Therese Pariser / Brumof).
Reg. Nr. 26.042	Berliner Landesamt für Entschädigung der Opfer des Nationalsozialismus, Reg. Nr. 26.042 (Dr. Ludwig Ferdinand Pariser).
Reg. Nr. 59.770	Berliner Landesamt für Entschädigung der Opfer des Nationalsozialismus, Reg. Nr. 59.770 (Hilde Hedwig Brumof).
RHb	*Rilke-Handbuch. Leben – Werk – Wirkung*, hg. von Manfred Engel unter Mitarb. von Dorothea Lauterbach, Stuttgart, Weimar 2013.
Rilke/Forrer	Rainer Maria Rilke, Anita Forrer: *Briefwechsel*, hg. von Magda Kerényi, Frankfurt/M. 1982.
RilkeGB	Rainer Maria Rilke: *Gesammelte Briefe in sechs Bänden*, hg. von Ruth Sieber-Rilke und Carl Sieber, Leipzig 1936–1939.
Rilke/Goll	*«Ich sehne mich sehr nach Deinen blauen Briefen». Rainer Maria Rilke, Claire Goll. Briefwechsel*, hg. von Barbara Glauert-Hesse, Göttingen 2000.
Rilke/Heise	Rainer Maria Rilke: *Briefwechsel mit einer jungen Frau*, hg. von Horst Nalewski, Frankfurt/M., Leipzig 2003.
Rilke/Mirbach	Rainer Maria Rilke: *Briefe an Gräfin Mirbach-Geldern-Egmont*, hg. und komm. von Hildegard Heidelmann, Würzburg 2005.
Rilke/Nádherný	Rainer Maria Rilke, Sidonie Nádherný von Borutin: *Briefwechsel 1906–1926*, hg. und

	komm. von Joachim Stock unter Mitarb. von Waltraud und Friedrich Pfäfflin, Göttingen 2007.
Rilke/Nevar	*Dichter und Prinzessin. Rainer Maria Rilke und Elya Maria Nevar. Eine Freundschaft in Briefen, Aufzeichnungen und Dokumenten*, hg. von René Madeleyn, Dornach 2019.
RilkeSW	Rainer Maria Rilke: *Sämtliche Werke*, hg. vom Rilke-Archiv in Verb. mit Ruth Sieber-Rilke, besorgt durch Ernst Zinn, Bd. 1–7, Wiesbaden, Frankfurt/M. 1956–1997.
Rilke/Thurn-Taxis	*Rainer Maria Rilke und Marie von Thurn und Taxis. Briefwechsel*, besorgt durch Ernst Zinn, Bd. 1–2, Zürich 1951.
RMR	Rainer Maria Rilke
Rilke/Wunderly-Volkart	Rainer Maria Rilke: *Briefe an Nanny Wunderly-Volkart*, Bd. 1–2, hg. im Auftrag der Schweizerischen Landesbibliothek und unter Mitarb. von Niklaus Bigler besorgt durch Rätus Luck, Frankfurt/M. 1977.
RMRs Schweizer Jahre	J[ean] R[udolf] von Salis: *Rainer Maria Rilkes Schweizer Jahre. Ein Beitrag zur Biographie von Rilkes Spätzeit*, Frauenfeld ³1952.
Rs.	Rückseite
Schwabings Ainmillerstraße	Gerhard J. Bellinger und Brigitte Regler-Bellinger: *Schwabings Ainmillerstraße und ihre bedeutendsten Anwohner: Ein repräsentatives Beispiel der Münchner Stadtgeschichte von 1888 bis heute*, Norderstedt ²2012.
SLA	Schweizerisches Literaturarchiv Bern
Schweizerisches Rilke-Archiv	Schweizerisches Rilke-Archiv im Schweizerischen Literaturarchiv Bern.

	Inventar von Rätus Luck: <https://ead.nb.admin.ch/html/rilke.html>
ThB	*Allgemeines Lexikon der Bildenden Künstler von der Antike bis zur Gegenwart*, begr. von Ulrich Thieme und Felix Becker, Bd. 1–37, Leipzig 1907–1950.
Vollmer	*Allgemeines Lexikon der bildenden Künstler des XX. Jahrhunderts*, redig. und hg. von Hans Vollmer, Bd. 1–6, Leipzig 1953–1966.
Vs.	Vorderseite
WedekindTB	Frank Wedekind: *Die Tagebücher. Ein erotisches Leben*, hg. von Gerhard Hay, Frankfurt/M. 1986.
WedekindBW	Frank und Tilly Wedekind: *Briefwechsel 1905–1918*, hg. von Hartmut Vinçon unter Mitw. von Elke Austermühl u.a., Bd. 1–2, Göttingen 2018.

Editionsprinzipien

Der Briefwechsel zwischen Rainer Maria Rilke und Agnes Therese Brumof wird hier erstmals nach sämtlichen überlieferten Briefen in chronologischer Folge ediert und eingehend kommentiert.

Die Briefe erhalten eine durchlaufende Nummer. Das überlieferte bzw. erschlossene Datum wird in invertierter Form nach dem Muster: 1919-09-14 mitgeteilt. Es folgen Angaben zum Aufbewahrungsort, zu den Maßen, zur Seitenzahl (beschr./unbeschr.), zum Absender, zum Adressaten und zum Postlauf (Adressenwechsel, Poststempel). An den chronologisch passenden Stellen werden vor den Briefköpfen verschollene, aber sicher zu erschließende Briefe genannt.

Die Wiedergabe der Briefe folgt dem handschriftlichen Befund. Graphie und Interpunktion werden unverändert beibehalten. Groß- und Kleinschreibung erfordert zuweilen eine Ermessensentscheidung; in Zweifelsfällen folgen wir der heute üblichen Orthographie. Geminationsstriche, insbesondere bei ATB, werden durchweg als Doppelschreibung aufgelöst. Unterstreichungen und Durchstreichungen werden wiedergegeben. Die Seitenwechsel sind durch einen senkrechten Strich mit Seitenzahl in stumpfen Klammern markiert nach dem Muster ⟨2⟩|. Die Zeilenwechsel und Trennungen der Vorlage werden nicht berücksichtigt. Auf Schriftwechsel zwischen Kurrentschrift und lateinischer Schrift wird in den Anmerkungen hingewiesen. Ergänzungen der Herausgeber stehen in eckigen Klammern: […]. Gedicht-Typoskripte ATBs, die ausschließlich in Versalien abgefasst sind, werden in Groß-Kleinschreibung, die Schrägstriche als Kommata wiedergegeben.

1 Einleitung

1.1 Historischer Hintergrund

«Bonjour, Citoyenne» – mit diesem Gruß beendet Rainer Maria Rilke (RMR) seinen Brief an Agnes Therese Brumof (ATB) vom 8. November 1918 (Nr. 13). Am Vorabend hatten beide – allerdings getrennt voneinander – die «Melodien aus alter und ältester Zeit» gehört, vorgetragen von der Konzertsängerin Auguste Hartmann-Reuter. In derselben Nacht vom 7. auf den 8. November ereignete sich eine unblutige Revolution in München, die die Herrschaft der Wittelsbacher beendete und zur Gründung einer Räterepublik führte.[1] Obwohl schon der 7. November tagsüber durch Demonstrationen, u. a. auf der Theresienwiese, geprägt war, besuchten nicht nur RMR und ATB das Konzert, sondern auch Elya Nevar mit ihrer Freundin Freda, denen RMR Karten besorgt hatte.[2] Die Münchner Revolution hatte offensichtlich wenig Einfluss auf das kulturelle Alltagsleben und führte auch nicht dazu, dass die Menschen sich angstvoll in die eigenen vier Wände zurückzogen.[3]

Aus der Münchner Zeit kennen wir 15 Schreiben RMRs an ATB. Die Entgegnungen, ihre Briefe, fehlen. Nach den erhaltenen Briefen RMRs zu urteilen, war die politische, militärische, gesundheitliche und soziale Lage des Jahres 1918 und des Frühjahrs 1919 nicht Gegenstand der Korrespondenz: Weder der Frieden von Brest-Litowsk noch das Ende des Ersten Weltkriegs finden Erwähnung. Gleiches gilt für die Spanische Grippe, die Hungers- und die Wohnungsnot. In München be-

---

1 Werder 2019, 8f.
2 *Rilke/Nevar*, 49.
3 Rühlemann 2019, 20f.

gann Mitte Oktober 1918 eine verheerende Herbstwelle der Spanischen Grippe.⁴ Sie führte zu erheblichen Einschränkungen des öffentlichen Lebens, u.a. im öffentlichen Nahverkehr. Der einzige Brief RMRs aus dieser Zeit (Nr. 12) beklagt nur eine gewisse Unlust am Ausgehen: «Zum ‹Ausgehen› finde ich auch nicht den rechten Entschluß, Kammerspiel-Premièren sind ja längst kein nöthiger Anlaß mehr. Und die Tänzerinnen?! Zu Hannelore Ziegler rieth man mir, aber ich war nicht recht wohl gestern abend». Trotz Wohnungsnot verfügte ATB über ein eigenes Atelier in der Bauerstraße 18. Letzteres und ein weiteres Atelier verlor sie erst im Februar 1920 (Brief Nr. 32), obwohl sie seit dem 13. Juni 1919 nicht mehr in München lebte. Einziges Indiz für die angespannte Wohnsituation in München ist, dass die Eltern ATBs ihre Wohnung in der Georgenstr. 30 am 27. September 1918 aufgegeben hatten und in die Pension Elvira in der Konradstr. 12 gezogen waren.⁵ ATB kommentiert die Situation in Brief Nr. 32: «und meine Eltern haben auch noch nichts wieder».

Die katastrophale Versorgung mit Lebensmitteln findet überhaupt keine Erwähnung.⁶ RMR beneidet ATB sogar um die Möglichkeit, einen Sommerurlaub auf dem Lande zu verbringen (Brief Nr. 6). Der einleitende Satz des ersten Briefes bezieht sich wohl nicht auf die politische und soziale Lage, sondern auf den Tod des gemeinsamen Freundes Wilhelm Freiherr Schenk von Stauffenberg am 13. Februar 1918: «Es wird uns gewiß wohlthun können, einander in diesem Augenblick jähester endgültiger Entbehrung zu begegnen».

ATBs erster erhaltener Brief an RMR (Nr. 16) vom 13. Juni 1919, in dem sie ankündigt, dass sie München verlassen und für unbestimmte Zeit nach Hamburg ziehen wird, lässt die Verun-

---

4 Vasold 2003, 395–414.
5 Einwohnermeldekarte, München, Stadtarchiv, EWK 651 B 120.
6 Bellaire 2019, 25–31.

sicherung erkennen, die das Leben nach dem Ende des verlorenen Krieges bestimmte: «Denn wenn es auch garnichts bedeutet im ganzen, so kann man gerade jetzt nie wissen, wie man zurück kann und ob überhaupt [...]». RMR hatte München schon am 11. Juni 1919 verlassen, um seine lang geplante Reise in die Schweiz anzutreten. ATB verließ München mutmaßlich wegen einer unzureichenden Auftragslage.[7] Es ging einerseits um Arbeitssuche (Brief Nr. 23), andererseits aber auch um Intrigen: «Nun, wenn Sie erst so spät heim kommen, so hab ich ja noch Zeit – ich war auf weiterer Arbeitssuche in Berlin, nun wieder hier – man rennt nach allen Möglichkeiten und hier im gräßlichen Norden sind wenigstens keine Intriguen [...]». Der tatsächliche Hintergrund lässt sich nicht klären,[8] die Gründe für Brumofs Umzug dürften aber kaum in politischen Entwicklungen in München liegen. In den Schweizer Briefen RMRs finden sich keine konkreten Kommentare mehr zur politischen Situation in Deutschland. Deutlich wird nur, dass sie ihn insgesamt dazu bewegte, seine Rückkehr hinauszuzögern: «ohne die Erleichterungen dieser Gastfreundschaft müßte ich die böse Grenze längst überschritten haben» (Brief Nr. 33 vom April 1920).

Auch in den Briefen ATBs bleiben die politische Situation, die schlechte Versorgungslage, die Wohnungsnot und der beginnende Wertverlust der Reichsmark weitgehend ausgeblendet. Nur in einem Brief vom 13. Februar 1920 (Nr. 31) findet sich ein kurzer Reflex: «Nun sind es lauter Vordergründe, die

---

[7] Vgl. Editionskommentar Anm. 145.
[8] Eine Auseinandersetzung mit dem Vermieter Moser des Ateliers in der Bauerstraße 18 ist für 1919 belegt. ATB erhielt eine Vorladung vom ‹Gemeindlichen Einigungsamt München für Miet- und Hypothekensachen› für den 21. Juli 1919. Am 24. Juli 1919 empfiehlt ihr ihr Vater drei Münchner Anwälte zur Auswahl: «Ich würde zunächst einen Zahlungsbefehl durch den Anwalt schicken lassen u. erst dann klagen» (Postkarte, Privatbesitz).

mich gefangen nehmen. Diese Armut, dieses Sterben [...]».[9] Das Krisenjahr 1923 mit Ruhrbesetzung, Ruhrkampf und Hyperinflation fällt in die Korrespondenzpause von Juni 1921 bis November 1923. Das Jahr 1926 markiert symbolisch den Beginn sowohl eines wirtschaftlichen Aufschwungs als auch einer zaghaften Rückkehr Deutschlands in die Weltgemeinschaft.[10] Diese Entwicklung und ein gewisser Optimismus spiegeln sich wohl in ATBs letztem Brief vom 26. April 1926 (Nr. 61): «Jetzt ist ja auch die ganze Welt wieder offen, was gewiß wesentlich ist».

1.2 Agnes Therese Brumof (1893–1987)

«Im allgemeinen weiß ich weniger, was ich will, als was ich nicht will. Und das sehr genau!» (Brief Nr. 60). Brumofs späte Selbsteinschätzung im Briefwechsel zwischen RMR und ATB charakterisiert zutreffend die anekdotischen Einblicke, die der Briefwechsel in die freiberufliche Karriere ATBs gibt. ATB blieb zeit ihres Lebens ledig und kinderlos. Die dichteste Quelle für ihre Bildungskarriere und ihre freiberufliche Tätigkeit ist ihre Akte im Berliner Landesamt für die Entschädigung der Opfer des Nationalsozialismus (Reg. Nr. 222.328).[11]

ATB wurde am 6. April 1893 als Agnes Therese Pariser in München geboren. Sie war die ältere Tochter von Ludwig Ferdinand Pariser (1858–1942) und Ernestine Pariser, geb. Lichtenstein (1868–1943), und besaß die preußische Staatsangehörigkeit, denn ihr Vater stammte aus einer Luckenwalder Fabrikantenfamilie. Der Familie der Mutter gehörte eines der

---

9 Büttner 1986, 180–182.
10 Herbert 2014, 256f.
11 Ergänzend werden die Akten zu ihrem Vater Ludwig Pariser (Reg. Nr. 26042) und ihrer Schwester Hilde Hedwig Pariser (Reg. Nr. 59770) herangezogen.

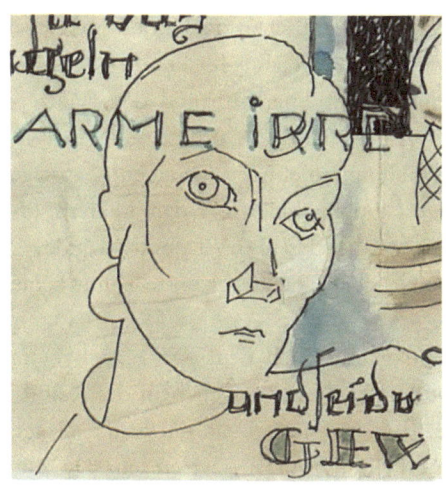

Abb. 1: Selbstporträt von Agnes Therese Brumof.
Detail in: Loch für Loch. Bild-Text-Collage (siehe Abb. 37), o. J.

ältesten Bankhäuser Münchens;[12] ATBs Großvater, Dr. Jacob Hirsch Lichtenstein (geb. 1832), war als Bankier und Großhändler in München tätig. ATBs Schwester Hilde Hedwig wurde am 28. Juli 1902 geboren († 22. September 1969). Ihre schulische Ausbildung erhielt ATB an Münchner Privatschulen. Sie wuchs in einem Elternhaus auf, das durch literarisch-künstlerische Interessen geprägt und eng mit der Münchner Kulturszene verbunden war. Trotz jüdischer Wurzeln beider Elternteile bezeichnete sich die Familie als konfessionslos. Im Münchner Melderegister findet sich folgender Eintrag: «Lt. Bestätigung des Rabbiners der israel. Cultusgem[einde] München v. 18.10.13 hat Dr. phil. Ludw. Pariser den Austritt seiner Töchter Agnes Therese u. Hedwig [...] erklärt».[13] ATB blieb

---

12 Pohl 2007, 61.
13 Einwohnermeldekarte, München, Stadtarchiv, EWK 651 B 120.

ungetauft, erhielt aber protestantischen Religionsunterricht. In ihrer Sterbeurkunde wird ATB als «Zeichnerin» bezeichnet;[14] in ihrer Münchner Einwohnerkarte und dem Polizeilichen Meldebogen aus dem Jahr 1915 als «Kunststudierende».[15] Ihre künstlerische Ausbildung erhielt sie nach eigener Aussage an privaten Münchner Graphikschulen bei den Lehrern Johann Brockhoff[16], Martin Kurreck[17] und Wladimir Magidey[18]. Die Münchner Akademie der Bildenden Künste nahm keine Frauen auf.[19]

Über ATBs Ausbildung gibt nach dem Krieg auch Dora König (1895–1981) Auskunft, die Lebensgefährtin des Kulturphilosophen Max Picard (1888–1965). Dora dürfte über lange Jahre hinweg die engste Freundin ATBs gewesen sein. Die ungewöhnliche Vertrautheit zwischen ATB und Dora König zeigt sich in der ausführlichen Korrespondenz der beiden Frauen etwa in den liebevollen Anreden «Liebe Nixe» und «Liebes Dorl».[20] Dora König war die Tochter des Schauspielers Otto König (1862–1946), der in München eine nach ihm benannte Theaterschule unterhielt. Dora lebte in Starnberg in der «Villa König» und war mit zahlreichen Schriftstellern und Künstlern der Neuen Sachlichkeit bekannt, so z.B. mit der Schriftstellerin Paula Schlier (1889–1977), die in der Zeit ihrer politischen Verfolgung von Dora unterstützt wurde, und mit der Malerin

---

14 Reg. Nr. 222.328, M 56.
15 Polizeimeldebogen, München, Stadtarchiv, PMB B 49.
16 Johann Brockhoff (1871–1942). AKL XIV, 1996, 300; ThB V, 1911, 39; Vollmer I, 1953, 319. Lehrer an der Schule für graphische Künste, München.
17 Martin Kurreck (1868–1957). AKLONLINE; ThB XXII, 1928, 131.
18 Wladimir Magidey (Vilnius ca. 1881–1956). Mitglied der Münchner Akademie der Bildenden Künste seit 1899. AKLONLINE; Vollmer III, 1956, 296.
19 Bauer 1998, 32.
20 Privatbesitz.

Abb. 2: Agnes Therese Pariser. Fotografie Atelier Gallert, München, ca. 1910.

und Graphikerin Erna Dinklage (1895–1991), die Portraits von «Dora König und ihrer Mutter» sowie von «Max Picard» (1944) anfertigte. Picard wiederum war u.a. eng befreundet mit dem Schriftsteller und Publizisten Wilhelm Hausenstein (1882–1957), bei dessen zweiter Eheschließung (mit Margot Kohn) 1919 RMR und der Illustrator, Graphiker und Bühnenbildner Emil Preetorius (1883–1973) Trauzeugen waren.[21] RMR und Picard lernten sich schon im Januar 1918 in München kennen.[22]

Als ATB 1958 einen Antrag auf «Schaden im beruflichen Fortkommen» stellte,[23] nennt Dora König in ihrem Zeugnis zu

---

[21] *RChr*, 630. Die Tochter der Hausensteins wurde 1922 Renée Marie getauft.
[22] *RChr*, 582.
[23] Reg. Nr. 222.328, E 1–23.

ATB Preetorius[24] zusammen mit Paul Renner[25] (1878–1956) und dem Schweizer Walo von May (1879–1928) als die prägenden Lehrer ATBs.[26] Preetorius und Renner gründeten 1909 die Münchner Schule für Illustration und Buchgewerbe, die 1914 mit der Debschitz-Schule zu den «Münchner Lehrwerkstätten» vereinigt wurde. Walo von May arbeitete von 1909 bis 1914 in München. Preetorius und Renner wurden 1914 eingezogen. Von Emil Preetorius lässt sich eine Brücke zu RMR schlagen, denn die beiden waren nicht nur seit 1918 Nachbarn in der Ainmillerstraße, sondern kannten sich schon seit 1916. Preetorius schreibt in seinen Erinnerungen: «1916 machte Horst Stobbe in seiner Bücherstube am Siegestor eine große, schön dargebotene Ausstellung all' meiner illustrativen Arbeiten. Dort vor meinen Zeichnungen habe ich Rilke kennengelernt und in der Folgezeit so manche geistig bewegte Stunde in Zwiesprache und Betrachtung künstlerischer Dinge mit ihm verbracht».[27] Preetorius war auch Gesprächsgegenstand, als Tilly Wedekind die Parisers zusammen mit ihrer Tochter Agnes am 21. April 1916 zu einem abendlichen «Thee» einlud: «Zuerst war Erna [Pariser] etwas zurückhaltend zur Baronin, aber sehr bald wurde das Gespräch allgemein. Ich unterhielt mich erst mit Erna u. der Mutter von Fr. B [Wedell][28]. Hr. Dr. [Ludwig Pariser] sprach mit Fr. Baronin. Und selbst Agnes [Pariser] taute dann auf u. unterhielt sich mit der Baronin über Pretorius etz».[29] Mehr als eine Vermutung ist nicht möglich, aber Preetorius mag seine Schülerin ATB

---

24 NDB, Bd. 20, 683–684; AKL XCVI, 2017, 509; ThB XXVII, 1933, 370f.; Vollmer III, 1956, 623.
25 NDB, Bd. 21, 434–436; AKL XCVIII, 2018, 254; ThB XXVIII, 1934, 168f.; Vollmer IV, 1958, 47.
26 AKL LXXXVIII, 2016, 121.
27 Preetorius 1972, 184; *RChr*, 551, 588, 630.
28 Lida von Wedell, Baronin Lida Louisa Franziska von Wedell-Weimann (1887–1975), Malerin, Karikaturistin, Illustratorin. *WedekindBW*, II, 291.
29 *WedekindBW*, I, 388.

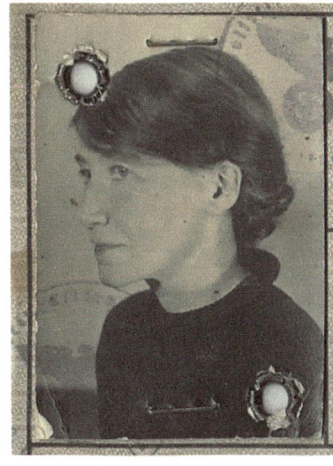

Abb. 3: Agnes Therese Pariser. Zeichnerin. Fotografie in «J-Kennkarte Deutsches Reich» (Kennkarte für Juden) vom 10. März 1939.

mit RMR bekannt gemacht haben. ATB selbst hatte – noch unter dem Namen Agnes Therese Pariser – 1915 ihren ersten großen Auftrag erfolgreich abgeschlossen und damit ihr Atelier in der Bauerstraße 18 finanzieren können. Dora König spricht von einem «Kriegsbuch im Kiepenheuerverlag». Es handelt sich dabei ohne Zweifel um das *Heldenbuch*.[30] 1918 illustrierte ATB noch das Märchen *Marienkind* unter dem Familiennamen Pariser.[31] Anschließend nahm sie – wie später auch ihre Schwester – den Künstlernamen Brumof an. Der Künstlername der beiden Schwestern geht auf ihre Familie mütterlicherseits zurück: Die Großmutter Ernestine Parisers (geb. Lichtenstein),

---

[30] Rifat Gozdović Pascha: *Österreichs Helden im Süden. Mit [...] einer historischen Einleitung, einer Übersicht der stattgefundenen Begebenheiten und einer Reliefkarte. Mit 6 Vollbildern und Buchschmuck von A. T. Pariser*, Weimar 1915. Vgl. Abb. 41–43.
[31] Max Gümbel-Seiling: *Marienkind. Für die Märchenspiele der künstlerischen Volksbühne nach dem gleichnamigen Märchen der Gebrüder Grimm in Handlung und Reim gebracht*, Leipzig 1918. Vgl. Abb. 46.

Abb. 4: Hamburg, Alsterglacis 9–17. Fotografie von W. Champés um 1870. Adresse von Agnes Therese Brumof im Juli 1919.

nach der Agnes Therese benannt wurde, hieß Theresia (Theres[i]e) Kafka (1813–1887) und war eine geborene Brumof. Ihr Vater Joseph (Josef) Brumof (Brumow) († nach 1844) war ein angesehener Kaufmann in Böhmisch Leipa.

Die ersten 15 Briefe von RMR erlauben keine Rückschlüsse auf ATBs freiberufliche Tätigkeit in München 1918 und im ersten Halbjahr 1919. Dora König erwähnt nur, dass «sie in München ausser einer Ausstellung nur noch Kostuemauftraege und Plakatentwuerfe bekommen hatte». Ihre Reiseerlaubnis nach Hamburg erhielt sie am 13. Juni 1919 «wegen dringender geschäftlicher Angelegenheiten». Im zweiten Brief vom 7. Juli 1919 (Nr. 17) teilt sie RMR mit: «Ich bekomme jetzt hier ein Stück zu inszenieren, was Sie gewiß freuen wird». Aber schon Brief Nr. 21 vom 31. August 1919 kommt aus Berlin, wo sie ebenfalls nach Arbeit sucht. Sowohl in Hamburg als auch in Berlin wird sie von verwandtschaftlichen Netzwerken aufgefan-

Abb. 5: Hamburg, Casino, ehemals Hotel Esplanade. Adresse von Agnes Therese Brumof im September 1919 und zeitweise 1920/21.

gen und lebt in sehr guten Stadtteilen und Verhältnissen (vgl. Abb. 4–6). In Berlin wohnt ATB bei ihrem Onkel, dem Kommerzienrat Georg Pariser (1854–1925), in der Carlsstraße, der zu dieser Zeit zusammen mit seinem Neffen Franz Pariser (1885–1974) die Leitung des Familienunternehmens in Luckenwalde innehat (Brief Nr. 21). Über die Großmutter väterlicherseits, Bertha Pariser, verw. Bamberger, geb. Mende, sowie die ebenfalls der Familie Mende entstammenden Ehefrauen der Brüder ihres Vaters, Georg und Paul Adolph August (1855–1917), ist ATB mit der Hamburger Familie Jaffé verwandt. In Hamburg lebt sie bei der 1917 verwitweten Dr. Adele Jaffé, geb. Robinow, der Mutter des Schauspielers Karl Heinrich (Carl Heinz) Jaffé (1902–1974), im Alsterglacis 10 (Brief Nr. 17 u.ö.), und bei Adeles Tante Bertha Lichtenstein, geb. Robinow, im Hotel Esplanade (Brief Nr. 23 u.ö.). Für das Jahr 1920 meldet das Hamburger Adressbuch zu ihrer Adresse im Alsterglacis 10, dass sie ein Geschäft für Damenbekleidung hat. Im Februar 1920 (Brief Nr. 32) teilt ATB RMR mit, dass sie nun «in einem pseudo-expressionistischen Betrieb, der den schönen Namen: Schule für Erlebniskultur führt» arbeite.[32] Sie ist stolz auf die

---

32 Vgl. Editionskommentar Anm. 87.

selbständige Lehrtätigkeit, wenn auch nicht ohne Selbstironie. In ihrem letzten Brief vor der Korrespondenzpause vom 4. Juni 1921 (Nr. 42) berichtet ATB noch von ihrem nun endgültigen Umzug nach Hamburg.[33]

Nach zweieinhalbjähriger Pause meldet sich ATB mit eigenem Geschäftspapier bei RMR zurück: «Therese Brumof | Kostüm-Entwürfe für Tanz / Film / Bühne» (Brief Nr. 43) und berichtet wenig später: «Nachdem ich zwei Engagements – eins für Reklame, eins in einer Modefabrik – aufgegeben hatte, arbeitete ich einen Monat zur Ausstattung einer Revue am Theater, und von da ab für mich allein; teils Graphik, teils Kostüme, teils Reklame für die Hamburg-Amerika-Linie u. solche hiesige Unternehmen, war wiederholt in Berlin u. München, und arbeite jetzt zuhaus für einen Verlag, seit dem Sommer für Märchenillustrationen» (Brief Nr. 45). Im Jahr 1924 ist ATB dann unterwegs zwischen Königsberg, München und Bad Kohlgrub. Otto Falckenberg[34] will ihr ein Engagement an den Münchner Kammerspielen geben: «Aber Falckenberg [...] hat es sich in den Kopf gesetzt, mich für das Theater zu entdecken; er telefonierte mich an; meine doch so strapazierte Eitelkeit widerstand nicht; und nun bin ich <u>noch</u> hier, den unwichtigen, sinnlosen und stets von neuem umgeänderten Plänen unzuverlässiger Hirne ausgesetzt. [...] Und ich tue es nur – um vielleicht ‹gut machen› zu können, daß ich schon so ehrenhafte Anerbieten, wie Hamburg-Amerika-Linie, Stadttheater und dortige Kammerspiele ausschlug und lieber anonym Märchen für Mexiko zeichnete!!» (Brief Nr. 53 vom 30. Mai 1924). Dass sie weiß, was sie nicht will, aber unsicher ist, was sie will, das zeigt dieses Zitat wie im Brennglas.

---

33 Laut Polizeimeldebogen, München, Stadtarchiv, PMB B 49 meldete sie sich schon am 1. März 1920 nach Hamburg ab.
34 ↑Falckenberg.

Abb. 6: Hamburg, Heimhuder Straße 40. Adresse von Agnes Therese Brumof von Oktober 1919 bis August 1920.

Tatsächlich erscheint 1924 ein Buch mit Märchenillustrationen von ATB, das sie RMR zu Ostern schenkt (Briefe Nr. 52 und 55).[35] 1926 illustriert sie eine Erzählung ihrer Mutter Ernestine Pariser, die unter dem Künstlernamen Erna Ludwig publiziert.[36] 1926 schreibt sie auch ein letztes Mal aus Berlin an RMR (Brief Nr. 61).

Dora König berichtet 1958: «In Berlin arbeitete sie an mehreren Zeitungen und Zeitschriften laufend und als Ausstatterin des Sportsaals der Firma Jacoby saisonweise, sowol [!] fuer mehrere Firmen als Reklamezeichnerin und an der Staedtischen Oper die Kostueme fuer zwei Opern». Mehrfach bezeugt ist, dass ATB im Frühjahr 1933 nach Prüfung durch Benno von Arent (1898–1956) in das Goldene Buch der UFA für Kostüm- und Buchzeichnung aufgenommen wurde. Dieser entscheidende Karrieresprung konnte aber keine Wirkung mehr entfalten, denn mit der endgültigen Machtübernahme der NSDAP

---

[35] Fjodor Ssologub: *Das Buch der Märchen. Deutsch von Johannes von Guenther*, München 1924.
[36] Erna Ludwig [Ps. Ernestine Pariser]: *Lothar Quadrat. Erzählung*, Berlin 1926.

nach den Wahlen am 5. März 1933 erhielt ATB aufgrund ihrer jüdischen Herkunft Berufsverbot.

ATB überlebte die Naziherrschaft und den Zweiten Weltkrieg in Berlin. Ihr Vater verstarb im Oktober 1942 in Berlin nach langer Krankheit. Ihre Mutter wurde anschließend nach Theresienstadt deportiert und starb infolge der menschenverachtenden Lebensbedingungen im Ghetto am 29. März 1943. 1946 verweigerte Heinz Galinski als Angehöriger eines Ausschusses für Opfer des Faschismus ATB die Anerkennung als ‹Politisch oder rassisch Verfolgte›. 1955 beantragte ATB eine Entschädigung auf Grundlage des Bundesergänzungsgesetzes zur Entschädigung für Opfer der nationalsozialistischen Verfolgung vom 18.9.1953 (BEG). Ab März 1959 erhielt sie eine Rente in Höhe von 468,– DM, die für den Zeitraum ab November 1953 nachgezahlt wurde. Ihr Antrag auf Schaden an Freiheit (§§ 16 und 17 BEG), weil sie den Judenstern hatte tragen müssen, ebenfalls aus dem Jahr 1955, wurde positiv beschieden. Aufgrund des erzwungenen Tragens des Judensterns über 43 Monate und 11 Tage (19.9.1941–30.4.1945) erhielt sie 6450,– DM. Ihr Antrag von 1956 wegen Schadens im beruflichen Fortkommen (§§ 25–55 BEG) wurde zwar angenommen, man betrachtete den finanziellen Schaden jedoch zusammen mit der Rentenzahlung als abgegolten. Ihr erneuter Antrag auf Anerkennung als rassisch Verfolgte vom 27. September 1957 wurde wegen Fristversäumnis abgelehnt.

ATB starb am 4. Oktober 1987 in Berlin.

Familiärer Kontext

Der von ATB selbst gewählte Künstlername ist «Brumof». Während sich ihre Mutter Ernestine Pariser, geb. Lichtenstein, mit dem Künstlernamen «Erna Ludwig» über ihren Mann (Ludwig Ferdinand Pariser) definiert, sucht ATB ganz das Gegenteil: Die

Abb. 7: Ernestine Pariser. Fotografie E. Bieber, Berlin, ca. 1900.

auch wirtschaftlich einflussreiche Familie ihres Vaters soll ihr künstlerisches Wirken offensichtlich nicht bestimmen – dass die guten Beziehungen der Eltern in die Kunst-, Literatur- und Theaterszene das schlussendlich doch tun, ist einer der Widersprüche, die ATBs Leben geprägt haben.

Mit dem Künstlernamen Brumof griff ATB den Geburtsnamen ihrer Urgroßmutter Theresia Kafka, geb. Brumof (*1813), auf, nach der sie mit ihrem zweiten Vornamen benannt worden war. Theresia war in Böhmisch Leipa aufgewachsen, ihr vom Vater, dem Kaufmann Joseph Brumof, gegen 1820 erbautes Elternhaus gehört heute noch zu den Baudenkmälern und touristischen Attraktionen Ceska Lipas und zeugt vom Wohlstand der Familie. Joseph Brumof scheint ein bildungs- und kunstinteressierter Mann gewesen zu sein: 1824 organisierte er in Böhmisch Leipa ein hochgelobtes Konzert mit dem Komponisten, Violin-Virtuosen und Paganini-Konkurrenten Heinrich Wilhelm Ernst (1814–1865), einem Verwandten.[37] Für die Jüdische Schule in Prag trat Joseph Brumof als großzügiger Stipendiengeber auf,[38] zusammen mit seinem Schwiegersohn, Theresias Mann, Dr. med. Jacob Juda Kafka (*1809) und Leopold Goldschmidt, vermutlich einem Verwandten seiner Ehefrau Sara, die eine geborene Goldschmidt war. Wann Joseph starb, ist unbekannt. Noch 1844 versah der Jurist und Philosoph Dr. Wolfgang Wesseln seine Übersetzung der «Gebete der Israeliten für das gesammte Synagogenjahr» mit einer ganzseitigen Widmung: «Seinem verehrten durch heilige Bande mit ihm innig verknüpften Freunde, dem Herrn Joseph Brumof in Böhmisch-Leipa, dem edlen Menschenfreunde und Förderer alles Guten, als Zeichen vorzüglicher Achtung und Liebe gewidmet». Die Familie Brumof zog erst in der zweiten Hälfte des 18. Jahrhunderts nach Leipa; der Name Brumof wird in der Liste derer, die zur Zeit des «Judenmords zu Leipa» 1744 dort lebten, nicht erwähnt. Die Goldschmidts dagegen waren eine eingesessene Familie. Josephs Vater, Markus Moyses Brumof, ist als Rabbiner der Leipaer Gemeinde für das Jahr 1791 bezeugt.[39]

Diese wenigen Hinweise auf den Urgroßvater ATBs lassen einen großzügigen sowie bildungs- und kulturbegeisterten Mann erahnen, mit dessen Namen sich ATB unter Umständen besser identifizieren konnte als mit dem nicht nur in München als Bankhaus[40] bekannten Geburtsnamen ihrer Mutter, Lich-

---

37 *Berichte aus Böhmen*. In: Unterhaltungsblatt *Bohemia* 109 vom 31. Juli (1846).
38 *Wiener Mittheilungen* 1882, 70.
39 *Almanach auf das Jahr 1791*, 50.
40 Im ersten Viertel des 19. Jahrhunderts erfuhr München als Finanzplatz auch durch die Gründung von Privatbankhäusern einen Aufschwung. Wie in anderen Städten verbanden diese Privatbankhäuser ihre Tätigkeit meist mit einem Großhandelsgeschäft. Dies trifft auch auf das Bankhaus Lichtenstein zu, das Ernestines Großvater Jakob Lichtenstein gründete. In den Schulakten seines Sohnes, Ernestines Vater, Dr. Jakob Hirsch Lichtenstein (*29.06.1832), wird er deswegen stets als «Großhändler» bezeichnet.

Abb. 8: Ludwig Pariser. Fotografie Th. Prümm, Berlin, ca. 1900.

tenstein, oder ihrem eigenen Geburtsnamen Pariser, der für eines der größten Wirtschaftsunternehmen des Berliner Raums stand. Der Name Brumof dürfte für ATB eine Form der Emanzipation von der eigenen Familie gewesen sein – Ausdruck ihres Wunsches, auf eigenen Füßen zu stehen und sich ihren Lebensunterhalt im Gegensatz zu ihrem Vater selbst zu verdienen: Ludwig Ferdinand Pariser war ein Privatgelehrter, der aus dem Vermögen seiner Großeltern regelmäßige Rentenzahlungen erhielt.[41]

Die Familie Pariser war um 1800 noch in Groß-Glogau ansässig, wo der Urgroßvater ATBs, Isaak Abraham Pariser, ein angesehener Kaufmann war, wie seine Wahl zum stellvertreten-

---

41 Reg. Nr. 26.042, D 3: «Diese Rente resultierte aus einem Teil seines Vermoegens, das er in der Fabrik seines Vaters und seiner Brueder, spaeter seines Neffen, investiert hatte und dort mitarbeiten liess. Nach der Inflation wurden diese RM. 400 000,– in eine lebenslaengliche Rente verwandelt [...]».

den Stadtverordneten am 28.3.1810 belegt. Sein Sohn Heinrich (Heymann Georg) Pariser (*15.10.1808 in Glogau, † 19.10.1878 in Luckenwalde) war wohl schon im zweiten Drittel des 19. Jahrhunderts mit einer Tuchmanufaktur in Luckenwalde ansässig[42] und wurde 1854 zusammen mit dem Tuchfabrikanten Manesse Tannenbaum Mitbegründer des Luckenwalder Textilunternehmens Tannenbaum, Pariser & Co., in das 1853 auch die sogenannte «Große Fabrik», die erste Tuchfabrik Luckenwaldes, einging.[43] Die Firma wurde nach seinem Tod weitergeführt von seinem Sohn Georg (1853–1925) und schließlich von dessen Neffen Franz (1885–1974), dem Sohn Paul Adolph August Parisers (1855–1917).

Über ihre Großmutter, die Ehefrau Heinrich Parisers, Bertha Pariser, verw. Bamberger, geb. Mende, war ATB mit der Soziologin und Nationalökonomin Dr. Käthe Mende (1878–1963) verwandt. Käthe Mende unterstützte ATB nach ihrer eigenen Rückkehr aus Theresienstadt nach dem Krieg, wohin sie 1942 verschleppt worden war.

Ein intensiver Briefwechsel ist auch mit der Bildhauerin Grete (Margarethe) Budde, geb. Goldschmidt (1883–1967), belegt, mit der ATB nicht nur über die Familie ihrer Großmutter Bertha Pariser, geb. Mende, verwandt war,[44] sondern mit der sie auch der Ort Luckenwalde verband, wo ATB in ihrer Kindheit häufig die Großeltern besucht hatte: Ihr Großvater Heinrich (Heimann) Pariser hatte zusammen mit Gretes Vater, dem Luckenwalder Hutfabrikanten Carl Goldschmidt (1846–1911), die sich 1869 gründende jüdische Gemeinde in Luckenwalde ge-

---

42 Stulz-Herrnstadt 2002, 201, Anm. 145.
43 Schröder 2022.
44 Gretes Ehemann Werner (1886–1960) war der Schwager Eva Pia Buddes (1889–1942), der Tochter Georg Parisers und seiner Frau Elise, geb. Mende (1859–1923), einer Nichte Berthas.

Abb. 9: Agnes (rechts) und Hilde Pariser im Kindesalter. Fotografie ca. 1905.

fördert.⁴⁵ Sie traten auch sonst als Wohltäter und Förderer der Stadt Luckenwalde in Erscheinung. Die Firma Tannenbaum, Pariser & Co. gehörte bis zu ihrer Arisierung, an der Franz Pariser bereits seit 1933 gezwungenermaßen zum Schutz des Unternehmens mitwirkte, und ihrer Enteignung 1940 zu den größten Wirtschaftsunternehmen im Großraum Berlin und erzielte 1932 einen Umsatz von 3 Mio. Reichsmark.⁴⁶ Das Vermögen von ATBs Vater, Ludwig Pariser, steckte in diesem Familienunternehmen, aus dem er bis zum Übergang der Firma an die Volkswagen AG 1941 eine immer kleiner werdende Rente bezog.

Von den engen Beziehungen ATBs und ihrer Schwester zu der Familie ihres Vaters, vor allem aber zu ihrem Onkel Georg

---

⁴⁵ Schröder 2022: «Heinrich Pariser und nach ihm sein Sohn und Nachfolger in der Firmenleitung, Georg Pariser [...], sind ebenso wie Carl Goldschmidt herausragende Beispiele erfolgreicher jüdischer Fabrikanten, die im späten 19. und frühen 20. Jahrhundert nicht nur zur industriellen Entwicklung Luckenwaldes beitrugen, sondern gleichwohl die jüdische Gemeinde und das städtische Leben prägten».
⁴⁶ Herbst 2004, 93–96.

Pariser, zeugen sowohl zahlreiche Postkarten als auch Aufenthalte an der Berliner Adresse des Onkels in der Carlsstraße 36 in Lichterfelde (Brief Nr. 21).

In Hamburg ist ATB häufig bei weiteren Verwandten anzutreffen: bei Bertha Lichtenstein, geb. Robinow (1839–1925), und bei deren Nichte Dr. Adele Jaffé, geb. Robinow (1866–1942). Adeles Vater Hermann Moses Robinow (1837–1922) hatte sich in Hamburg als Kaufmann und Abgeordneter hohes Ansehen erworben; seine Tochter Adele gab nach seinem Tod seine Tagebücher heraus. Über die Familie Jaffé schreibt Moritz Stern, der 1933 eine kurze Abhandlung mit dem Titel «Der Schweriner Oberrabbiner Mordechai Jaffé. Seine Ahnen und seine Nachkommen» verfasste: «Die Familie, deren Stammbaum hier vorgelegt wird, gehört zum jüdischen Geistesadel».[47] Einer der Enkelsöhne des besagten Oberrabiners Dr. Ludwig Louis Lazarus Jaffé (1799–1879) heiratete Ernestine Mende (1815–1891), eine weitere Verwandte der Großmutter ATBs väterlicherseits, Bertha Pariser. Ob darüber hinaus noch verwandtschaftliche Beziehungen zwischen Bertha Lichtenstein, die zu ATB und ihrer Schwester Hilly seit ihrer Geburt ein sehr vertrautes Verhältnis hatte, und der Münchner Familie von ATBs Mutter Ernestine, geb. Lichtenstein, bestand, können wir nicht mit Sicherheit sagen. Mit der Familie Jaffé, namentlich mit Max Benedikt Jaffé (1904–1958) und seiner Frau Lotti (1916–2004), war ATB jedoch auch noch nach dem Krieg nachweislich in Kontakt.[48]

Auch wenn ATB in ihren frühen Jahren ein starkes Bedürfnis hatte, sich von ihrem Elternhaus zu emanzipieren, wurde sie

---

47 Stern 1933, 3.
48 Dies gilt auch für einen Cousin ihrer Mutter, Dr. med. Victor Kafka (1881–1955), dessen Vater Badearzt in Karlsbad gewesen war und der zu ATBs Hamburger Zeit auch in Hamburg praktizierte und von dort aus nach Skandinavien emigrierte, erst nach Oslo, dann nach Stockholm. In den 50er-Jahren kehrte er nach Deutschland zurück und starb in Bad Wildungen.

Abb. 10: Hilde Brumof.
Fotografie von Genja Jonas, 1928.

doch stark durch das Interesse ihrer Eltern an den bildenden und darstellenden Künsten, an Literatur und Musik geprägt. Ein gutes und prominentes Beispiel für das Engagement ihrer Eltern und deren Verbindungen in die Literatur- und Theaterszene ist die 1918 erschienene Festschrift für den Dramaturgen und Regisseur Dr. Eugen Kilian (1862–1925) anlässlich dessen 25sten Bühnenjubiläums.[49] Die Herausgeber nennen sich im Vorwort der Festschrift nicht, jedoch belegen sowohl die Korrespondenz zwischen Ernst Reinhard, der offensichtlich hier nicht selbst als Verleger, sondern als Vertreter für den Otto Müller-Verlag tätig war, und Ludwig Pariser als auch die zahlreichen positiven und abschlägigen Antworten von namhaften und weniger namhaften Personen der damaligen Literatur- und Theaterszene, dass Erna und Ludwig mit Unterstützung des Mannheim-Heidelberger Literatur- und Theaterwissenschaftlers Ernst Leopold Stahl (1882–1949) die Festschrift organisiert

---

[49] Eugen Kilian 1918.

Abb. 11: Ex Libris Hilde Hedwig Pariser. Zeichnung von Agnes Therese Brumof o. J. 5,5 × 4,3 cm.

und sich die Aufgabe der brieflichen Anfragen geteilt hatten. Namentlich genannt seien hier nur die bekanntesten Beiträger der Festschrift: Wilhelm Weigand (1862–1949), Friedrich Kayßler (Kaissler; 1874–1945), Stefan Zweig (1881–1942), Ernst Legal (1881–1955), Paul Ernst (1866–1933), Alwin (Alvin) Kronacher (1880–1951), Herbert Eulenberg (1876–1949), Heinrich Lilienfein (1879–1952), Rudolf Karl Goldschmit (1890–1964) und Ferdinand Gregori (1870–1928). Insgesamt waren es 32 Beiträge von Schauspielern, Dramaturgen, Regisseuren, Schriftstellern und Literaturkritikern. Weitere Kunstschaffende wurden von Erna und Ludwig angefragt, doch sagten einige ab, etwa Heinrich Stümcke (1871–1923), da die Frist zu kurz war – die Anfragen erfolgten im April 1917 mit Abgabeschluss am 25. Mai. Bemerkenswerterweise führte ATB ausgerechnet mit dem Schauspieler Friedrich Kayssler in den 40er-Jahren bis zu seiner Ermordung 1945 durch die Rote Armee vor seinem

Haus in Klein-Machnow einen freundschaftlichen Briefverkehr, findet sich Kayßlers Name doch unter den «Gottbegnadeten», deren Namen noch 1944 vom Propagandaministerium unter Goebbels auf Listen vermerkt wurden.[50] Warum ATB es trotz Kayßlers großer Nähe zum Nazi-Regime wagte, mit ihm in Kontakt zu bleiben, ist ein weiteres Rätsel, das wohl ungelöst bleiben wird. ATB nutzte zu dieser Zeit diverse Brieffächer und Deckadressen.[51] An welche dieser Adressen Kayßler ihr schrieb, ist nicht bekannt, da nur seine Briefe, jedoch nicht die Umschläge erhalten sind.

Neben den Eltern dürfte ATBs Schwester Hilde den größten Einfluss auf sie ausgeübt haben. Das Verhältnis der beiden Schwestern war trotz des großen Altersunterschieds von neun Jahren innig, nicht erst durch die traumatisierenden Erfahrungen während des Nazi-Regimes, des Holocausts und der Emigration.[52]

---

[50] Die «Gottbegnadeten» waren diejenigen Künstler, die dem NS-Regime als besonders wichtig und schützenswert erschienen. Die «Gottbegnadeten-Liste» bestand aus zwei Teilen: der vorangestellten «Sonderliste», auf der sich nur 25 Namen befanden, und der Liste, die mit «Alle Übrigen» überschrieben war. Hier standen 353 Namen. Kayßler war einer der vier Schauspieler der «Sonderliste», ebenso Otto Falckenberg.
[51] Die von ATB zwischen 1942 und 1945 am meisten genutzte Adresse ist die Robertstraße 2 in Berlin-Wannsee, wohin ATB sich unter dem Namen «Rena Maria Schellong» schreiben ließ. Bis auf wenige Ausnahmen verwenden die noch erhaltenen offenen Postkarten auch die Anrede «Liebe R. M.». Da sie diese Adresse auch noch nach dem Krieg verwendete, liegt der Schluss nahe, dass sich ATB hier im Geheimen aufhielt. Tatsächlich war in der Robertstraße 2 1943 der Oberregierungsrat B. Schellong gemeldet. Weitere Adressen waren «Frau Lehmann» in der Waldenserstraße 10, 2. Stock, und ein Postfach in Charlottenburg unter dem Namen «Quandt». 1915 waren Günter Quandt und Franz Pariser gemeinsam, wenn auch als Konkurrenten, im Vorstand der «Kriegswollbedarf-AG» tätig gewesen (Scholtyseck 2011, 184). Dass diese Bekanntschaft für ATB in den schweren Jahren 1942–1945 noch von Vorteil war, lässt das Postfach vermuten.
[52] Vgl. die Briefe Nr. 31, 45, 56, 60.

Intellektueller und künstlerischer Kontext in München und Hamburg

«Ich habe hier bis 2 Uhr nachmittags ein Engagement in einem pseudo-expressionistischen Betrieb, der den schönen Namen: Schule für Erlebniskultur führt, und bin nun ganz ‹selbstständig›» (Brief Nr. 32). Mit der Tätigkeit für die «Schule für Erlebniskultur» (Abb. 23) von Paul Theodor Etbauer war ATB Teil der künstlerischen Avantgarde in Hamburg. Etbauer entwarf Plakate, war Zeichner und Linolschneider, Choreograph und ständiger Essayist der ‹Allgemeinen Künstler-Zeitung›.[53] Der zeitgenössische Beobachter der Hamburger Kulturszene, Hans W. Fischer, hatte Etbauer ebenfalls im Blick: «Mit der Gruppe [i. e. ‹Münchner Tanzgruppe›] endlich arbeitet Theodor Paul Etbauer, als Graphiker und dekorativer Künstler anerkannt, begabt, gelenkig, tanz- und arbeitsfroh, dazu voll von bunten Einfällen, die sich freilich zuweilen ein bißchen drängeln und übereinander stolpern».[54]

Über Etbauer bestand auch eine Verbindung zu den Hamburger Kammerspielen, die von Erich Ziegel 1918 gegründet wurden und die Experimentierbühne Hamburgs waren. Ziegel hatte Anni Mewes[55] schon für die erste Spielzeit 1918/19 von den Münchner Kammerspielen abgeworben und nach Hamburg geholt. ATB urteilt vernichtend über ihren Auftritt als Effie in Wedekinds ‹Schloß Wetterstein› (Brief Nr. 26). Gleichwohl weiß ATB um den Ruf der Kammerspiele, denn sie be-

---

53 Jockel/Stöckemann 1989, 44: «Überall dort, wo es nach dem ersten Weltkrieg in der Hansestadt um tänzerische und künstlerische Ereignisse ging, taucht der Name Paul Theodor Etbauer auf».
54 Fischer: *Hamburger Kulturbilderbogen*, 103. Vgl. auch Editionskommentar Anm. 87.
55 ↑Anni Mewes. Vgl. Abb. 22.

Abb. 12: Kleiderentwürfe. Federzeichnung von
Agnes Therese Brumof. 21,5 × 12,5 cm.

dauert, dass ihr erster Hamburger ‹Inszenierungsauftrag› nicht an den Kammerspielen ist (Brief Nr. 17).

Auch in die Hamburger Kunstszene bestehen schon kurz nach ihrer Ankunft in Hamburg Beziehungen. Sie erwähnt den noch jungen Kaspar Eduard Hopf[56]: «Hier ist nur ein Mensch, mit dem ich richtig von Ihnen sprechen könnte – er heißt Edu Hopf – aber er streicht sich immer die falschen Stellen an» (Brief Nr. 20). In demselben Brief lobt sie auch die Vorlesungen von Emil Wolff[57], der gerade von München auf den Lehrstuhl für englische Sprache und Kultur berufen worden war. Im Gutachten der Berufungskommission findet sich eine Beschreibung seiner Persönlichkeit: «Wolff wird als einfach, gescheidt, geistreich und liebenswürdig charakterisiert, unser Gewährsmann kennt auch eine feine und tiefsinnige Dichtung von ihm».[58]

Weil ATBs Schreiben an RMR aus der Münchner Zeit nicht erhalten sind, hören wir ihre Stimme nur indirekt aus RMRs Briefen, die ihren Resonanzraum bilden. ATB fragt nach Emil Wolff, den sie kennenlernen möchte (Brief Nr. 5) und erkundigt sich nach dem Verlegerehepaar Kippenberg (Brief Nr. 8). Anders als in ihrer Hamburger, Königsberger und Berliner Zeit bieten Literatur und Philosophie den Gesprächsstoff der persönlichen Treffen mit RMR. ATB schenkt RMR eine Ausgabe der Sonette Shakespeares in der Umdichtung Stefan Georges (Brief Nr. 7) und die Kierkegaard-Biographie von Georg Brandes (Brief Nr. 10). Vor diesem Hintergrund erstaunt ATBs Weihnachtsgeschenk für RMR 1918 (Brief Nr. 15). Es ist nicht nur ein Lesezeichen, das fortan wie ein roter Faden den Brief-

---

56 ↑Kaspar Eduard Hopf. Vgl. Abb. 18.
57 ↑Emil Wolff. Vgl. Abb. 20.
58 Hamburg, Staatsarchiv, 364–4_E III 215: Kommissionsgutachten des Professorenrats des Hamburgischen Kolonialinstituts, 10. RMR empfahl Katharina Kippenberg 1917, Wolffs als Privatdruck erschienene *Persephone* in das Programm des Insel-Verlags aufzunehmen; vgl. *RChr*, 564.

wechsel zwischen ATB und RMR durchzieht, sondern auch eine mehr als kuriose Blütenlese aus Jean Pauls Werk *Entlarvung der Weiber durch Jean Paul nebst einigen Wahrheiten über Liebe und Ehe* [ca. 1918].

1.3 Rainer Maria Rilkes letzte Münchner Jahre und seine Schweizer Zeit (1918–1926)

Das Briefgespräch, das RMR und ATB miteinander führen, beginnt in RMRs letzten Münchner Jahren: Zwischen Anfang 1918 – die erste schriftliche Notiz datiert vom 16. Februar 1918 – und Juni 1919 treffen sich die beiden regelmäßig in München und haben eine heimliche Liebesbeziehung. Aus dieser Zeit fehlen zwar wie erwähnt ATBs Briefe, wie vertraut ihr RMR und dessen Dichtung waren, lässt sich jedoch aus der späteren Korrespondenz zweifelsfrei rekonstruieren. RMR war in dieser Zeit längst ein bekannter Dichter und gehörte seit 1910 zu den ‹Habitués› im renommierten Salon des Verlegerehepaars Elsa und Hugo Bruckmann am Karolinenplatz 5 in München, wo sich die «wichtigsten Vertreter der ästhetischen Moderne» trafen»[59] Den Beginn des Ersten Weltkriegs, der ihn während eines Deutschlandaufenthalts überraschte und seine Rückkehr nach Paris verhinderte, feierte RMR zunächst in den berüchtigten *Fünf Gesängen* als Auferstehung des «Kriegs-Gott[es]». Seine Kriegsbegeisterung hatte sich jedoch längst gelegt, als er nach Musterung und Grundausbildung ins Kriegsarchiv in Wien abkommandiert und im Juni 1916 aus dem Militärdienst entlassen wurde. Den größten Teil des Ersten Weltkriegs verlebte RMR dann in München, unterbrochen von kleineren Fluchten: mehrmals nach Berlin und 1917 nach Gut Böckel

---

59 Martynkewicz 2009, 12.

zu seiner Mäzenin, der Schriftstellerin Hertha Koenig (1884–1976), die mit Roman Woerner verheiratet war, einem Jugendfreund von ATBs Vater Ludwig Pariser.[60] Im Winter 1917/18 wohnte RMR im Hotel Continental in München, bevor er am 8. Mai 1918 seine Wohnung in der Ainmillerstraße 34 bezog. Im Winter 1917/18 lernten sich RMR und ATB kennen; erste Verabredungen fanden im Hotel Continental oder in ATBs Atelier in der Bauerstraße 18 statt. Nachdem RMR, ohne sich zu verabschieden, am 11. Juni 1919 zu seiner großen Lesereise in die Schweiz aufgebrochen und ATB kurz darauf nach Hamburg umgezogen war, sahen sich die beiden nie wieder. Nach Deutschland sollte er nicht mehr zurückkehren.[61] Nach Aufenthalten in Venedig und Paris im Jahr 1920 unternahm RMR noch Reisen innerhalb der Schweiz, verließ aber die Schweiz nicht mehr, wo er in Valmont am 29. Dezember 1926 an Leukämie starb. ATB überlebte ihn und bewahrte seine Briefe als Geheimnis bis zu ihrem Tod.

Das Briefgespräch fällt in RMRs letzte Schaffensphase. Die großen Werke, sein Roman *Die Aufzeichnungen des Malte Laurids Brigge* (1910) und die *Neuen Gedichte* (1908 und 1909), lagen schon einige Zeit zurück; die nachfolgenden Gedichtausgaben – *Das Marienleben* [1912] sowie die *Ersten Gedichte* (1913), die Nachdrucke des schon überwundenen Frühwerks (*Larenopfer*, *Traumgekrönt* und *Advent*) enthalten, – reichten nicht mehr an den ästhetischen Rang der beiden großen Werke heran. Darüber konnten auch erfolgreiche Neuauflagen wie die der zum Kultbuch avancierten *Weise von Liebe und Tod des Cornets Christoph Rilke* (EA 1906 und 1912 als Band 1 der ‹Insel-Bü-

---

60 RMRs Beziehung zu Hertha Koenig und deren Mann Roman Woerner stellt neben ATBs Freundin Dora König und deren Mann Max Picard einen weiteren Knotenpunkt im Netzwerk der Familie Pariser dar, über den sich die beiden kennengelernt haben könnten.
61 Vgl. Luck 1986.

Abb. 13: München,
Ainmillerstraße 34.
Adresse von Rainer Maria Rilke
vom 8. Mai 1918 bis 11. Juni 1919.

cherei›) nicht hinwegtäuschen. Seine große Schaffenskrise im zweiten Jahrzehnt des 20. Jahrhunderts reflektiert RMR in seinen zahlreichen Briefen an Freunde, Freundinnen, Förderer und Mäzeninnen. Wichtig für RMR wurde in seiner letzten Schaffensphase zunehmend das Übersetzen, durch das er sich fremdsprachige poetische Texte buchstäblich aneignet, wenn er «sie in [s]einer Sprache zu fassen» sucht.[62] Zu seinen größeren Übersetzungen zählen *Die vierundzwanzig Sonette der Louïse Labé* (1917), petrarkistische Lyrik einer Dichterin aus der französischen Renaissance, *Der Kentauer* [*Le Centaure*, dt.] von Maurice de Guérin (EA 1911 [Pressedruck], erste öffentliche Ausgabe 1919), sowie Michelangelos Gedichte; es folgen die Mallarmé-Übertragungen und schließlich die Valéry-Übersetzungen. Die enge Beziehung seines übersetzerischen Werks zur ‹eigenen› Dichtung beschreibt RMR, als er Paul Valérys *Eupalinos* (1922) liest und eine Übersetzung erwägt: «Wenn ich einmal im Eigenen so weit fortgeschritten bin, daß ich mir wie-

---

[62] RMR an Ellen Delp am 4.1.1922 über seine Michelangelo-Übersetzungen, in: *RilkeGB*, Bd. 5, 20. Zu RMRs übersetzerischem Werk vgl. den instruktiven Überblick von Bernard Dieterle in *RHb*, 454–479.

Abb. 14: Rilke in seinem Arbeitszimmer in Muzot, 1925. Fotografie.

der befestigter vorkomme, so hoffe ich sehr, mich der Übersetzung der meisten Schriften Valérys widmen zu können».[63] In engem Zusammenhang mit seinen poetischen Übertragungen und dem Dichten in französischer Sprache stehen die letzten beiden großen lyrischen Werke, die Rilke in Muzot fertigstellt und publiziert: *Die Duineser Elegien* (1922) und *Die Sonette an Orpheus* (1923).

Neben der Übertragung fremder Texte kommt für RMRs späte Schaffensphase auch dem Briefwerk große Bedeutung zu, das ja auch dem ästhetischen Leitprinzip des Übersetzens, dem Dialog, entspricht. RMRs Korrespondenzen sind kein Nebenwerk, sondern integraler Teil seines Gesamtwerks, wie der Dichter selbst in seinem *Letzten Willen* festhält, verfasst am

---

[63] RMR an Rolf von Ungern-Sternberg am 28.1.1922, in: *RilkeGB*, Bd. 6, 104–108, hier 108.

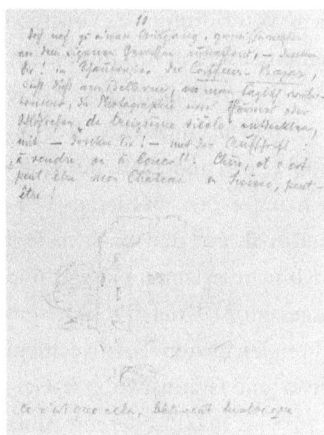

Abb. 15: Schloss Muzot.
Eigenhändige Bleistiftzeichnung
von Rainer Maria Rilke in einem
Brief vom 4. Juli 1921 an
Nanny Wunderly-Volkart.

27. Oktober 1925 in Muzot. Darin stimmt er ausdrücklich einer Veröffentlichung seiner «Correspondenzen» zu, da er, «von gewissen Jahren ab, einen Theil der Ergiebigkeit [s]einer Natur [...] in Briefen zu leiten pflegte».[64] Überdies erachtet RMR den Brief «für ein Mittel des Umgangs», das einen direkten und doch ästhetisch anspruchsvollen Austausch gestattet.[65] Auch die neuere Rilke-Forschung sieht in den Korrespondenzen einen integralen Teil des Gesamtwerks und hebt ihre poetologische Dimension hervor.[66] Dies trifft auf das Briefgespräch zwischen RMR und ATB insofern in besonderem Maße zu, als beide Briefpartner dichten, auch wenn ATB ihre Identität als eigenständige Lyrikerin RMR erst in der letzten Phase ihrer Korrespondenz offenbart. RMR führte in dieser Zeit manche Korrespondenzen, die länger andauerten, intensiver waren und mehr Einfluss auf sein Schaffen hatten – man denke an den

[64] Zit. nach *RHb*, 499.
[65] RMR an Lisa Heise am 2.8.1919, in: *Rilke/Heise*, 10.
[66] Vgl. Honold/Wirtz 2019.

Briefwechsel mit Sidonie Nádherný von Borutin, der von 1906 bis 1926 dauert und 348 Schreiben umfasst,[67] an den mit Nanny Wunderly-Volkart, der von 1919 bis 1926 allein 465 Briefe RMRs zählt,[68] oder an die 461 Schreiben umfassende Korrespondenz mit der Fürstin Marie von Thurn und Taxis, der er die *Duineser Elegien* widmete.[69] Doch unter den ‹mittleren› Korrespondenzen kommt dem hier erstmals edierten Briefwechsel mit ATB, der in RMRs letzten Münchner Jahren einsetzt und bis zu seinem Tod währt, mit insgesamt 61 Briefen mindestens ebenso viel Bedeutung zu wie vergleichbaren Briefwechseln RMRs aus diesem Zeitraum, etwa mit Gräfin Mirbach-Geldern-Egmont (41 Schreiben von 1918 bis 1924)[70] oder mit Anita Forrer (59 Schreiben).[71]

ATB ist weder eine Adlige, von der sich RMR Protektion oder gesellschaftliches Prestige erhoffen konnte, noch eine potentielle Mäzenin, sondern eine emanzipierte Frau mit künstlerischen und literarischen Ambitionen, wie RMR im Laufe ihres Briefgesprächs zunehmend registriert. Zudem halten beide von Anfang an ihre Beziehung geheim. Dritte, geschweige denn Familienmitglieder, sind keine ‹Mitwisser› und spielen in der Korrespondenz keine Rolle. So hat es durchaus Methode, dass etwa ATBs Mutter, die unter dem Pseudonym Erna Ludwig selbst poetische Werke publizierte, in dem Briefwechsel nie erwähnt wird. Die Konzentration auf die Zweierbeziehung ermöglicht ein offenes und direktes Briefgespräch, da beide in ihrem Verhältnis keine Rücksicht auf Dritte nehmen müssen. Auch wenn der Typus der ‹Neuen Frau› in der Weimarer Re-

---

67 *Rilke/Nádherný*.
68 *Rilke/Wunderly-Volkart*.
69 *Rilke/Thurn Taxis*.
70 *Rilke/Mirbach*.
71 *Rilke/Forrer*.

Abb. 16: Katharina und Anton Kippenberg. Fotografie, ca. 1906.

publik keine Ausnahme darstellt, ist ATB als «freie Frau», als die sie sich fühlt – unverheiratet, selbstbestimmt, modebewusst, emanzipiert, sich aber durchaus ihrer weiblichen Attraktivität bewusst –, eine bemerkenswert selbstbewusste Gesprächspartnerin. In ihrem «taktlosen» Habitus, den sie sich selbst attestiert, unterscheidet sie sich vom Verehrungsgestus anderer Frauen, zugleich sorgt es für eine reizvolle Halbdistanz, dass sie RMR durchgängig siezt und stets ohne Anrede schreibt. Dass RMR den «freien Ton» im Briefverkehr schätzt, bekennt er selbst.[72] Vergleichbar sind RMRs Korrespondenzen mit Elya Maria Nevar und Claire Goll. Im September 1918 wendet sich die Kunststudentin Elya Maria Nevar brieflich an «Rainer Maria»; er nimmt bald das angetragene Du auf und beginnt mit ihr, die eine Bühnenlaufbahn anstrebt und später Max Gümbel-Seiling heiraten wird, eine Korrespondenz, die bis zu seinem Tod an-

---

72 RMR an E. de W. am 20.3.1922, in: *RilkeGB*, Bd. 6, 134–139, hier 134.

dauert. Die 155 Schreiben behandeln häufig literarische Fragen, auch schickt Nevar etwa Übersetzungsproben an RMR. Doch obschon auch Nevar eine emanzipierte Frau ist, unterscheidet sich ihr Briefgespräch von dem mit ATB durch den stärker verehrenden, asymmetrischen Gestus und dadurch, dass auch Dritte wie Elyas Mutter eingebunden sind. Noch ähnlicher ist die Konstellation bei RMRs Korrespondenz mit Claire Studer, verheiratete Goll. Die Korrespondenz beginnt 1918, und wie im Verhältnis zu ATB sind aus der frühen Zeit der Beziehung nur RMRs Briefe erhalten. Bald nachdem 1919 Claire Studer von München nach Berlin wechselt, um dort ihr Verhältnis mit Yvan Goll wieder aufzunehmen, kommt es – wie bei RMR und ATB – nach RMRs Umzug in die Schweiz zu einer Pause im Briefwechsel. Diese dauert drei Jahre, bis Claire Studer/Goll 1925 RMR noch einmal in der Schweiz persönlich begegnet. Die Korrespondenz ist ähnlich umfangreich – sie umfasst 58 Schreiben –, und auch Claire Goll ist eine emanzipierte, selbstbestimmte Frau und Dichterin. Sie schickt RMR eigene französische und deutsche Verse, auch RMR schickt ihr französische Gedichte, zu denen er seine eigene deutsche Übersetzung nachreicht. Zu diesen beiden bedeutenden Korrespondenzen gesellt sich nun eine dritte: ATBs heimliches Briefgespräch mit RMR.

1.4 Das Briefgespräch zwischen Rainer Maria Rilke und Agnes Therese Brumof

«Soll man es wagen? Wir wohnen zwar in verschiedenen Hotels, aber? Auf jeden Fall lege ich die Adresse bei, die Sie bitte wählen wollen, und setzen Sie bitte keinen Absender drauf!» Mit diesen Worten eröffnet ATB ihren Brief vom 14. Juni 1924 (Nr. 54). Sie schickt ihn von Bad Kohlgrub in den Ammergauer

Alpen nach Muzot/Sierre. Die Inszenierung einer allein aufgrund der räumlichen Distanz unmöglichen intimen Begegnung mit RMR erinnert an den Anfang ihrer Beziehung im Jahr 1918. Inzwischen sind fünf Jahre vergangen, in denen sie einander nicht mehr gesehen haben. Am 11. Juni 1919 verließ RMR München Richtung Schweiz, wenige Tage bevor ATB, am 13. Juni 1919, ihm mitteilt, dass sie München mit dem Ziel Hamburg verlässt. Es ist der erste überlieferte Brief aus ihrer Feder (Nr. 16).

Voraus gehen 15 Briefe oder Noten RMRs, die er an ATB richtete, als beide noch in München lebten. Meist sind es undatierte Schreiben, in denen RMR auf eine Verabredung drängt, zuerst am 16. Februar 1918, noch aus dem Hotel Côntinental: «Ich werde es versuchen, heute gegen halb sieben bei Ihnen zu sein; finde ich Sie nicht, so trag ich mich später für nächste Woche bei Ihnen an, – am Liebsten wär mirs freilich, Ihnen gleich heute die Hände zu reichen» (Brief Nr. 1). RMR hofft darauf, ATB in ihrem Atelier in der Bauerstraße 18 zu treffen, und ist enttäuscht, dass sie das Continental vorzieht: «Ein Hôtelzimmer ist (ich leide jeden Tag darunter) so gut wie keine Umgebung; so dachte ich, Sie in jener bestimmteren zu sehen, die durch Ihre Arbeit gegeben ist» (Brief Nr. 3). RMR wünscht sich – meist kurzfristig – intime Treffen in privater Umgebung.

Überliefert ist ein Briefwechsel, der im Februar 1918 beginnt und im April 1926 endet. 23 Briefe und Noten stammen von RMR, 38 Briefe und Karten von ATB. Bis zu beider Abreise aus München kennen wir nur RMRs Briefe und Noten.[73] Erst ATBs Briefe, die RMR in der Schweiz erreichen, sind erhalten und werden im Schweizerischen Rilke-Archiv verwahrt. RMR archivierte sie – wie auch andere Korrespondenzen – in einem

---

73 Vgl. *Rilke/Goll*.

roten Umschlag. ATBs Briefe blieben in der Rilke-Forschung bis heute unbeachtet. Der Name Agnes Therese Brumof (Pariser) kommt nicht vor. Während ihre Briefe grundsätzlich zugänglich waren, fehlten die Briefe RMRs. Sie befinden sich noch in Privatbesitz und werden hier erstmals veröffentlicht. Damit wird der Rilke-Forschung eine *Terra incognita* zur weiteren Erkundung präsentiert.

Ein Aufschlüsselung des Briefwechsels zwischen RMR und ATB nach Jahr und Anzahl zeigt nicht nur eine ungleiche Intensität, sondern dokumentiert auch verschiedene Phasen ihrer Beziehung:

1918/19: 15 × RMR
1919:   2 × RMR – 10 × ATB
1920:   3 × RMR – 10 × ATB
1921:   0 × RMR – 2 × ATB
Unterbrechung: 06/21–11/23
1923:   2 × RMR – 5 × ATB
1924:   1 × RMR – 9 × ATB
1925:   0 × RMR – 1 × ATB
1926:   0 × RMR – 1 × ATB

Sowohl RMR als auch ATB schreiben durchweg ohne Anrede. RMR zeichnet anfangs zweimal mit *RMRilke*, fortan stets mit *RMR* oder *R*. ATB unterzeichnet die Briefe bis 1923 überhaupt nicht, danach fast ausnahmslos mit *C. T.* für *Chère Therese*. Sie greift damit eine «Tradition» RMRs auf, ATB mit *l. T.* anzusprechen: «Dies geht uneingeschrieben, aus Anhänglichkeit an die Tradition des ‹l[iebe] T[herese]›» (Brief Nr. 33). RMR verwandte diese Anrede schon in der Münchner Zeit (Brief Nr. 7). Gleichwohl bleiben beide durchweg beim ‹Sie›. Grußformeln am Schluss der Briefe fehlen mit wenigen Ausnahmen (Nr. 25, 29, 43, 44, 50, 58).

Aus der Münchner Zeit 1918/19 sind mindestens acht Schreiben ATBs verloren. Für die Folgezeit ist der Briefwechsel dagegen erstaunlich vollständig. Es fehlen erkennbar nur drei Schreiben ATBs, vor Brief Nr. 29 (2) und vor Brief Nr. 47.

In der Münchner Zeit spricht vieles für eine intime Beziehung. Die Treffen sollen unentdeckt bleiben (Brief Nr. 7) und finden immer nur zu zweit statt. ATBs Eltern wissen nichts von der Freundschaft mit RMR, der wohl Anfang 1919 plant, sich der Familie Pariser durch Efraim Frisch vorstellen zu lassen, den Herausgeber des *Neuen Merkur* und Freund der Eltern (Brief Nr. 15). Zum Weihnachtsfest 1918 schenkt ATB RMR ein Lesezeichen, das als Symbol der Beziehung den gesamten Briefwechsel begleitet. Nachdem beide München verlassen haben, schreibt ATB schon in ihrem ersten Brief vom 6. Juli 1919 (Brief Nr. 17): «Erinnern Sie sich noch an Weihnachten? Gibt es das noch einmal?»

Mit dem Verlassen Münchens beginnt die zweite Phase der Beziehung zwischen RMR und ATB, die Epoche einer anfangs «inkommensurable[n] Verbundenheit», wie RMR es in seinem Brief vom 31. Januar 1920 (Nr. 29) nennt. ATB reagiert darauf mit einer Liebeserklärung: «Vor allem, zu dem wiederholten Satz des ‹Dauernd verbundenseins›. Es ist nämlich ganz sonderbar, daß bei meiner [...] schönen und schrecklichen Bewußtheit in <u>allen</u> Dingen das einzig Unbewußte in mir meine Einstellung zu Ihnen ist. [...]. Denken Sie, daß ich oft lange Zeit nicht an Sie denke, scheinbar, daß ich gar keinen Schmerz fühle, daß ich Sie vielleicht lange nicht wieder sehen werde; und aufeinmal berührt jemand eine Eigenschaft oder ein Wort von Ihnen, das ich mir vorstellen kann, und alles ist wieder wach, als ob es nur darauf gewartet hätte» (Brief Nr. 30). Für ATB bleibt die Beziehung zu RMR ihr geheimer Besitz: «Manchen Tag glaube ich fortwährend, Sie müßten mir jetzt entgegen kommen, und doch ist mir jedes Gespräch mit Menschen über etwas von Ihnen wie eine heimliche Entäußerung» (Brief Nr. 30). Erotische Erinnerung und eine Verletztheit durch die Trennung durchziehen das Briefgespräch um 1919/20. So spielt sie auf die erotische «Weltmacht Lullu» an (Brief Nr. 26), bezieht sich auf einen Artikel von Hugo Horwitz im *Neuen Merkur* (Brief Nr. 24), der das Bild der «freien Frau» in der Vereinbarkeit von Eros und Logos entwirft, und sucht die räumliche Distanz zu überbrücken: «Ich denke mich zu Ihnen [...]: ganz plastisch, in der Luft hängend und in grauseidenen Strümpfen» (Brief Nr. 30). Doch macht sie auch aus ihrer Kränkung kein Hehl: Während RMR ihre Reliquie, das Leseband mit Locke, mit in die Schweiz genommen hat (Brief Nr. 22), besitzt sie von RMR lediglich einen leeren Flacon, den sie «mit Stecknadeln gefüllt» hat (Brief Nr. 26).

RMRs Erinnerung an die Intensität des Erlebens in ihrer Beziehung verblasst nach dem ersten Schweizer Jahr, geschuldet möglicherweise auch seiner eigenen, durchaus prekären Lebenssituation in der Schweiz: «Fast ein Jahr werde ich in der Schweiz geblieben sein, wieder eines, das Leben wird immer unaufhaltsamer [...] seit 1914 kommt mir nichts zum Bewußtsein, als gewisse Maaß-Einheiten des Vergehens und Vorüberseins. [...] aber ach: *meine* Schwere wird nicht zum Tanz» (Brief Nr. 33). ATBs Antwort ist charakteristisch für ihre Schreibweise: Sie tritt mit respektloser und gelegentlich provokanter Direktheit auf: «[weil] ich Ihnen gegenüber immer die Funktion haben werde, taktlos zu sein – nicht wahr? taktlos! [...] Gott gebe, daß Sie mir das so wenig nachtragen, wie die grauseidne Hängemattenphantasie» (Brief Nr. 34). ATB drängt weiterhin darauf, RMR wieder in Deutschland, vielleicht sogar in München, zu sehen: «Woher kommen Sie denn wann wohin?» (Brief Nr. 38) – «Kommen Sie doch endlich! – Aber dieser Schrei ist zu subjectiv, als daß er große Akustik bei Ihnen finden dürfte. Kommen Sie? Bald?» (Brief Nr. 40).

ATB reagiert damit auf RMRs Schreiben, das sie am 29. Juli 1920 erreicht hat und wie ein Abschiedsbrief wirkt (Brief Nr. 39): Recht unpersönlich berichtet RMR von der ungewissen Zukunft und seiner Hoffnung, in der Schweiz bleiben zu können: «Hab ich Unrecht, wenn ich mir die Rückkehr schwer mache und für jede Ausflucht dankbar bin, die einen Aufschub mit sich bringt? Und dabei ist die Schweiz ja doch weder Ort noch Fortschritt für mich, nicht einmal bequem, ein Wartezimmer, in dem man rückenrecht gegen die Wand sitzt, – und doch scheint mir dieser Zustand noch erträglicher, hélas, und aussichtsvoller, als jeder mögliche jenseits der schweren Grenze». Resignativ schließt RMR: «Auf Wiedersehen. Wann? Wo? – Immerhin.»

Mit diesem Schreiben RMRs endet die zweite Phase seiner Beziehung zu ATB. Sie ahnt dies in ihrer Antwort vom 1. August 1920: «Glauben Sie, daß wir je noch zusammen sprechen werden? Ich zweifle so – und wir könnten es vielleicht gerade jetzt so leicht und gut, besser als damals wo ich so in einer Frage befangen war. Ich denke sehr traurig daran zurück; es war trotz allem so entzückend» (Brief Nr. 40). Eine sentimentalische Stimmung, stärker bei ATB als bei RMR, prägt nun das Briefgespräch. Anschließend versiegen auch ihre Briefe, die zuvor in schneller Folge an RMR abgingen. Nach einem kurzen Lebenszeichen vom Februar 1921 (Brief Nr. 41) folgt ein letzter Brief vor der großen Briefpause, die vom Juni 1921 bis zum November 1923 dauert.

In diesem letzten Brief vom 4. Juni 1921 (Brief Nr. 42) eröffnet ATB ein neues Thema, das die dritte Phase ihrer Beziehung prägen wird – ihre Identität als Lyrikerin und Schriftstellerin: Sie zitiert aus RMRs ‹Anmerkung› zu seiner Übersetzung des *Centaure* von Maurice Guérin aus dem Jahre 1911: «Vielleicht ist der Dichter wirklich außerhalb alles Schicksals gemeint und wird zweideutig, ungenau, unhaltbar, wo er sich einläßt [...]».⁷⁴ Die Forschung liest RMRs ‹Anmerkung› so, dass RMR in Guérins Text das «Bild des Schicksals eines jeden wahrhaftigen Dichters» sieht. ATB scheint sich RMRs Dichterverständnis zu eigen zu machen, denn sie berichtet RMR vom Fund ihrer Gedichte aus der Kindheit und schließt mit der Bemerkung: «Ihre <u>unglaublichen</u> Worte – oder, daß ich sie verstehen kann – zeigen mir, wie sie auch für mich gelten».

Erst nach exakt zweieinhalb Jahren, am 4. November 1923, ergreift ATB die Initiative und setzt das Briefgespräch mit RMR fort. Sie schließt fast nahtlos an ihre Selbstinterpretation als Dichterin an (Brief Nr. 42) und schickt RMR eine erste Auswahl ihrer Jugendgedichte nach Leipzig an den Insel-Verlag, da sie RMRs aktuellen Aufenthaltsort nicht kennt. RMR reagiert erstaunlich rasch und respektvoll am 24. November 1923 (Brief Nr. 44): «Das war ein lieber Impuls, und den ich Ihnen herzlich anseh, daß Sie sich da bei der Hand genommen haben, ‹l[iebe] T[herese]›, um sich mir in diesem sauberen alten Gedichtkleidchen zuzuführen». Die Kleidermetapher greift ATB in ihrem Antwortbrief auf: «Das Kinderkleid ist wirklich eins, und wirklich verblichen. [...] Und Sie meinen, ich könnte es wieder tragen?» (Brief Nr. 45). RMR nimmt die Identität ATBs als Lyrikerin ernst: Er will sich ihre Gedichte durch Abschrift zu eigen machen (Brief Nr. 48). Die dritte Phase des Briefwechsels, die sich eigentlich auf das späte Jahr 1923 und auf 1924 beschränkt, gilt einerseits der Künstlerin ATB, aber andererseits auch ihrer neuen selbstbewussten Identität. Sie schickt ihm drei Schreiben, die jeweils einen ausführlichen Anhang mit ihren Gedichten enthalten (Briefe Nr. 43, 45, 60). Zugleich bleibt sie «taktlos» und provoziert RMR in seiner vermeintlichen Schweizer Idylle: «Hoffentlich erreicht Sie dieser Brief in Wärme,

---

74 Vgl. *RHb*, 472.

Licht und Sorglosigkeit, recht in Daunen und Perlen begraben, mitten in der gesunden, eleganten Welt» (Brief Nr. 43). ATB selbst ist sich der Veränderung der Geschlechterrollen bewusst und nutzt den ersten Brief (Nr. 43) nicht nur, um sich RMR als Lyrikerin zu präsentieren, sondern auch – durchaus pointiert mit einen Schuss Sarkasmus –, um das neue Verhältnis von Männern und Frauen zu thematisieren: «Die Männer [...] teilen sich nunmehr in den Restbestand des deutschen Mannes mit dem Schrei nach dem Kinde und [...] dem sich ‹Zur Natur zurück› entwickelnden, umworbenen und farbenfrohen Männchen, das uns den Rang als Spielzeug und Luxusgegenstand streitig macht». Diesem Männerbild stellt sie die neue Frau gegenüber, der «es schmerzlich bekommt, plötzlich einen eigenen Willen und eine eigene Verantwortung zu erhalten». Wie sehr sie diese neue Rolle der Frau, die ihr Freude und Last zugleich ist, annimmt und lebt, zeigen ihre zunehmende Radikalität im Urteil, aber auch gewisse Grenzüberschreitungen RMR gegenüber im mehr als nüchternen Weihnachtsgruß von 1923: «Großvater – nein, das ist so komisch – daß ich Ihnen gleich, mitten in der Fahrt – auf einem kleinen Umsteigebahnhof – schreiben muß. – Das ist zuviel – für soviel weihnachtliches Entgegenkommen weiß ich keine Worte des Dankes, – verzeihen Sie! Und dann nicht einmal babygeneigt!» (Brief Nr. 49). ATBs unpassende Worte zur Geburt von Rilkes Enkelkind Christine nach RMRs respektvoll-positiver Reaktion auf ihre Gedichte mögen zum Ende des Briefwechsels geführt haben. RMRs letzter Brief vom 17. Juni 1924 (Nr. 55) reagiert auf das imaginierte Rendezvous aus ihrem Brief vom 14. Juni 1924 (Nr. 54). Dieser Brief ATBs (Nr. 54) enthält *in nuce* alle Aspekte dieser komplexen Beziehungsgeschichte: die Sehnsucht nach der Intimität der Münchner Zeit, das Geheimnis ihrer Beziehung zu RMR und die «Taktlosigkeit»: «Trotzdem wüßte ich endlich gern, wie es Ihnen weiter im Turm und in der Welt gefällt, und ob Sie mal von mir gehört haben».

RMRs letzter Brief schließt mit den Worten: «Ob ich nie nichts versäume in meinem Thurm, ist gar nicht so ausgemacht. Aber gehört nicht auch das Versäumen zum Ganzen, zum Vollzähligen? (Zum schließlich Zahllosen?)». Die folgenden sechs Briefe ATBs verhallen unbeantwortet. Die Neujahrskarte mit der Herzdame (Nr. 59) ist eine letzte Liebeserklärung; der letzte ihrer Briefe (Nr. 61) schließt enttäuscht und belanglos: «Bis auf eine neue Adresse also, wie immer!»

1.5 Die moderne Tanzbewegung als Kontext der Freundschaft

«Wie gefällt sie Ihnen? Sie ist blaß wie die deutsche Sonne und blond wie Silber, und kann fast gar nichts». Mit diesen Worten charakterisiert ATB die Tänzerin Tilly Daul (Abb. 26) auf einer Postkarte vom 10. Mai 1920 (Nr. 37). Das Urteil ist knapp und hart. Tilly Daul gehörte 1920 zur sogenannten ‹Münchener Tanzgruppe›, die Jutta von Collande, Theodor Etbauer und Andreas Scheller in Hamburg aufbauten.[75] Zeitgleich arbeitete ATB in Etbauers ‹Schule für Erlebniskultur› und konnte so die Entwicklung der Tanzgruppe nahezu täglich mitverfolgen.[76]

Ganz anders bewertet sie Mary Wigman[77]: «In aller Eile noch von einer herrlichen Tänzerin aus Zürich: Mary Wigman – die Sie nicht versäumen dürfen. Bedenken Sie eine Frau, die weder jung noch leicht ist: Schwere Züge, und scheinbar erdgebundene Gliedmaßen; dazu, während eine Tänzerin, um

---

75 Toepfer 1998, 238f.; Jockel/Stöckemann 1989, 32f., 36–45.
76 Editionskommentar Anm. 87.
77 ↑Mary Wigman; vgl. Abb. 24.

Abb. 17: ‹Traumfrau›.
Illustration von Therese Brumof.
In: Erna Ludwig [Ps. Ernestine
Pariser]: Lothar Quadrat.
Erzählung. Berlin: Reuss &
Pollack 1926, S. 3.

leicht zu sein, eine Wolke oder nichts um sich hat: schwere, niederziehende Kleider von einer gewissen melancholischen Pracht – aber diese Wucht, Schwungkraft und lautlose Leichtigkeit und plötzlich nichts-mehr-sein als Tanz!» (Brief Nr. 32; vgl. Abb. 24) RMR, obgleich gerade auf Gut Schönenberg bei Pratteln nahe Basel weilend, vermag der Empfehlung ATBs nicht zu folgen: «So ist also Mary Wigman eine, wie Sie sagen, ‹herrliche Tänzerin›; schade, ich habe sie nicht gesehen und werds auch kaum mehr, da mir meine Finanz-Umstände nicht erlauben, noch einmal von hier fort, nach Zürich, zu gehen. Bilder sah ich von ihr, Photographieen, die ich mir nachträglich im Sinne Ihres Erlebnisses auslege» (Brief Nr. 33). ATB kann diesem wohlwollend zugewandten Kommentar RMRs nichts abgewinnen und kommentiert mit einer gewissen, für den Briefwechsel durchaus typischen Respektlosigkeit, dass RMR «an den schlechten Bildern der Mary W. überhaupt nichts sehen» könne (Brief Nr. 34).

ATBs Urteil über Mary Wigman ist bemerkenswert und geradezu prophetisch, denn Wigman war im Februar 1920 noch längst nicht die Ikone der deutschen Tanzkultur. Im Herbst 1919 hatte sie ihre erste Deutschlandtournee absolviert: In München wurde sie ausgepfiffen, in Berlin tanzte sie vor leeren Reihen, in Hannover fast nur vor Freunden und Verwandten, und in Bremen verfolgten vierzig Besucher ihren Auftritt.[78] Wigman kommentiert ihre Bremer Erfahrung: «Eine Grabesangelegenheit! Kaum ein Mensch im Publikum. Keine Hand, die sich rührte. Schweigen! Nun mach' mal was! Nichts! […] Und du das Gefühl hast, ja, warum bist du eigentlich hier, warum existierst du überhaupt […]?»[79] Nur in Hamburg konnte sie einen wirklichen Erfolg verbuchen.

Die Beschäftigung mit Tanz und Tänzern prägt nicht nur den vorliegenden Briefwechsel. Sie ist für die zeitgenössische Kultur insgesamt zentral, die den expressionistischen Ausdruckstanz als kongeniale Kunstform erkennt. Paul Nikolaus konstatiert 1919 in seinem ‹Tanzbuch›: «Wenn ich in den nun folgenden Teilen die Richtung einzelner Tänze nicht gut zu heißen vermag und nur jene vollkommen finde, die expressionistisch sich offenbaren, so geschieht dies allein darum, weil ich erfühle, daß im Expressionismus die Empfindungen unserer Zeit sich am reinsten spiegeln, daß er die größten Möglichkeiten für die Erfüllung unserer Sehnsüchte birgt».[80]

ATBs Interesse an der Tanzkultur der Zeit ist natürlich auch beeinflusst durch ihre Schwester Hilde,[81] die seit 1919 als expressionistische Ausdruckstänzerin, Primaballerina und Ballettmeisterin Karriere macht. Anderseits gehören Tänzerinnen und Tänzer der Zeit zum Bekannten- und Freundeskreis

78 Müller 1986, 67–69.
79 Zitiert nach Müller 1986, 69.
80 Nikolaus 1919, 11.
81 ↑Hilde Brumof.

Abb. 18: Eduard Caspar Hopf, Tänzerinnen o. J. Gouache 47 × 61 cm.

RMRs, insbesondere Alexander Sacharoff und seine spätere Frau Clotilde, geb. von der Planitz, die bis zu ihrer Eheschließung 1919 unter dem Namen Clotilde von Derp auftrat (vgl. Abb. 27).[82] Auch in dieses Netzwerk ist ATB eingebunden, denn Alexander Sacharoff war von 1904 bis 1914, Clotilde von Derp (Sacharoff) bis 1916 in München beheimatet.[83] Sie sind immer wieder Gesprächsstoff im Briefwechsel mit RMR. ATB schreibt RMR geradezu euphorisch, dass der Schauspieler Conrad Veidt eine männliche Clotilde von Derp sei: «Clotilde Derp in männlich; länger, gestreckter, durchgeistigter, aber ebenso schmal und dunkel, ebenso überraschend tolle schmale Augen. oh – !» (Brief Nr. 36). Beide registrieren die Misserfolge

---

82 ↑Alexander und ↑Clotilde Sacharoff. RMR lernt Clotilde von Derp 1913 in München kennen (*RChr*, 437). Vgl. Jonas 1966, 3 f.
83 Peter 2002, 139–150.

der Sacharoffs in Amerika (Briefe Nr. 38 und 39). RMR selbst verpasste 1919 die Gelegenheit, beide Sacharoffs vor ihrer Abreise nach Amerika noch einmal in Zürich zu treffen.[84]

An der Karriere ihrer Schwester Hilde nimmt ATB großen Anteil. 1923 begleitete sie Hilde nach Königsberg, wo diese ihr erstes Engagement als Erste Solotänzerin antrat. Angebote, als Erste Solotänzerin und Ballettmeisterin nach Zürich beziehungsweise Bern zu gehen, lehnte Hilde ab, wie ATB schreibt: «Denken Sie, daß ich diesen Herbst fast in Ihre Nähe gekommen wäre, wo ich meine Schwester in ihr Engagement nach Zürich oder Bern begleitet hätte. Sie nahm aber beides schließlich nicht an [...]. Sie ist jetzt ‹Primaballerina› an der Königsberger Oper, um sich darin einzuweihen, und hat es künstlerisch u. gesellschaftlich so glücklich getroffen, wie man es in Deutschland überhaupt noch treffen kann» (Brief Nr. 45).

1.6 Agnes Therese Brumofs lyrisches und bildkünstlerisches Werk

Seit ihrer Kindheit betätigte sich ATB künstlerisch und literarisch. So hält sie in einem ‹Bilderbuch› aus dem Jahr 1907 Erlebnisse aus Schule und Familie in Text und Bild fest.[85] Die Notate der 14jährigen Agnes, oft kleine witzige Reimdichtungen, reichen von «Die süsse Speise» und «Weihnacht» über «Wir spielen Theater» sowie «Ein Spaziergang» bis zu «Tanzstunde» und «Turnstunde» und dokumentieren die Bandbreite einer großbürgerlichen Mädchenerziehung um 1900. Die Textillustrationen, teils flüchtige Bleistiftskizzen, teils kolorierte Fe-

---

84 Jonas 1972, 262–268.
85 Agnes Pariser: *Tölz. / Notizen. / den 13. Februar. / Bilderbuch*. Kleines Heft mit karierten Seiten (Privatbesitz).

derzeichnungen, verraten in Komposition und Proportion die künstlerische Begabung der jungen Agnes Therese. Ihre künstlerische Ausbildung an einer der vielen privaten Kunstschulen im München vor dem Ersten Weltkrieg lässt sich nur umrisshaft rekonstruieren. Während ihre Jugendfreundin Dora König angibt, ATB habe bis Kriegsbeginn an der Kunstschule von Emil Preetorius und bei den dort wirkenden Künstlern Paul Renner und Walo von May zeichnen und malen gelernt, nennt ATB selbst als ihre weiteren Kunstlehrer Johann Brockhoff (1871–1942), der eine Schule für graphische Künste leitete, Martin Kurreck (1868–1957), der vor allem Glasmosaiken entwarf, und Wladimir Magidey (1881–1956), der eine private Kunstschule in München leitete. Tatsächlich lässt sich aus den Unterschieden der Ausbildungen und Spezialisierungen ihrer Privatlehrer auch die große Vielfalt von ATBs künstlerischen Tätigkeiten erklären. Die Bandbreite reicht von Reklame- und Plakatkunst über Modezeichnung, Kostüm- und Bühnenbild bis hin zur Buchillustration. Ihre ausgeprägte Affinität zu beiden Schwesterkünsten, Literatur und Malerei, zeigt sich in eigenartigen Text-Bild-Mischungen, die ihr besonderes Markenzeichen darstellen. Dazu zählen schon früh entstandene Gedichthandschriften, die sie mit oft flüchtigen Bleistiftzeichnungen versehen hat (Abb. 39–40), sowie farbige Bilderrätsel (Abb. 37–38).

ATB dichtete bereits als junges Mädchen und war aufgrund ihres kultivierten familiären Hintergrunds früh mit der schönen Literatur vertraut. Ein undatiertes Verzeichnis der Bibliothek ihres Vaters Ludwig Pariser dokumentiert die große literarische Bildung ihres Elternhauses.[86] In der geisteswissenschaftlich ausgerichteten Bücherliste sind Literaturgeschichte, Geschichte

---

[86] Unbez. Bücherverzeichnis, Typoskript [Durchschlag], 12 S. (Privatbesitz). Terminus post quem des undatierten Manuskripts ist das Jahr 1917 (Erscheinungsdatum von RMRs Louize Labé-Übersetzung).

und Philosophie gut repräsentiert, doch die mit Abstand meisten Titel entfallen auf die Sektion «Schöne Literatur, Klassiker, Dichtungen». Im Elternhaus konnte ATB die wichtigsten Vertreter der europäischen Literatur sowie die deutsche Dichtung vom Mittelalter bis zur Gegenwart lesen. Rilke ist mit zwei Werken vertreten: *Die Weise von Liebe und Tod des Cornets Christoph Rilke* (1906) und *Die 24 Sonette der Louise Labé, Lyoneserin [!] 1555* (1917).

Über ihre Eltern, die sich selbst literarisch und literarhistorisch betätigten, lernte ATB überdies Schriftsteller und Intellektuelle der Münchner Moderne persönlich kennen. Dazu zählen Josef Ruederer (1861–1915) oder die engen Freunde der Eltern Tilly und Frank Wedekind (1864–1918); für Letzteren entwarf ATB später Kostüme (vgl. Briefe Nr. 26 und 30 sowie Abb. 30).[87] Eine Erzählung ihrer Mutter, die unter dem Pseudonym Erna Ludwig selbst zahlreiche Gedichte veröffentlichte, illustrierte ATB (vgl. Abb. 44). Auch wenn kein Verzeichnis ihrer Bücher überliefert ist, lässt sich ATBs literarischer Geschmack über Anspielungen, Buchgeschenke, Erwähnungen ihrer Lektüre und Theater-Erfahrungen rekonstruieren. Gut kennt sie die romantische Tradition, seien es die *Kinder- und Hausmärchen* der Brüder Grimm (Brief Nr. 45 mit dem *Rapunzel*-Vergleich) oder Heinrich von Kleist (Brief Nr. 40), aber auch die spätromantische Lyrik eines Friedrich von Bodenstedt (Brief Nr. 56). Neben den Werken Friedrich Nietzsches dürfte ATB auch mit der Lebensphilosophie Hermann Graf Keyserlings (Brief Nr. 41) und der Existenzphilosophie Kierkegaards vertraut gewesen sein, mindestens in der populären Vermittlung durch Georg Brandes. Dessen *Literarisches Charakterbild* schenkte sie RMR

---

[87] Wedekind ist in der Bibliothek Pariser mit sieben Titeln, Josef Ruederer mit fünf Titeln vertreten. Ruederer korrespondierte mit Agnes Thereses Mutter Erna Ludwig, besonders ausführlich im Jahre 1905.

im September 1918 (vgl. Briefe Nr. 23 und 10). Sicher gekannt hat ATB die zeitgenössische kultur- und genderkritische Essayistik (Hugo Horwitz, Hans Blüher, Rudolf Kassner, vgl. Briefe Nr. 24 und 41). Die Erwähnung Casanovas (Brief Nr. 56) ist wohl eher als scherzhafte Warnung für Rilke gedacht, und das kleinformatige, bibliophile *Jean-Paul-Bändchen*, das unter dem Titel *Entlarvung der Weiber* Äußerungen Jean Pauls über Frauen zusammenstellt, ist eher eine anzügliche Kuriosität (Brief Nr. 15). Dominant in ATBs Lektürehorizont ist fraglos die moderne Literatur und Kunst. Dazu zählt neben Theodor Fontane (Brief Nr. 56) die früh verstorbene Malerin Marie Bashkirtseff (Briefe Nr. 56 und 57), deren freimütiges Tagebuch als Inbegriff der Psychologie junger Frauen galt und ein Kultbuch der Jahrhundertwende war. Auch aus dem «schrecklichen Strindberg» wird zitiert (Brief Nr. 45). Hugo von Hofmannsthals Einfluss zeigt sich nicht nur in sprachlich-stilistischen Anleihen, sondern auch in einem deutlich markierten intertextuellen Bezug: Dessen *Lucidor* hat ATB zu einem titelgleichen Rollengedicht inspiriert (Anhang zu Brief Nr. 60). Unverkennbar ist zudem ATBs Vorliebe für die Münchner Moderne: Dazu zählen vor allem Frank Wedekind und RMR, aber auch Stefan George, dessen «Umdichtung» von Shakespeares *Sonnetten* (Brief Nr. 7) sie RMR schenkt, oder der von RMR geförderte Max Pulver. Pulvers mythisch-mediävalisierendes Epos *Merlin* (1918) liest RMR wohl sogar auf ihre Empfehlung hin (Brief Nr. 8). Ganz präsent ist ihr aber RMRs Werk. Daraus zitiert ATB mehrfach und integriert etwa eine Stelle aus den *Neuen Gedichten* in ihren eigenen Brieftext (Brief Nr. 45). Doch kommentiert sie die Zitate ironisch, als wüsste sie nicht, dass der Adressat RMR deren Autor ist. So leitet sie eine Stelle aus dem *Malte Laurids Brigge* mit den Worten ein: «Steht nicht irgendwo [...]?» (Brief Nr. 18) und fragt RMR, nachdem sie zwei Verse aus seinem Gedichtband *Mir zur Feier* zitiert hat, spöttisch: «Kennen

Sie das, oder lesen Sie keine Klassiker in Ihrem Turm?» (Brief Nr. 49).

ATBs Lyrik blieb unveröffentlicht, obschon sie eine Publikation «in Buchform» erwog (Brief Nr. 49). Sie schickte RMR erstmals am 4. November 1923, nach der anderthalbjährigen Pause ihrer Korrespondenz, eine Auswahl ihrer Gedichte, die «noch vor unserm Kennenlernen entstanden sind, also Kindergedichte zum Teil, aber daran werden Sie mich besser wiedererkennen als an jetzigen Zeichnungen» (Brief Nr. 43). Dass RMR von ihren Gedichten wohl tatsächlich nichts wusste, bezeugt der Fortgang des Briefes, in dem ATB bekennt, sie habe ihm diese Gedichte «damals» nie gezeigt, «weil sie kein Erlebnis darstellten; oder vielmehr eins darstellten ohne eins zu bedeuten» (Brief Nr. 43). Die Gedichte befanden sich schon – allerdings «illustriert» – unter ihren Zeichnungen, die sie RMR zeigte, ohne ihre Autorschaft zu offenbaren (Brief Nr. 45). Die fünf Gedichte *Erfüllung*, *Eingang*, *Mitternacht*, *Die Seifenblase* und *Freundinnen* übermittelt sie RMR nun ohne die jeweilige ‹Illustration›. RMR zeigt sich in seiner Antwort vom 24. November 1923 angetan von «diesem sauberen alten Gedichtkleidchen», das «auf ‹Zuwachs› gemacht» und «nirgends zu kurz geworden oder zu peinlich anliegend» sei (Brief Nr. 44). Das ermutigt ATB so sehr, dass sie ihm am 29. November 1923 weitere acht Gedichte zuschickt: *Das Geschenk*, *Die Vögel*, *Wasserspiegel*, *Asyl*, *Anfang*, *Triumph*, *Flucht* und *Todesangst* (Anhang Brief Nr. 45).[88] RMR, der sonst sehr kritisch auf poetischen Dilettantismus reagieren konnte, dankt ihr nicht nur für «die Fortsetzung der Gedichte», sondern nimmt sich sogar vor, «diese Verse in ein besonderes kleines Heft zu überschreiben, um sie leichter ab und zu wie-

---

[88] Wie angelegen ATB ihre eigene Lyrik war, zeigt ihr Schreiben vom 4.12.1924 (Brief Nr. 46), in dem sie eine kleine Korrektur im Gedicht *Geschenk* nachreicht.

dersehen zu können» (Brief Nr. 48) – eine Form wertschätzender Aneignung, wie sie RMR auch bei den Gedichten Regina Ullmanns praktizierte.[89] ATBs dritte und letzte Zusendung von Gedichten blieb unbeantwortet: Es handelt sich um die vier Gedichte *Nun*, *Grabschrift*, *Mund der Sklavin* und *Aus: Lucidor* (Anhang Brief Nr. 60).

Das Korpus der lyrischen Sendungen an RMR erlaubt, zusammen mit weiteren handschriftlichen Gedichten im Nachlass (vgl. Abb. 39–40), eine kritische Würdigung der Dichterin ATB.

ATB greift gern auf die romantische Tradition gereimter Liedstrophen in alternierendem Versmaß zurück, ohne eindeutige Präferenz für Jambus oder Trochäus, mit gelegentlichen Doppelsenkungen. Aber auch die heterometrischen oder madrigalischen Gedichte enthalten nur wenige reimlose Verse. Die Vorliebe für Gleichklang zeigt sich auch in vielen Binnenreimen, sowohl versintern («zu tragen, zu wagen») als auch versübergreifend («Einen Raum nur, drin er nie gewesen, / Einen Traum nur, den er nie erfuhr»). Gelegentlich verselbständigt sich die Klangmalerei auf Kosten der Semantik wie im Gedicht *Anfang*:

> Kein Streben nach Wissen,
> Doch Schweben in Suesse –
> Kein zwingend Erringen;
> Nur Schwingen, Schwingen! (V. 5–8)

Zur Klangwirkung der Lyrik und zur Lust an der Lautmalerei, die in ihren Assonanzen und Alliterationen durchaus an RMR erinnert, tragen vor allem Wiederholungsfiguren bei. Sie reichen von einfachen Wortwiederholungen («Lasst mich langsam,

---

[89] Vgl. *RChr*, 586.

langsam steigen» [*Flucht*, V. 5]) über anaphorische Stropheneingänge («Nicht wahr?» [*Das Geschenk*; V. 1, 7 und 19]) bis hin zu litaneihaften anaphorischen Versanfängen, wie sie das achtversige Gedicht *Eingang* (Anhang Brief Nr. 43) bestimmen. Dessen polysyndetische Struktur lehnt sich deutlich an die Lyrik der Klassischen Moderne an, insbesondere an Hugo von Hofmannsthal (*Ballade des äußeren Lebens*), aber auch an RMR (*Das Karussell* [*RilkeSW*, Bd. 1, 529–531]):

Wie waren alle Dinge Schatten
Und alle Schatten Freund und Ding,
Und die sich mir erschlossen hatten,
Nicht mehr, als Ball und Schleuderring!

Nun fand ich mich und fuehle mich und bin,
Und die Musik hat andre Klaenge,
Und was ich lernte, tritt mir aus dem Sinn
Und baut sich auf zu nie geahnter Enge.

Correctio-Figuren, die Wahrnehmungen und Gefühle präzisieren, schaffen zusammen mit dem strukturell dominanten Präsens, den Fragen, Interjektionen, Deiktika («hier») und Dialogformen eine für ATBs Lyrik charakteristische Präsenz, die den Leser stark einbezieht.

ATB sucht in ihrer Lyrik transitorische Übergänge festzuhalten, die sich meist in Zeitadverbien («nicht mehr», «nun», «noch», «schon», «nie», «immer») spiegeln. So beschreibt das Gedicht *Eingang* (Anhang Brief Nr. 43) eine Veränderung, die zwischen den beiden Strophen stattfindet, markiert durch «nicht mehr» und «nun». Auch wenn das vorgängige Leben präterital distanziert ist und das ‹neue Leben› im antecartesianischen reflexiven Selbstgefühl («ich [...] fühle mich und bin») vergegenwärtigt wird, bleibt die Last des scheinbar Überwundenen als Bedrängnis präsent («zu nie geahnter Enge»). So sind Ichflucht, Selbstverlust und Selbstfindung oft untrennbar miteinander verbunden.

Solche Umbrüche gehen oft mit zwischenmenschlichen Krisen einher, wie überhaupt asymmetrische, oft scheiternde Ich-Du-Beziehungen ATBs Lyrik prägen. Sie werden meist in egozentrischen Rollengedichten und lyrischen Dialogen präsentiert. Dies kommt paradigmatisch in dem Gedicht *Nun* zum Ausdruck:

> Er sah sie an, und lachte.
> Sie weinte halb, und lachte dann.
> «Geliebtes Mädchen!» «Liebster Mann,
> der mir die Liebe brachte!»
>
> «Nun bist Du mein!» «Nun war ich dein,
> «und bin's seit nun dem Leben,
> «nun muß ich alles, was kaum mein,
> «berauschend weitergeben!
> «nun hält es meine Hand umspannt,
> «die Dich die Deine deuchte!»
> Sie wußte stumm, daß eine Hand
> sie auch dem Tode reichte. (Anhang Brief Nr. 60)[90]

In rasch wechselnder Rede und Gegenrede wird hier über das vierfache Zeitadverb ‹nun› die komplexe Veränderung im Moment des Liebesgeständnisses ausgedrückt. Die enge Verbindung der Liebenden wird nicht nur durch den semantisch bedeutsamen Endreim der Possessivpronomina «dein» / «mein» (V. 5 und 7) mimetisch wiedergegeben, sondern auch durch

---

[90] In ATBs Handschrift beginnen die Verse 6–10 jeweils mit öffnenden Anführungszeichen, um den Zusammenhang der versübergreifenden weiblichen Antwort zu verdeutlichen.

denselben Innenreim (V. 5) und entsprechenden Mittelreim («meine» / «Deine» / «eine» [V. 9–11]). Die beiden abschließenden Verse distanzieren im Präteritum den Liebesdialog und relativieren ihn, indem sie verdeutlichen, dass mit der Entäußerung der eigenen Person ein Selbstverlust einhergeht. Eine solche Wendung ins Bedrohliche oder zum Tod am Gedichtschluss findet sich ähnlich in vielen von RMRs *Neuen Gedichten*[91]

ATBs Lyrik beschwört auch die Sehnsucht nach vollkommener Symbiose, wie in der Du-Anrede des zweiteiligen Dialog-Gedichts *Erfüllung* (Anhang Brief Nr. 43):

> Kein fremder Klang ist mir
> mit dir gekommen,
> Nichts ward gegeben mir
> und nichts genommen.
> Aus meinem eignen Sein
> Stiegst du empor,
> Gleichzeitig Stimme mein
> und Ohr. (1, V. 1–8)

Im ersten Teil, in dem sich jambische Drei- und Zweiheber abwechseln, bilden neben den identisch reimenden Personalpronomina «mir» die Binnenreime «dir» (V. 2) und «nichts» (V. 3 und 4) die Spiegelbildlichkeit des Du ab. Dass das apostrophierte Du im Sinne der Anamnesis-Lehre für das Ich prädestiniert ist, mehr noch: von diesem als Gegenüber selbst erschaffen ist, zeigt die pleonastische Versicherung: «aus meinem eignen Sein / Stiegst du empor» (V. 5f.), die im zweiten Teil des Ge-

---

[91] Vgl. *RHb*, 314f. Diese Verlustangst kommt prägnant in RMRs brieflicher Äußerung an die Prinzessin von Schönaich-Carolath zum Ausdruck: «wenn etwas uns fortgenommen wird, womit wir tief und wunderbar zusammenhängen, so ist viel von uns selber mit fortgenommen» (RMR: Brief vom 7.5.1908, in: *RilkeGB*, Bd. 4, 33).

dichts noch bekräftigt wird: «In allem, was je bunt und stark und zu / dir hingefuehrt, hab ich dich vorgeglaubt!» (2, V. 3f.).

In ATBs allegorischem Dialoggedicht *Die Seifenblase* (Anhang Brief Nr. 43) gewinnt das Du eine eigene Stimme:

Ich hänge still am Grase –
Du bist der Kindermund,
Der mich zur Kugel trieb,
Zur Welt ward dir mein Rund –
Du Engel, Licht und Lieb,
Ich scheine nur die Welt,
Ich bin die Seifenblase,
Die mit dem Hauch zerfällt!

«Ach andre treiben Glas,
Und in der Hand zerbricht's,
Ein jeder treibt sich was
Und es zergeht ins Nichts,
Und jeder glaubt daran,
Solang bis er's gefasst – :
Bleib, mein Geschöpf und Gast!
Ich rühre dich nicht an.»

In der ersten Strophe spricht die Seifenblase, die dem Seifenbläser erklärt, dass sie, von ihm erzeugt, ihm seine, freilich höchst gefährdete Welt repräsentiert. Dies Gefährdung illustriert die weite Sperrung des Endreims «Grase» / «Seifenblase» über sieben Verse. Die «Du bist»-Wendung ist eine unverkennbare Hommage an Rilke, der diese Wendung zu seinem Markenzeichen gemacht hat.[92] Die prekäre Komplementarität von Erzeu-

---

[92] Vor allem in RMRs *Stunden-Buch* (1905) finden sich zahlreiche ‹Du bist›-Gedichte; vgl. etwa: «Du bist so groß, dass ich schon nicht mehr bin»,

ger und Geschöpf wird aber in der Antwort des Seifenbläsers im kontrastiven Vergleich zum Glasbläser akzeptiert, der sein Produkt zerstört. Die alliterierende Zwillingsformel «Geschöpf und Gast» (V. 15) nimmt nicht nur sprachlich-stilistisch die Apostrophe der Seifenblase auf («Licht und Lieb», V. 5), sondern erkennt sie als fragile Kreatur an, indem er ihr – in Inversion des biblischen ‹noli me tangere› zu ‹nolo te tangere› – körperliche Unversehrtheit zusichert. ATBs Poetisierungen der von außen bedrohten ‹Innenwelt›, die im Gedicht *Mund der Sklavin* selbst bei körperlicher Hingabe bewahrt werden kann, erinnert an RMRs Konzept des ‹Weltinnenraums›, wie es im Eingang der sechsten Strophe der *Siebten Duineser Elegie* formuliert ist: «Nirgends, Geliebte, wird Welt sein, als innen. Unser / Leben geht hin mit Verwandlung. Und immer geringer / schwindet das Außen. [...]».[93] Dass die Ich-Du-Beziehungen hinsichtlich des Geschlechts nicht eindeutig konnotiert sind, sondern auch für gleichgeschlechtliche Verhältnisse gelten, zeigt das Gedicht *Freundinnen* (Anhang Brief Nr. 43). Im zyklisch strukturierten Rollengedicht *Aus: Lucidor* (Anhang Brief Nr. 60), das ATB der als ‹travesti› Lucidor aufwachsenden Lucile in Hofmannsthals Erzählung in den Mund legt, klagt diese über die Unterdrückung ihrer Geschlechtsidentität.

Die sukzessive Gefährdung des Ich zeigt sich in dem eindrucksvollen Gedicht *Todesangst* (Anhang Brief Nr. 45), das ein Gefühl des innerlichen Absterbens beschreibt.[94] Als Rettung vor der Gefahr des Suizids imaginiert im *Wasserspiegel* (Anhang

---

«Du bist der Alte, dem Haare», «Du bist die Zukunft, großes Morgenrot», «Du bist der Tiefste, welcher ragte» «Du bist der Arme, du der Mittellose».
[93] *RilkeSW*, Bd. 1, 709–714, hier 710 (V. 50–52).
[94] Vgl. das Gefühl, das Malte Laurids Brigge äußert: «Aber sogar wenn ich allein war, konnte ich mich fürchten. Warum soll ich tun, als wären jene Nächte nicht gewesen, da ich aufsaß vor Todesangst und mich daran klammerte, daß das Sitzen wenigstens noch etwas Lebendiges sei: daß Tote nicht saßen» (*RilkeSW*, Bd. 6, 859f.).

Brief Nr. 45) ein Paar vor einem See den Tod eines «müden Königskindes», das wundersam von einem «Meergott» «auf glitzerndem Delphin» gerettet worden sei. Die märchenhafte Projektion überwindet unausgesprochen das ständig gegenwärtige Gefühl von Fremdheit, Einsamkeit und Verlust, das auch in RMRs Lyrik zu spüren ist.

ATBs bildkünstlerisches Werk hängt, sieht man von den gewerbsmäßigen, bislang nur ansatzweise erschlossenen Modezeichnungen ab, eng mit dem literarischen Werk zusammen. Das zeigen vor allem die eigenartigen Text-Bild-Collagen, die in ATBs Nachlass erhalten sind. Es handelt sich um kalligraphische Gedichthandschriften, die mit kolorierten Tuschzeichnungen kombiniert sind. Die Schrift nimmt darin Kunstcharakter an; Größe und Gestalt der Buchstaben variieren. Dabei verfährt ATB keineswegs einheitlich: Teilweise verwendet sie Majuskeln wie in *Turandot* (Abb. 35) oder in dem *Rätsel* (Abb. 38), während sie in den *Frauenschicksalen* (Abb. 36) und *Loch für Loch* (Abb. 37) Groß-Kleinschreibung nutzt. Dabei sind Schrift und Text aufeinander abgestimmt und ergänzen sich zu einem Gesamtkunstwerk. Der Text ist insofern den figürlichen Partien untergeordnet, als er manche Darstellungen ausspart wie den weiblichen Oberkörper in *Frauenschicksalen* (Abb. 36) oder der Richtung der sich kreuzenden bunten Bänder folgt, die das Oberteil von Turandots Kleid bilden (Abb. 35). Das Eingangswort «ZWAR» des Rätsels ist wie eine Initiale vergrößert, aber versetzt angeordnet um das Profil eines doppelten androgynen Bruststücks, das mit jeweils einem Auge hinter einer Federboa den Betrachter anblickt. Es bleibt wie die Banderole mit der Aufschrift «RÄT-SEL» ansonsten textfrei. Der Kunstcharakter der Schrift zeigt sich auch daran, dass die Schrift nicht den Versen entsprechend umbrochen, sondern auf die Gesamtkomposition abgestimmt ist. Da Schrift, Ornamentik und figürliche Darstellung also stark miteinander verwoben sind, ist es nicht möglich, das Gedicht rasch zu lesen, zudem sind die figürlichen Darstellungen erst nach und nach wie in einem Palimpsest zu identifizieren. So meint man, im *Rätsel* gewissermaßen unter der Textschicht ein weibliches Paar zu erkennen, das sowohl eine Tanzfigur als auch einen Mord darstellen könnte – die über das Gesicht der wie leblos zurückgebogenen Frau gebeugte weibliche Figur scheint diese mit ihrer Rechten zu würgen.

Der Rätselcharakter bestimmt auch die *Turandot*-Darstellung, die ATB wohl auf eine Art Lohntüte appliziert hat. Die weibliche Figur, die einen fremdartigen Kopfschmuck trägt und den Oberkörper des gelben, enganliegenden Kleides durch (Schrift-)Bänder geschnürt hat, ist durch den schräg über das Gesicht laufenden Namen als die chinesische Prinzessin Turandot identifiziert. Diese ließ der Sage nach jeden Brautwerber, der ihre Rätsel nicht lösen konnte, köpfen. Dementsprechend präsentiert auch ATB Turandot als eine *Femme fatale*, wie ihre gleichgültige Miene und ihr lasziver Hüftschwung illustrieren, der durch den aufgestützten linken Arm noch betont wird. Den Hintergrund bilden drei modisch gekleidete Männerbüsten, deren fehlende Köpfe durch rote Schnittflächen markiert sind. Die weißen Zahlen auf schwarzem Grund, welche die Frauenfigur rahmen, stehen wohl für die Anzahl der Freier, welche Turandot zum Opfer gefallen sind. ATBs Interpretation der chinesischen Prinzessin als modernen männermordenden Vamps bekundet ihr Interesse an den neuen Geschlechterverhältnissen.

Rätselhaft mutet die Text-Bild-Collage *Loch für Loch* an, die sich auf den Danaiden-Mythos bezieht. Auch diese Darstellung hat einen genderkritischen Aspekt: Die Danaiden, Töchter des Königs Danaos, hatten in der Massenhochzeitsnacht ihre Männer umgebracht, die Söhne ihres Onkels Aigyptos. Zur Strafe dafür mussten sie in der Unterwelt ein löchriges Fass mit Wasser füllen. Die Strophen sind quer über das Blatt verteilt, dessen kolorierte Federzeichnungen nur schwer in einen narrativen oder thematischen Zusammenhang zu bringen sind. So finden sich über das Blatt verteilt neben und zwischen den Strophen Einzelmotive, die jeweils mit einem Wort in Großschreibung bezeichnet sind. Aus der Reihe fällt das abschließende Porträt mit der Aufschrift «ARME IRRE» (Abb. 1), wohl ein ironisches Selbstporträt ATBs. Die sonstigen Text-Bild-Fragmente auf dem Blatt wie «ENGEL», mit einer weinenden Frau am Bett mit einem gestreckten Tanzbein, oder «KLUFT», unter dem man eine braune Jacke sieht, die möglicherweise auf die Kleiderordnung der NS-Zeit anspielt, oder die geöffnete «WAGENTÜR» eines modernen Automobils, fordern den Betrachter zu einer analytischen Leistung heraus, die aber kaum gelingen kann.

ATBs Mode- und Kostümzeichnungen machen wohl den Großteil des bildkünstlerischen Œuvres aus, seien hier aber nur knapp erwähnt (Abb. 12). Sie zeigen den Stil der neuen Sachlichkeit: Menschen im Hotel, die, vom modischen Stil abgesehen, nicht viel verbindet. Dargestellt sind vor allem junge Frauen, denn es handelt sich fast ausschließlich um Damenmode. Auch die Frisuren, Bubikopf und Scheitel, sowie die eleganten spitzen Schuhe stehen für den internationalen Modestil der 20er-Jahre. Dagegen sprühen ATBs kolorierte Kostümbilder vor Energie: Sie zeigen immer Körper in Bewegung, meist in zurückgebogener Haltung, wie sie die Figuren des modernen Ausdruckstanzes charakterisieren. Auch das Exlibris, das sie für ihre Schwester, die prominente Tänzerin Hilde Brumof, angefertigt hat (Abb. 11) zeigt – wenig überraschend – eine Tänzerin. Unerwartet dagegen ist der tanzende Körper im Kostümbild für den «Chor der Schäferinnen» in Frank Wedekinds erotischem Versdramolett *Felix und Galatea* (1908), in dem mit dem Chor der Coitus zwischen dem Schäferpaar verdeckt wird (Abb. 29). ATBs Chorkostüm greift Wedekinds Ideal der freien Liebe kongenial auf.

Modezeichnungen und Kostümbilder prägen durchaus auch ATBs Buchillustrationen, die einen weiteren wichtigen Teil ihres Werks bilden. So erscheinen etwa die Mädchenköpfe in Fjodor Sologubs Märchen *Die Augen* (Abb. 45) wie ein Relikt aus ATBs Modebildern, während die «Tänzerin» als Illustration von Sologubs Märchen *Das Bonbon* (Abb. 33) oder die «Traumfrau» (Abb. 17) aus *Lothar Quadrat* (1926) mit den Kostümbildern verwandt sind.

Das Illustrationswerk ist vielgestaltig und umfasst folgende Publikationen: Die Kriegspublikation *Heldenkämpfe 1914–1915*, Bd. 4, «mit 6 Vollbildern und reichem Buchschmuck» von ATB, erschienen 1915 bei Kiepenheuer; Max Gümbel-Seilings Märchenspiel *Marienkind*, erschienen 1918 im Leipziger Verlag von Breitkopf & Härtel, enthält zwei Textbilder ATBs; für die bibliophile Ausgabe von Fjodor Sologubs *Buch der Märchen* in der Übersetzung von Johannes von Guenther, erschienen in München 1924 im Verlag Buchenau & Reichert, schuf ATB sechs Federzeichnungen, die Albert Fallscheer faksimilegetreu in Holz übertrug. Schließlich illustrierte ATB die Erzählung *Lothar Quadrat* ihrer Mutter Erna Ludwig, erschienen 1926 im Berliner Verlag Reuss & Pollack (Abb. 17 und 44). Bleibt in der Kriegspublikation die weibliche Identität der Illustratorin in der abgekürzten Namensform «A. T. Pariser» noch verhüllt, erscheint sie im *Marienkind* als «Agnes Pariser», während sie in den beiden späteren Werken als «Therese Brumof» genannt ist. Da ATB nicht wählerisch sein konnte bei den Illustrationsaufträgen, liegt mindestens den ersten beiden Arbeiten keine spezifische ästhetische Affinität oder persönliche Beziehung zugrunde, während dies bei den illustrierten Werken aus den 1920er-Jahren durchaus anzunehmen ist.

Der vierte Band der *Heldenkämpfe 1914–1915*, in dem Rifat Gozdović Pascha *Österreichs Helden im Süden* (1915) rühmt, ist sicher ATBs wichtigste Illustrationsarbeit. In den Erzählungen geht es um harte bellizistische Prosa, der ATB in ihren Illustrationen nicht ausweicht: Die Grausamkeit des Ersten Weltkriegs zeigt sich an dem Martyrium des Kriegsgefangenen Ibro Davica, der im Stile eines *Ecce homo*, misshandelt an einen Pfahl gebunden, isoliert in einem umzäunten Militärgelände gezeigt wird (Abb. 43). In ganz anderer Weise präsent ist das Kriegsgeschehen in ATBs Darstellung der österreichischen Strafexpedition 1914 gegen Serbien, die in der Stadt Šabac auf erbitterten Widerstand stieß (Abb. 41). Hier drängt ATB die Distanzen von Vorder- und Hintergrund bedrohlich zusammen und stellt durch die Dominanz weiblicher Partisanen auf serbischer Seite und Männern auf österreichischer Seite das erbitterte Gefecht wie einen Geschlechterkrieg dar. Die Geschlechterverhältnisse spielen aber auch sonst in diesem Kriegsbuch unterschwellig immer eine große Rolle, wie etwa die unheimliche Hell-Dunkel-Szene zeigt, in der die junge Serbin Danica und ihr Wächter Risto dargestellt sind (Abb. 42). Die junge Frau sucht in Liebesangelegenheiten Rat bei einer alten Hexe und vertraut dem Wächter, der aber mit der Hexe verbündet ist und den von Danica geliebten österreichischen Soldaten ermordet.

Solche unheimlichen Szenen bekunden ATBs ästhetisches Interesse für das Phantastische und für eine ästhetische Subjektivierung. Diese Tendenz kommt paradigmatisch in ATBs bildlicher Darstellung der Szene des *Marienkindes* (Abb. 46) zum Ausdruck, in der das Marienkind die verbotene zwölfte Tür öffnet. Während das Mädchen im Vordergrund von dem goldenen Lichtschein geblendet wird, visualisieren die unheimlichen Gesichter im dunklen Hintergrund die innere Angst des Kindes in phantastischer Manier.

1.7 Literatur

Quellen

Bashkirtseff, Marie: *Journal de Marie Bashkirtseff*, hg. von André Theuriet, 2 Bde., Paris 1887.
Bodenstedt, Friedrich von: *Tausend und Ein Tag im Orient*, Bd. 2, Berlin ²1854.
Brandes, Georg [d.i. Georg Morris Cohen]: *Sören Kierkegaard: ein literarisches Charakterbild* [Sören Kierkegaard (1877), dt.], autoris. dt. Ausg., Leipzig 1879.
Brillat-Savarin, Jean Anthelme: *Physiologie des Geschmacks oder Physiologische Anleitung zum Studium der Tafelgenüsse* [Physiologie du goût ou Méditations de gastronomie transcendante, dt.], übers. u. mit Anm. vers. von Carl Vogt, Braunschweig 1865.
Entlarvung der Weiber durch Jean Paul nebst einigen Wahrheiten über Liebe und Ehe aus dessen Werken zu Nutz und Frommen beider Geschlechter zusammengetragen von Einem dem es nichts geholfen, Wien [ca. 1918].
Goethe, Johann Wolfgang: *Sämmtliche Werke in vierzig Bänden. Vollständige, neugeordnete Ausgabe*, Stuttgart, Tübingen 1840.
Gümbel-Seiling, Max: *Marienkind. Für die Märchenspiele der künstlerischen Volksbühne nach dem gleichnamigen Märchen der Gebrüder Grimm in Handlung und Reim gebracht*, Leipzig 1918.
Hofmannsthal, Hugo von: *Gesammelte Werke in zehn Einzelbänden*, hg. von Bernd Schoeller in Beratung mit Rudolf Hirsch, Frankfurt/M. 1979.
Keyserling, Graf Hermann: *Das Reisetagebuch eines Philosophen*, 2 Bde., Darmstadt 1919.
Kleist, Heinrich von: *Über das Marionettentheater. Studienausgabe*, hg. von Gabriele Kapp, Stuttgart 2013.
Ludwig, Erna [d.i. Ernestine Pariser]: *Lothar Quadrat. Erzählung*, Berlin 1926.
Pascha, Rifat Gozdović: *Österreichs Helden im Süden. Mit [...] einer historischen Einleitung, einer Übersicht der stattgefundenen Begebenheiten und einer Reliefkarte. Mit 6 Vollbildern und Buchschmuck von A. T. Pariser*, Weimar 1915.
Pulver, Max: *Merlin*, Leipzig 1918.
Shakespeare, William: *Sonnette. Umdichtung von Stefan George*, Berlin 1909.
Ssologub, Fjodor [d.i. Fjodor Sologub bzw. Fjodor Kusmitsch Teternikow]: *Das Buch der Märchen. Deutsch von Johannes von Guenther. Mit Illustrationen von Therese Brumof*, München 1924.
Verhaeren, Emile: *Les flammes hautes. Poèmes*, Paris 1917.
Wedekind, Frank: *Gesammelte Werke*, Bd. 9: *Dramen, Entwürfe, Aufsätze aus dem Nachlaß*, München 1921.

Darstellungen

Almanach auf das Jahr 1791. Für Geistliche und Literaturfreunde, Prag 1791.
Anton, Bernward: *Alltag während der Revolution*, in: *Revolution in München. Alltag und Erinnerung*, hg. von Ludwig Eiber, München 2019, 14–19.
Anton, Bernward: *Antisemitismus*, in: *Revolution in München. Alltag und Erinnerung*, hg. von Ludwig Eiber, München 2019, 102–107.
Aurnhammer, Achim: *Stefan George in der deutschsprachigen Literatur des 20. Jahrhunderts. Aneignung – Umdeutung – Ablehnung*, Berlin, Boston 2022.
Barkenings, Hans-Joachim: *Rainer Maria Rilke in Soglio. Nicht Ziel und nicht Zufall*, Chur 1994.
Bauer, Helmut (Hg.): *Schwabing. Kunst und Leben um 1900. Anläßlich der gleichnamigen Ausstellung des Münchner Stadtmuseums [...] vom 21. Mai bis 27 September 1998*, München 1998.
Bellaire, Felix: *Zur Lebensmittelversorgung während der Revolution*, in: *Revolution in München. Alltag und Erinnerung*, hg. von Ludwig Eiber, München 2019, 26–31.
Berichte aus Böhmen, in: *Unterhaltungsblatt Bohemia* 109 (1846).
Biberacher, Gregor: *Erna Ludwig – Leben und Werk einer Autorin der klassischen Moderne*, Masterarbeit Freiburg i. Br. 2021.
Brandstätter, Christian und Rainer Metzger (Hgg.): *München – die große Zeit um 1900. Kunst, Leben und Kultur 1890–1920. Architektur, Malerei, Design, Theater, Musik, Cabaret, Literatur, Buchkunst, Verlagswesen*, Wien 2008.
Brauneck, Manfred und Christine Müller (Hgg.): *Theaterstadt Hamburg. Schauspiel, Oper, Tanz. Geschichte und Gegenwart*, Reinbek bei Hamburg 1989.
Brauneis, Wolfgang und Raphael Gross (Hgg.): *Die Liste der «Gottbegnadeten». Künstler des Nationalsozialismus in der Bundesrepublik*, München u. a. 2021.
Buddeberg, Michael und Emil Preetorius (Hgg.): *Emil Preetorius. Ein Leben für die Kunst (1883–1973)*, München 2015.
Büttner, Ursula: *Der Stadtstaat als demokratische Republik*, in: *Vom Kaiserreich bis zur Gegenwart. Geschichte der Stadt und ihrer Bewohner*, hg. von Werner Jochmann, Hamburg.1986, 131–213.
Büttner, Ursula und Heinrich Erdmann: *Hamburg zur Zeit der Weimarer Republik. Sechs Abhandlungen*, Hamburg 1996.
Diekmann, Irene (Hg.): *Jüdisches Brandenburg. Geschichte und Gegenwart*, Berlin.2008.
Diner, Dan (Hg.): *Enzyklopädie jüdischer Geschichte und Kultur*, 7 Bde., Stuttgart 2011.
Dombart, Theodor: *Der Englische Garten zu München. Geschichte seiner Entstehung und seines Ausbaues zur großstädtischen Parkanlage*, München 1972.

Drescher, Barbara: *Die ‹Neue Frau›*, in: *Autorinnen der Weimarer Republik*, hg. von Walter Fähnders, Bielefeld 2003, 163–186.

Eckel, Winfried: *Musik, Architektur, Tanz. Zur Konzeption nicht-mimetischer Kunst bei Rilke und Valéry*, in: *Rilke und die Weltliteratur*, hg. von Manfred Engel, Düsseldorf, Zürich 1999, 236–259.

Eiber, Ludwig (Hg.): *Revolution in München. Alltag und Erinnerung*, München 2019.

Elron, Therese: *The Parisers: Collected Documents and Photographs from the 19th and 20th Centuries*, San Francisco/Calif. 2010.

Engel, Manfred (Hg.): *Rilke und die Weltliteratur*, Düsseldorf, Zürich 1999.

Eugen Kilian als künstlerische Persönlichkeit, Regisseur, Schriftsteller und Dramaturg. Zu seinem 25jährigen Bühnenjubiläum, [hg. von Pariser, Ernestine und Ludwig, unter Mitarbeit von Ernst Leopold Stahl], München 1918.

Fähnders, Walter (Hg.): *Autorinnen der Weimarer Republik*, Bielefeld 2003.

Feldmann, Else (Hg.): *Arbeiten für das Theater. Gedenkbuch zum 65. Todestag von Else Feldmann (1888–1942)*, Berlin 2007.

Ferber, Christian (Hg.): *Berliner Illustrirte Zeitung. Zeitbild, Chronik, Moritat für jedermann. 1892–1945*, Berlin 1982.

Fritsch-Vivié, Gabriele: *Mary Wigman*, Reinbek bei Hamburg 1999.

Gahlings, Ute: *Hermann Graf Keyserling. Ein Lebensbild*, Darmstadt 1996.

Geyer, Martin H.: *Die Zeit der Inflation 1919–1923*, in: *Aufbruch und Abgründe. Das Handbuch der Weimarer Republik*, hg. von Nadine Rossol und Benjamin Ziemann, Darmstadt 2021, 66–92.

Hagener, Malte (Hg.): *Geschlecht in Fesseln. Sexualität zwischen Aufklärung und Ausbeutung im Weimarer Kino 1918–1933*, München 2000.

Haupenthal, Uwe (Hg.): *Eduard Hopf – Malerei und grafische Arbeiten*, Husum 2010.

Heist, Walter (Hg.): *Emil Preetorius. Grafiker, Bühnenbildner, Sammler*, Mainz 1976.

Herbert, Ulrich: *Geschichte Deutschlands im 20. Jahrhundert*, München 2014.

Herbst, Ludolf: *Banker in einem prekären Geschäft. Die Beteiligung der Commerzbank an der Vernichtung der jüdischen Gewerbetätigkeit im Altreich (1933–1940)*, in: *Die Commerzbank und die Juden 1933–1945*, hg. von Ludolf Herbst und Thomas Weihe, München 2004, 74–137.

Herbst, Ludolf und Thomas Weihe (Hgg.): *Die Commerzbank und die Juden 1933–1945*, München 2004.

Hergemöller, Bernd-Ulrich (Hg.): *Mann für Mann. Biographisches Lexikon zur Geschichte von Freundesliebe und mannmännlicher Sexualität im deutschen Sprachraum*, Berlin, Münster 2010.

Hermann, Wilhelm: *Dichter, Denker, Fememörder. Rechtsradikalismus und Antisemitismus in München von der Jahrhundertwende bis 1921*, Berlin 1989.

Honold, Alexander und Irmgard M. Wirtz (Hgg.): *Rilkes Korrespondenzen*, Göttingen, Zürich 2019.

Jahn, Tessa, Eike Wittrock und Isa Wortelkamp (Hgg.): *Tanzfotografie. Historiografische Reflexionen der Moderne*, Bielefeld 2015.

Jochmann, Werner (Hg.): *Vom Kaiserreich bis zur Gegenwart. Geschichte der Stadt und ihrer Bewohner*, Hamburg. 1986.

Jockel, Nils und Patricia Stöckemann: «*Flugkraft in goldene Ferne ...*». *Bühnentanz in Hamburg seit 1900*, Hamburg 1989.

Jonas, Klaus W.: *Rilke und Clotilde Sacharoff: Ein unveröffentlichter Briefwechsel*, in: Monatshefte 58/1 (1966), 1–19.

Jonas, Klaus W. (Hg.), *Deutsche Weltliteratur. Von Goethe bis Ingeborg Bachmann; Festgabe für J. Alan Pfeffer*, Tübingen 1972.

Jonas, Klaus W.: *Rilke und die Welt des Tanzes*, in: *Deutsche Weltliteratur. Von Goethe bis Ingeborg Bachmann. Festgabe für J. Alan Pfeffer*, Tübingen 1972, 245–270.

Joppien, Rüdiger (Hg.): *Entfesselt. Expressionismus in Hamburg um 1920*, Hamburg 2006.

Kampf, Andrea: *Frauenpolitik und politisches Handeln von Frauen während der Bayerischen Revolution 1918/19. Akteurinnen, Konzepte, Handlungsräume*, Hagen 2016.

Kippenberg, Katharina: *Rainer Maria Rilke. Ein Beitrag*, Leipzig 1935.

Knopf, Sabine: *Katharina Kippenberg. Herrin der Insel*, Beucha, Markkleeberg 2010.

Kramer-Lauff, Dietgard: *Tanz und Tänzerisches in Rilkes Lyrik*, München 1969.

Krieger, Martin: *Geschichte Hamburgs*, München 2006.

Lässig, Simone: *Jüdische Wege ins Bürgertum. Kulturelles Kapital und sozialer Aufstieg im 19. Jahrhundert*, Göttingen 2004.

Luck, Rätus (Hg.): *Rainer Maria Rilke: Schweizer Vortragsreise 1919*, Frankfurt/M. 1986.

Luck, Rätus: *Schweiz*. In: *Rilke-Handbuch. Leben – Werk – Wirkung*, hg. von Manfred Engel, Stuttgart, Weimar 2013, 112–116.

Maack, Rudolf: *Tanz in Hamburg. Von Mary Wigman bis John Neumeier*, Hamburg 1975.

Manning, Susan: *Ecstasy and the Demon. Feminism and Nationalism in the Dances of Mary Wigman*, Berkeley 1993.

Martynkewicz, Wolfgang: *Salon Deutschland. Geist und Macht 1900–1945*, Berlin 2009.

Mende, Käthe und Max Bamberger: *«Wir Mendes». Geschichte & Geschichten einer jüdischen Familie aus Frankfurt an der Oder*, hg. von Michael Heinzmann und Katja Martin, Potsdam 2022.

Meyer, Michael: *Theaterzensur in München 1900–1918. Geschichte und Entwicklung der polizeilichen Zensur- und des Theaterzensurbeirates unter besonderer Berücksichtigung Frank Wedekinds*, München 1982.

Michels, Eckard: *Die Spanische Grippe 1918/19. Verlauf, Folgen und Deutungen in Deutschland im Kontext des Ersten Weltkriegs*, in: *Vierteljahrshefte für Zeitgeschichte* 58/1 (2010), 1–33.

Müller, Hedwig: *Mary Wigman. Leben und Werk der großen Tänzerin*, Weinheim, Berlin 1986.
Nikolaus, Paul: *Tänzerinnen*, München 1919.
Oelmann, Ute: «*Und gute Gespräche vereinten mich mit seinem Wesen*». *Stefan George und Rainer Maria Rilke*, in: George-Jahrbuch 11 (2016/2017), 231–251.
Pargner, Birgit: *Otto Falckenberg. Regiepoet der Münchner Kammerspiele*, Berlin 2005.
Peter, Frank-Manuel (Hg.): *Die Sacharoffs. Zwei Tänzer aus dem Umkreis des Blauen Reiters*, Köln 2002.
Petzet, Wolfgang: *Theater. Die Münchner Kammerspiele 1911–1972*, München 1973.
Pohl, Hans (Hg.): *Deutsche Bankiers des 20. Jahrhunderts,* Stuttgart 2007.
Prater, Donald A.: *Ein klingendes Glas. Das Leben Rainer Maria Rilkes. Eine Biographie*, Reinbek bei Hamburg 1989.
Preetorius, Emil: *Münchner Erinnerungen (1945)*, in: Imprimatur NF 7 (1972), 181–188.
Rathkolb, Oliver: *Führertreu und gottbegnadet. Künstlereliten im Dritten Reich*, Wien 1991.
Regnier, Anatol: *Du auf deinem höchsten Dach. Tilly Wedekind und ihre Töchter. Eine Familienbiografie*, München 2003.
Riemer, Detlev (Hg.): *Pelikan und Davidstern. Bd. 2: Quellensammlung aus lokalen Zeitungen 1850–1941*, Luckenwalde 1993.
Rossol, Nadine und Benjamin Ziemann (Hgg.): *Aufbruch und Abgründe. Das Handbuch der Weimarer Republik*, Darmstadt 2021.
Rühlemann, Martin: *Unterhaltungskultur. Freizeit und Vergnügen 1918/19*, in: Revolution in München. Alltag und Erinnerung, hg. von Ludwig Eiber, München 2019, 20–25.
Sackett, Robert E.: *The Message of Popular Entertainment and the Decline of the Middle-Class in Munich 1900–23*, St. Louis/Missouri 1980.
Schiefler, Gustav: *Eine hamburgische Kulturgeschichte. 1890–1920. Beobachtungen eines Zeitgenossen*, Hamburg 1985.
Schmolze, Gerhard (Hg.): *Revolution und Räterepublik in München 1918/19 in Augenzeugenberichten*, Düsseldorf 1969.
Scholtyseck, Joachim: *Der Aufstieg der Quandts. Eine deutsche Unternehmerdynastie*, München 2011.
Schröder, Marie: *Pariser und Goldschmidt. Jüdische Fabrikanten und Wohltäter in Luckenwalde*, publiziert am 23.02.2022 unter http://www.brandenburgikon.de (https://www.brandenburgikon.net/index.php/de/industriegeschichte/pariser [06.09.2022]).
Schulze, Janine (Hg.): *Are 100 objects enough to represent the dance? Zur Archivierbarkeit von Tanz*, München 2010.
Stediner, Jacob (Hg.): *Rainer Maria Rilke und die Schweiz*, Zürich 1993.
Stern, Moriz: *Der Schweriner Oberrabbiner Mordechai Jaffé. Seine Ahnen und seine Nachkommen. Ein Stammbaum*, Berlin 1933.

Storck, Joachim W.: «*Meine Herkunft als Österreicher und Böhme*». *Rainer Maria Rilkes böhmisches Selbstverständnis*, in: *Aussiger Beiträge. Germanistische Schriftenreihe aus Forschung und Lehre* 2 (2008), 101–120.

Storck, Joachim W.: *Das Briefwerk*, in: *Rilke-Handbuch. Leben – Werk – Wirkung*, hg. von Manfred Engel, Stuttgart, Weimar 2013, 498–506.

Stulz-Herrnstadt, Nadja: *Berliner Bürgertum im 18. und 19. Jahrhundert. Unternehmerkarrieren und Migration, Familien und Verkehrskreise in der Hauptstadt Brandenburg-Preußens, die Ältesten der Korporation der Kaufmannschaft zu Berlin*, Berlin 2002.

Toepfer, Karl: *Empire of Ecstasy. Nudity and Movement in German Body Culture, 1910–1935*, Berkeley 1998.

Vasold, Manfred: *Die Grippepandemie von 1918–19 in der Stadt München*, in: *Oberbayerisches Archiv* 127 (2003), 395–414.

Weimar, Friederike (Hg.): *Die Hamburgische Sezession 1919–1933. Geschichte und Künstlerlexikon*, Fischerhude 2003.

Werder, Sebastian: *Die Revolution 1918/19 in München*, in: *Revolution in München. Alltag und Erinnerung*, hg. von Ludwig Eiber, München 2019, 8–13.

Werder, Sebastian: *Die «Spanische Grippe» – Eine vergessene Katastrophe*, in: *Revolution in München. Alltag und Erinnerung*, hg. von Ludwig Eiber, München 2019, 84–87.

Wiener Mittheilungen, in: *Zeitschrift für Wissenschaft und Kunst* 18 (1882).

Zeitler, Franz-Christoph u.a. (Hgg.): *Geschichte des Finanzplatzes München*, München 2007.

2 Kritische und kommentierte Edition des Briefwechsels

01 | 1918-02-16 *Rainer Maria Rilke (München) an Agnes Therese Brumof (München)*
H: Privatbesitz, 1 Dbl., 18,5 × 14,5 cm, 1 S. beschr.

München, Hôtel Continental,[1]
am 16. Februar 1918. (Samstag).

Es wird uns gewiß wohlthun können, einander in diesem Augenblick jähester endgültiger Entbehrung zu begegnen.

Ich werde es versuchen, heute gegen halb sieben bei Ihnen zu sein; finde ich Sie nicht, so trag ich mich später für nächste Woche bei Ihnen an, – am Liebsten wär mirs freilich, Ihnen gleich heute die Hände zu reichen.

R. M. Rilke.

02 | 1918-02-16 *Rainer Maria Rilke (München) an Agnes Therese Brumof (München)*
H: Privatbesitz, Visitenkarte, 5,2 × 9,5 cm, Vs. mit Aufdruck: RAINER MARIA RILKE, Rs. beschr.

bin gegen 7 hier gewesen, – soll' ich Montag um 6 oder gegen 6 kommen, vielleicht etwas früher, da ich in der Nähe sein werde?

1 *Hôtel Continental*] Das Grand Hotel Continental in München, gelegen auf dem Eckgrundstück Ottostraße / Max-Joseph-Straße, war ein renommiertes Luxushotel, das von 1892 bis 1994 bestand. Rilke lebte vom 10.12.1917 bis 7.5.1918 im Hotel Continental (*RChr*, 576).

RMRs Brief 03 vom 19.2.1918 bezieht sich auf ein zwischenzeitliches und nicht überliefertes Schreiben ATBs.

03 | 1918-02-19 Rainer Maria Rilke (München)
an Agnes Therese Brumof (München)
H: Privatbesitz, 1 Dbl., 18,5 × 14,5 cm, 1 S. beschr.

Hôtel Continental,
Dienstag früh.

Ein Hôtelzimmer ist (ich leide jeden Tag darunter) so gut wie keine Umgebung; so dachte ich, Sie in jener bestimmteren zu sehen, die durch Ihre Arbeit gegeben ist.[2]

Aber selbstverständlich ist mir auch Ihr anderer Vorschlag recht: ich bin in der herzlichsten Erwartung heute um fünf für Sie zu hause.

RMRilke

[2] Das Atelier von ATB befand sich in der Bauerstraße 18/IV bei Moser. Dort ist ATB erstmals am 12.5.1915 gemeldet (Polizeimeldebogen, München, Stadtarchiv, PMB B 49). Das Atelier ist ca. 700 m von der Ainmillerstraße 34 entfernt. Vgl. Brief Nr. 56 vom 23.6.1924, in dem ATB den Verlust des gesamten Altelierbestands beklagt. Das Atelier hatte sie mit dem Honorar ihres ersten Auftrags angemietet. Am 3.3.1915 schreibt Frank Wedekind an ATB: «Sehr geehrtes gnädiges Fräulein! Empfangen Sie verbindlichsten dank für Übersendung der herrlichen Zeichnungen, die mir einen wirklichen Genuß bereiten. Ich glaube, daß das Buch mit solchen Zeichnungen geschmückt noch einmal seinen Weg machen könnte. Besonders gefallen hat mir das am Bachgeländer stehende Mädchen. Ich hoffe und bin überzeugt, daß diese Arbeit, wenn Sie sie zu Ende führen sich Ihnen dankbar erweisen wird. Mich verpflichten sie jedenfalls sehr durch Ihre feinfühlige Kunst. Mit besten Grüßen Ihr ergebener Frank Wedekind» (Unveröffentlichter Brief, Privatbesitz, 1 Dbl., 18 × 14,5 cm, 2 S. beschr.). Vermutlich bezieht sich Wedekind auf ATBs buchkünstlerische Arbeit in: Rifat Gozdović Pascha: *Österreichs Helden im Süden. Mit […] einer historischen Einleitung, einer Übersicht der stattgefundenen Begebenheiten und einer Reliefkarte. Mit 6 Vollbildern und Buchschmuck von A. T. Pariser*, Weimar: Kiepenheuer 1915. Unter den zahlreichen Illustrationen ist allerdings das von Wedekind lobend hervorgehobene Motiv nicht auszumachen.

RMRs Brief 04 antwortet auf einen unmittelbar vorausgegangenen und nicht überlieferten Brief ATBs an RMR.

04 | 1918-02/04-?   Rainer Maria Rilke (München)
                                       an Agnes Therese Brumof (München)

H: Privatbesitz, 1 Dbl., 18,5 × 14,5 cm, 1 S. beschr.

Samstag /

Nein, ich bitte Sie recht herzlich, nicht nur beim Portier vorübergehen zu wollen, sondern dann auch gleich Dienstag nachmittag eine Weile bei mir zu sein; zwischen drei und vier wäre es mir am Liebsten, vielleicht darf ich Sie bitten, telephonieren zu lassen, ob ich Sie um diese Zeit erwarten kann.

Ohne fortwährende Verhinderung durch auswärtigen Besuch und ohne die Ermüdung, die mir fast tägliches Wohnungsuchen bereitet hat,[3] würde ich Ihnen ein Wiedersehen längst vorgeschlagen haben –, und freue mich nun der nahen guten Aussicht.

                                                                RMR.

RMRs Brief 05 antwortet auf einen zwischenzeitlichen und nicht überlieferten Brief ATBs an RMR, in dem sie ihn wohl bittet, sie mit Jakob Heinrich Emil Wolff bekannt zu machen.

05 | 1918-05-13   Rainer Maria Rilke (München)
                                       an Agnes Therese Brumof (München)

H: Privatbesitz, 1 Dbl. mit Aufdruck: München, Ainmillerstraße 34/IV, 18,5 × 14,5 cm, 2 S. beschr.

3 *fast tägliches Wohnungsuchen*] RMR berichtet von seiner Wohnungssuche, die Anfang Mai mit dem Einzug in die Ainmillerstraße ihren glücklichen Abschluss findet, vgl. *RChr*, 578, 580, 590, 591.

am 13. May 1918.
Alles was Sie mir schreiben, ist mir zu Herzen verständlich. Kommen Sie bald, es läßt sich gewiß manches dazu sagen. Sie früher oder später mit Dr. Wolff[4] in Verbindung zu bringen, war ohnehin meine Absicht. Nächstens wollen wir bedenken, wie das am Besten geschieht. Hier ist ja wirklich der seltene Fall, daß ein vertrauter Freund, unbeirrt durch die Bedürfnisse und Bewegungen des eignen Gefühls, das Maaß des Freundes behält.

Vergessen Sie nicht die Verabredung, nach der Sie etwas mitbringen sollten beim Wiederkommen, was wir zusammen durchsehen könnten. Nun finden Sie mich in einigen eigenen Räumen, ⟨2⟩| die, so uneingewohnt sie auch noch sind, doch den Vorzug haben, weniger zufällig und von genauerer Umgebung zu sein.[5] Ich freue mich, Sie darin zu begrüßen. Wählen Sie Tag und Stunde selbst. Auch die Zeit nach dem Abendessen wäre mir passend, außer am Mittwoch. Mein Haus muß fast auf Ihrem Wege liegen, ungefähr in der Mitte zwischen Ihren beiden Wohnungen.[6]

R.

RMRs Brief 06 bezieht sich auf einen nicht überlieferten Brief ATBs an RMR; über den er sich als «Zeichen des Wiederhierseins» freut.

4 *Dr. Wolff*] ↑Emil Wolff.
5 *in … eigenen Räumen*] RMRs Wohnung in der Ainmillerstraße 34, in der er 1918 und 1919 im 4. Stock wohnte und die er am 8.5.1918 bezog. Nachdem Rilke 1919 in die Schweiz umgezogen war, erwog er deren Auflösung. Sein Verleger ↑Anton Kippenberg, der wohl schon 1920 die Miete bezahlt hatte, löste die Wohnung 1921 auf und überführte den Haushalt des Dichters nach Leipzig. Vgl. dazu *Schwabings Ainmillerstraße,* 292–301. Heute erinnert eine Gedenktafel am Haus an den Aufenthalt des Dichters.
6 Vgl. Brief Nr. 03. Die elterliche Wohnung der Familie Pariser war seit dem 3.7.1907 in der Georgenstraße 30 (Einwohnermeldekarte, München, Stadtarchiv, EWK 651 B 120). Die Entfernung zur Ainmillerstraße 34 beträgt 650 m.

Abb. 19: Emil Wolff. Fotografie.

06 | 1918-08-02   *Rainer Maria Rilke (München)*
an Agnes Therese Brumof (München)
H: Privatbesitz, 1 Dbl., 18,5 × 14,5 cm, 1 S. beschr.

München, am 2. August.

Diesmal habe ich schon sehr auf Ihr kleines Zeichen des Wiederhierseins gewartet und würde Ihnen, wenn ich Sie nur rasch erreichen könnte, gleich den heutigen Nachmittag vorgeschlagen haben. Morgen und Sonntag bin ich kaum frei. Aber am Montag, um 4 oder halb fünf? So früh Sie's eben einrichten können.

Sie müssen mir vom Land erzählen;[7] ich bedarf der Zeugen, um zu glauben, daß es noch irgendwo das natürliche Glück

---

7 *vom Land*] Bezieht sich auf die Sommerfrische der Familie Pariser in Possenhofen am Nordwestufer des Starnberger Sees (*WedekindBW*, II, 207). RMR selbst wollte 1918 auf das Land ziehen. Sein Wunsch stieß bei Walther Rathenau aber auf Ablehnung (*RChr*, 588f.). Zum 2.8. beklagt er,

giebt, das ich sonst selbst mitten in den Städten mir einzubilden wußte.

R.

RMRs Brief 07 bezieht sich auf ein zwischenzeitliches und nicht überliefertes Schreiben ATBs an RMR, mit dem sie ihm Stefan Georges «Umdichtung» der Sonnette Shakespeares *übersendete.*

07 | 1918-08-19 *Rainer Maria Rilke (München) an Agnes Therese Brumof (München)*
H: Privatbesitz, 1 Dbl., 21 × 13,5 cm, 2 S. beschr.

Montag.

Es war die letzte Woche wieder ein ziemliches Gedräng bei mir von mehr oder minder durchreisenden Personen –, ich konnte nicht rufen, ja sogar die Muße fehlte mir, Ihnen für die «Letzt-Ausgabe» zu danken, die mir ein überaus schöner Besitz ist.[8] Ich habe fast alle Sonette gelesen, möchte mir aber nun diejenigen zeigen lassen, die Ihnen besonders ergiebig sind. George ist eben doch zuletzt zu sehr Ort, um Weg zu sein, es scheint mir, die Strenge und lineare Herbe seiner Fassung thut dem Überschwang jener urnenhaft runden Gedichte einigen Abbruch.[9]

---

eine Einladung von Marianne Mitford aufs Land nicht erhalten zu haben (*RChr*, 598).
8 «*Letzt-Ausgabe*» ... *Sonette*] RMR bezieht sich wohl aus Stefan Georges «Umdichtung» von Shakespeares Sonetten, die erstmals 1909 erschienen war: Shakespeare: *Sonette. Umdichtung von Stefan George*, Berlin 1909. Das Rilke-Archiv verwahrt die Erstausgabe der *Sonette* mit Besitzeintrag von RMR: «17.8.1918» (*RChr*, 598).
9 *George ... Abbruch*] Zum ambivalenten Verhältnis RMRs zu George vgl. Ute Oelmann: «*Und gute Gespräche vereinten mich mit seinem Wesen*».

Nun schreib ich wieder ~~zu~~ spät (zu spät?) um Ihnen zu sagen, daß ich Sie diesen Nachmittag hier erwarten würde, wenn Sies noch einrichten können, mir eine Stunde zu geben. ⟨2⟩ | Besuchen kann ich Sie leider immer noch nicht, male sogar auf der Adresse nicht nur das «l», sondern auch das Übrige mit zaghaft neutraler Hand, um vor Frl. G.[10] unentdeckt zu bleiben. Aber wir müßen dieses Hindernis ins Gegenteil wenden und heute besprechen, wie?
Um ½ 5. Ja?

RMRs Brief 08 antwortet unmittelbar auf ein nicht überliefertes Schreiben ATBs an RMR vom 19.8.1918, in dem sie sich nach den Kippenbergs erkundigt.

08 | 1918-08-19   *Rainer Maria Rilke (München) an Agnes Therese Brumof (München)*

H: Privatbesitz, 1 Dbl., 18,5 × 14,5 cm, 2 S. beschr.

Montag Nachmittag /

Nein, von den K's habe ich nichts gehört, meine Vermuthung war, daß sie vielleicht noch gar nicht durchgereist seien.[11]

Stefan George und Rainer Maria Rilke. In: *George-Jahrbuch* 11 (2016/17), 231–251; Achim Aurnhammer: *Stefan George in der deutschsprachigen Literatur des 20. Jahrhunderts, Aneignung, Umdeutung, Ablehnung,* Berlin und Boston 2022, 63f., 84f.
10 *Frl G.*] Die Identität von «Fräulein G.» ist nicht ermittelbar. RMRs Diskretion bezieht sich auch auf die vertrauliche Adresse l[iebe] T[herese]. Vgl. Brief Nr. 33.
11 *K's ... nicht durchgereist*] Bezieht sich auf die Durchreise der ↑Kippenbergs in die Schweiz um den 20.8.1918 (*RChr*, 598).

Was diese allgemeine Begeisterung angeht, so wäre sie mir bei K. vielleicht nicht unverständlich, wenn ich ihn mehr kennte.

Aber über dies und über das Andere lassen Sie uns doch lieber wieder mündlich sein. Ich stehe mit meiner Brieffeder immer noch so zwieträchtig, weiche ihr aus, wo es geht. Nicht auf Ihren Brief hin, bitt ich Sie zu kommen, es ist längst Zeit, auch liegt ein Manuscript bei mir, über das ich gerne Ihre Meinung hätte.

Der «Merlin» –:[12] wie sehr bin ich verspätet, ⟨2⟩| Ihnen zu berichten, daß er mir eine leichte Berauschung bereitet hat, wie ein Aufguß über kleinen Kräutern vom Wald und Waldrand.

Dürfte ich Ihnen nun gleich den Mittwoch vorschlagen? Wenn Sie mich nichts anderes wissen lassen, so erwart und erhoff ich Sie für den ganzen Nachmittag.

RMR.

RMRs Brief 09 bezeugt ein zwischenzeitliches und nicht überliefertes Schreiben ATBs an RMR, in dem eine Paketsendung angekündigt wird.

09 | 1918-09-06   *Rainer Maria Rilke (München)*
                      an Agnes Therese Brumof (München)

H: Privatbesitz, 1 Dbl., 18,5 × 14,5 cm, 1 S. beschr. – Der «inliegende Brief» von Jakob Heinrich Emil Wolff an ATB ist nicht überliefert.

12 *Der «Merlin»*] Die Verdichtung *Merlin* (1918) von Max Pulver (1889–1952), der von 1914 bis 1924 in München lebte und dort auch die Bekanntschaft RMRs machte, der ihn förderte; Pulver kündigt in einem Brief vom 2.12.1926 RMR an, ihm seinen «ersten Roman überreichen zu dürfen» (Schweizerisches Rilke-Archiv (SLA), Bern, B-02, Ms_A_240). Pulver gab ab 1930 seine dichterische Tätigkeit zugunsten der Graphologie auf.

Freitag.

Sie sind doch nicht krank, da man Sie nirgends sieht?

Den inliegenden Brief hab ich nach verschiedenen Orten in der Tasche mit herumgetragen, in der Hoffnung, ihn Ihnen geben zu können. Wenn es nur nicht schadet, daß er darüber beinah alt geworden ist. Professor Wolff hat ihn mir am Tage seiner Abreise geschickt,[13] aber nur ihn, nicht auch das Paket, das Sie mir angekündigt haben.

Ich stecke immer noch zwischen Menschen und Correspondenzen[14], und weiß nicht zu sagen, was die Oberhand hat. Aber gleich nach dem fünfzehnten [September] müßte uns eine ruhige Stunde vergönnt sein!

R.

/mit einem Brief.

10 | 1918-09-08 *Rainer Maria Rilke (München)*
an Agnes Therese Brumof (München)

H: Privatbesitz, 1 Dbl., 18,5 × 14,5 cm, 2 S. beschr.

Sonntag.

Bei vieler Schreiberei, heute noch vor dem verschlossenen Paket, will ich Ihnen wenigstens seinen Empfang bestätigen. Das Gleiche hätte ich schon thun müssen, als der Kierkegaard[15] kam und wiederum nach Ihrem Brief –, aber bei der Schwere meiner Feder verschob ichs von einem Tag zum andern und war

---

13 *Professor Wolff*] ↑Emil Wolff.
14 *Correspondenzen*] in lateinischer Schrift.
15 *Kierkegaard*] Sören Kierkegaard (1813–1855), dänischer Philosoph, Theologe und sprachlich-stilistisch vielfach bewunderter Schriftsteller. Hier ist aber wohl Brandes' Darstellung über ihn gemeint.

auch die ganze Zeit nicht fähig, jemanden zu sehen (mit Ausnahme eines Besuchs, der von auswärts gekommen war).

Den Brandes,[16] den ich übrigens kannte, las ich noch an dem Abend, da Sie mir ihn schickten; wie anders als vor zwanzig Jahren schien er mir. Ich las ihn sozusagen gegen den Strich. Brandes hat, soweit eben Findigkeit reicht, natür- ⟨2⟩ | lich begriffen, um eine wie kolossale Erscheinung es sich handelt; aber wie veraltet muthet heute die Konstruktion an, die Darwin-Taine'sche, mit der er Kierkegaard in die Bedingungen seiner nächsten Abkunft einzuschränken unternimmt. Dabei hat wohl kaum jemand die Voraussetzungen seiner Kindheit phantastischer und kühner ins Weite, ins Grenzenlose gewendet.

Darf ich Sie bald einmal zu mir rufen? Sie konnten gar nicht wissen, was das Wort «Freude» bei mir gilt. Es giebt keines, zu dem ich mehr Vertrauen hätte.

RMR.

11 | 1918-09-22 *Rainer Maria Rilke (München) an Agnes Therese Brumof (München)*

H: Privatbesitz, 1 Dbl., 18,5 × 14,5 cm, 1 S. beschr.

Sonntag.

Es thut mir an, sehr, daß ich den guten Moment versäumt habe! Aber ein kleiner Fortschritt im Sich-freier-beziehen-dürfen ist ja doch geschehen.

---

16 *Den Brandes*] Georg Brandes [d.i. Georg Morris Cohen]: *Sören Kierkegaard: ein literarisches Charakterbild* [*Sören Kierkegaard* (1877), dt.]. Autoris. dt. Ausg., Leipzig: Barth 1879. RMR kritisiert den positivistischen Ansatz, der dem Milieu und der Herkunft große Bedeutung zumisst, ganz nach dem französischen Soziologen Hippolyte Taine und dem britischen Naturforscher und Evolutionstheoretiker Charles Darwin.

Ich bin zweimal verreist gewesen inzwischen, erst Freitag zurückgekommen:[17] daher so viel Schweigen. Nun natürlich viel Post vorgefunden und auswärtige Besuche von rechts und links. Aber bald.

R.

P. S. Eben habe ich den schönen Goethe vom Jahr Vierzig bekommen (vierzig kleine Bände in den alten Einbänden) und in meinen Schrank eingestellt, wo er gerade eine ganze Reihe aufs Erfreuendste ausfüllt.[18]

RMRs Brief 12 bezeugt ein zwischenzeitliches und nicht überliefertes Schreiben ATBs an RMR.

12 | 1918-10-23 *Rainer Maria Rilke (München) an Agnes Therese Brumof (München)*
H: Privatbesitz, 1 Dbl., 18,5 × 14,5 cm, 2 S. beschr.

Mittwoch.

Es ist ein recht großer Übelstand, daß wir uns nicht rasch, am gleichen Tag einer Verabredung, zueinander verständigen können; so hätte ich diese Woche mehrere Nachmittage unversehens frei gehabt, nur, einen vorauszubestimmen, ist über dem bei mir

---

17 *erst Freitag zurückgekommen*] RMR war vom 10.9. für einige Tage im Raunerhof in Ohlstadt und um den 18.9.1918 in Ansbach, bevor er wieder nach München zurückkehrte (*RChr*, 598f.).
18 *Goethe ... Einbänden*] Gemeint ist die Gesamtausgabe: *Goethe's sämmtliche Werke in vierzig Bänden. Vollständige, neugeordnete Ausgabe*, Stuttgart und Tübingen: J. G. Cotta 1840. RMR schrieb am 24.9.1918 an ↑Kippenberg: «Der vorgestrige Tag hatte für mich eine feierliche Stunde: die Goethe-Ausgabe von 1840 traf ein (vierzig schöne kleine Bändchen in den Pappbänden der Zeit) ...» (*RChr*, 600).

Abb. 20: Hannelore Ziegler.
Fotografie von Brockshus,
Bremen, vor 1919.

stattfindenden Kommen und Gehen jetzt schwer möglich. Die Pause zwischen uns wird mir zu lang, ich will sehen, bald Abhülfe zu schaffen. Zum «Ausgehen» finde ich auch nicht den rechten Entschluß, Kammerspiel-Premièren sind ja längst kein nöthiger Anlaß mehr. Und die Tänzerinnen?! Zu Hannelore Ziegler[19] rieth man ⟨2⟩ | mir, aber ich war nicht recht wohl gestern abend.

Der Schlußsatz in Ihrem Brief hat mich mehr als «ein bischen» gefreut. Ich rechne ihn zu meinen wirklichen Freuden.

[19] Hannelore Ziegler hatte ihren ersten Auftritt in München am 22.10.1918 in der Tonhalle, vgl. *Münchner Neueste Nachrichten*, Abendausgabe vom 18.10.1918. Sie wird bei Paul Nikolaus: *Tänzerinnen*, München: Delphin 1919, 80–84, als herausragende expressionistische Ausdruckstänzerin beschrieben. Von 1917–1921 war sie mit einem eigenen Programm auf Tournee: Hannelore Ziegler: *Eigene Tänze*, Bremen: Bremer Zeitungsges. 1917, 21 S. Aufführungsnachweise in Weimar über das Projekt «Theater und Musik in Weimar 1754–1990» (https://www.theaterzettel-weimar.de/home.html).

Und Freude war am Ende immer das Äußerste was mir im Menschlich-Gegenseitigen widerfuhr.

R.

13 | 1918-11-08   *Rainer Maria Rilke (München)*
                    an Agnes Therese Brumof (München)
H: Privatbesitz, 1 Karte, 9 × 11 cm, 2 S. beschr.

Freitag /

Immer neu mir in den Weg wachsende Bekannte haben mich aufgehalten, gestern zum Schluß noch bis zu Ihnen zu kommen. Ich wand mich zur Garderobe, aber Sie waren schon fort.

Wollen Sie mich darüber ~~ger~~ beruhigen, daß Sie gut nachhause gekommen ⟨2⟩| sind? Es war ja nicht gerade die behaglichste Nacht und jedenfalls der unpassendste Abend, um Lieder aus «Alter Zeit» zu hören,[20] während draußen die übernächste anfing, leider, etwas altmodisch, mit Schüssen.[21]

Bonjour, Citoyenne.[22]

R.

20 RMR besucht am 7.11.1918 ein Konzert mit «Melodien aus alter und ältester Zeit» der Sängerin Auguste Hartmann (*RChr*, 606). In derselben Nacht flieht König Ludwig von Bayern aus München. Am 8.11. wird in den *Münchner Neuesten Nachrichten* der Freistaat Bayern ausgerufen.
21 *mit Schüssen*] RMR spielt damit auf die Übernahme wichtiger Einrichtungen in der Stadt und die Einrichtung eines Arbeiter- und Soldatenrats im Mathäserbräu an. Vgl. Gerhard Schmolze (Hg.): *Revolution und Räterepublik in München 1918/19 in Augenzeugenberichten*, Düsseldorf 1969, 85–110. Schießereien werden nicht erwähnt. Am 8.11. gab es ein Ausgehverbot ab 21 Uhr und keine Theater-, Kino- und Varietévorstellungen. Am 9.11. wurde der Spielbetrieb wieder aufgenommen (Martin Rühlemann: *Unterhaltungskultur. Freizeit und Vergnügen 1918/19*. In: Ludwig Eiber (Hg.): *Revolution in München. Alltag und Erinnerung*, München 2019, 20f.).
22 *Bonjour, Citoyenne*] [‹Guten Tag, Bürgerin›] Grußformel der Französischen Revolution, welche die Anrede ‹Bonjour, Madame› ersetzte.

14 | 1918-12-25 Rainer Maria Rilke (München)
 an Agnes Therese Brumof (München)
H: Privatbesitz, 1 Dbl., 17,5 × 13,5 cm, 2 S. beschr.

Am ersten Weihnachts-Tag 1918

Wäre ich gestern abend, wie ich hoffte, allein geblieben, so hätte ich noch einen kleinen weihnachtlichen Gruß in Ihren Briefkasten hinüber getragen. Nun wäre es ungenau, sollte ich das heute nicht nachholen: denn ich habe mit lauter guten Wünschen an Sie gedacht!

Darf ich Ihnen nun den Samstag Nachmittag vorschlagen? So daß Sie recht früh kämen (um 4 schon oder halb fünf) ⟨2⟩ | zu ein paar ruhigen Stunden, die wir einander seit Langem schuldig sind.

Wenn Sie mir nichts anderes schreiben, so erwart ich Sie.

R.

15 | [1919-01-19][23] Rainer Maria Rilke (München)
 an Agnes Therese Brumof (München)
V: Fotografie eines Briefes, Privatbesitz, 3 S. beschr.

Sonntag

Sie werden doch, hoff ich, aus meinem Schweigen verstanden haben, daß die Schweiz wieder weiter aufgeschoben ist; denn ich würde ja nicht gereist sein, ohne Sie noch gesehen zu haben.

Ich bin also hier, habe nun aber, vor genau einer Woche, mein ganzes Zimmer umgeräumt, zum Guten wie mir scheint,

---

[23] Datierung aufgrund der Mitteilung RMRs, sein Zimmer umgeräumt zu haben, was am 13.1.1919 erfolgte (RChr, 615).

und diese Veränderung hat mir die Kraft gegeben endlich meine vielen Zerstreuungen abzustellen: ich bleibe zuhause, lehne alle Einladungen ab, – ja am Ende wird auch unsere, geplante, darüber noch ein wenig hinausgeschoben werden; ob ⟨2⟩| ich Sie gleich von vornherein unter die ausgemachten Ausnahmen rechne. Frisch[24] scheint jetzt auch, solange der Neue Merkur nicht draußen ist, keine freie Zeit zu haben: wenigstens hat er eine Aufforderung, zu mir zu kommen, neulich mit solcher Begründung abgelehnt. Sowie ich ihn wiedersehe, bring ich aber bei ihm zur Sprache, zu P.'s[25] mitgenommen zu sein.

Ich habe Ihnen noch nichts bedankt: nicht das kleine Jean-Paul-Bändchen,[26] nicht das herrliche Lesezeichen: man meint, man müsste im dunkel bei dieser goldenen Reliquie wie beim Schein ein kleiner ewigen Lampe lesen können! ⟨3⟩|

Aber ich denke gar nicht daran, diese Kostbarkeit in die «Entlarvung» zu legen; bewahre! Zunächst bezeichnet sie mir meine Lesestelle in der Legenda Aurea.[27]

Ich lese Verhaeren «Les Flammes hautes» immerzu.[28] Und lese Ihnen daraus, wenn Sie wieder einmal bei mir sein werden.

---

24 *Frisch*] Efraim Frisch (1873–1942), Herausgeber des *Neuen Merkur*. Vgl. Brief Nr. 24.
25 *P.'s*] Vielleicht erhofft sich RMR, durch Efraim Frisch in die Familie Pariser eingeführt zu werden.
26 *Jean-Paul-Bändchen ... «Entlarvung»*] *Entlarvung der Weiber durch Jean Paul nebst einigen Wahrheiten über Liebe und Ehe aus dessen Werken zu Nutz und Frommen beider Geschlechter zusammengetragen von Einem dem es nichts geholfen*, Wien [ca. 1918]. Dass RMR von Jean Paul angetan war, belegen briefliche Äußerungen an André Gide vom 10.12.1921 oder an Nanny Wunderly-Volkart vom 26.3.1922.
27 Die *Legenda aurea* des Dominikaners Jakobus de Voragine entstand um 1264 und wurde das am weitesten verbreitete Legendar des Spätmittelalters. RMR benutzte vermutlich folgende Ausgabe: Jacobus de Voragine: *Legenda aurea*, übers. von Rudolf Benz, 2 Bde, Jena 1917–1921 (Luxusausgabe mit krit. Apparat).
28 Emile Verhaeren: *Les flammes hautes. Poèmes*, Paris 1917. RMR stand mit Verhaeren in Kontakt, seitdem er ihn 1905 persönlich in Meudon aufgesucht hatte und dieser ihm eigene Texte zur Beurteilung überlassen hatte

Diese menschengläubigen Gedichte machen mir den großen
Freund unbeschreiblich fühlbar und tragen viel dazu bei, daß
ich mich zu besserer Besinnung entschließen konnte und gewissermaßen zu einer Anknüpfung an die Gedanken und Hoff-
nungen, von denen man im Sommer Neunzehnhundertvier-
zehn fortgerissen wurde.

R.

Eines der Gedichte:[29]

16 | 1919-06-13   *Agnes Therese Brumof (München)*
                   an Rainer Maria Rilke (München)

H: Schweizerisches Rilke-Archiv (SLA), Bern, Ms_A_234/2, 1 Dbl.
14,2 × 19,0 cm, 2 S. beschr.
Briefumschlag Vs.: Herrn | R. M. Rilke | Ainmiller Str. 34 / IV.

München, Bauerstraße 18/IV   13.6.19

Ich gehe auf kurze Zeit nach Hamburg u. schreibe Ihnen erst im
letzten Augenblick, um mir das Weggehen nicht noch schwerer

(*RChr*, 230f.). Wie sehr RMR die Sammlung der *Flammes hautes* geschätzt
hat, erhellt aus dem Umstand, dass er mehrfach den Band als Widmungs-
exemplar versandt hat: so am 13.1.1919 an die Fürstin von Thurn und Taxis
(*RChr*, 614); am 5.2.1919 der Gräfin Caroline Schenk von Stauffenberg
mit Bezug auf seine «Pariser Arbeitsjahre» und dem Hinweis, dass er
die Gedichte Verhaerens «seit zwei Wochen» immer wieder lese und vorlese,
besonders «Au Passant d'un soir» («ich lese es wie ein Vermächtnis, weil
es mir Emile Verhaeren in der Stärke eines seiner Momente und zugleich
am dauerndsten wiedergibt»); Ostern 1919 schenkt er der Malerin Irene
von Fuchs-Nordhoff ein Exemplar, in das er seine eigene Übersetzung des
Gedichts «Les Morts» aus dem Jahre 1919 eingetragen hat, sowie «en Janvier
1919» an Pia di Valmarana («À Pia | un Livre douloureusement aimé, pour
reprendre, avec une douce habitude, – l'avenir | Rilke». In: Schweizeri-
sches Rilke-Archiv (SLA), Bern, E_199).
[29] *Eines der Gedichte:*] Das von RMR auf S. 3 angekündigte Gedicht Verhaerens ist nicht überliefert.

zu machen.³⁰ Denn wenn es auch garnichts bedeutet im ganzen, so kann man gerade jetzt nie wissen, wie man zurück kann und ob überhaupt, und in meinem besondern fall: ob ich Sie dann noch hier antreffe, da Sie Deutschland verlassen wollten.³¹ Sie können sich eine kleine Vorstellung ⟨2⟩| machen, was das für uns bedeutet, ich meine Deutschland. Dr. Wolff³² schrieb kürzlich, das bewiese am besten die neue Weltordnung, daß die Czecho-Slowaken Sie uns nehmen.³³

Aber es ist noch viel viel schwerer, und nur daß Sie in der Welt sind, und Deutschland Ihnen garnichts geben konnte, kann das alles mildern.

Hoffentlich sehe ich Sie noch. Ich denke, Ende Juli wieder hier zu sein. –

Sonst wissen Sie ja alles, was ich Ihnen noch sagen könnte, ja?

---

30 Der Brief wurde am Tag der Abreise verfasst: «Reise-Ausweis für eine einfache oder Hin- und Rückfahrt. Fräulein *Agnes Pariser* Stand *Kunstmalerin* aus *München* wird behufs einer Fahrkarte bestätigt, daß sie zum Zwecke *dringender geschäflicher Angelegenheiten* am (Tag der Hinfahrt) *13.6.19* (Tag der Rückfahrt) *29.7.19* die Bahn von München nach *Hamburg* über Berlin und zurück benützen muß» (Privatbesitz, 1 Bl., handschriftliche Einträge kursiv). Eine Rückkehr nach München am 29.7.19 ist nicht belegt.
31 ATB weiß nichts von der Abreise RMRs am 11.6.1919 in die Schweiz (*RChr*, 634f.). Vgl. dazu Brief Nr. 15.
32 *Dr. Wolff*] ↑Emil Wolff.
33 *die Czecho-Slowaken Sie uns nehmen*] RMR wurde 1919 tschechischer Staatsbürger. Nachdem RMR den Ersten Weltkrieg vor allem in Deutschland erlebte («cinq ans de prison allemand»; RMR an Albertina Böhmer Cassani, Genf 18.6.1919. In: *Briefe an eine Reisegefährtin* [d. i. A. Böhmer Cassani] – *Eine Begegnung mit Rainer Maria Rilke*, hg. von Ulrich Keyn [d. i. Siegfried Melchinger], Wien 1947, 28), unterbrochen im ersten Halbjahr 1916 vom Militärdienst im Kriegsarchiv in Wien, und sich politisch von Deutschland und Österreich zunehmend entfremdete, widersprach die neue Nationalität aber keineswegs RMRs europäischem Selbstverständnis und Wertschätzung seiner böhmischen Herkunft; vgl. Joachim W. Storck: «Meine Herkunft als Österreicher und Böhme». In: *Aussiger Beiträge 2* (2008), 101–120.

17 | 1919-07-06   *Agnes Therese Brumof (Hamburg)*
                   an Rainer Maria Rilke (München)

H: Schweizerisches Rilke-Archiv (SLA), Bern, Ms_A_234/3, 1 Bl.,
18,0 × 14,0 cm, 2 S. beschr.
Briefumschlag Vs.: Poststempel vom 7.7.19 (Hamburg); Herrn | R. M.
Rilke | <u>München</u> | Ainmiller Str. 34 / IV.

Hamburg, Alsterglacis 10/0[34]
6.7.19.

Ich weiß nicht, ob Sie mein Brief noch erreicht hat und sage Ihnen nun von hier aus noch einmal, daß ich hier bin. Ob Sie noch in München sind, wenn ich wiederkomme? Oder ob uns die Czechoslowaken Sie schon in die Schweiz entführen durften?[35] Und ob Sie sich freuen? Aber lassen Sie denn das schöne Atelier allein stehen? Das war immer noch meine Hoffnung. Ich bekomme ⟨2⟩| jetzt hier ein Stück zu inszenieren, was Sie gewiß freuen wird;[36] leider nicht an den Kammerspielen.

Erinnern Sie sich noch an Weihnachten? Gibt es das noch einmal?

Kann ich nichts für Sie tun?

Freuen Sie sich?

---

34 *Hamburg*] Im Hamburger Adressbuch findet sich nur für das Jahr 1920 der Eintrag: «Brumof, Therese, Damenbekleidung, Alsterglacis 10».
35 *Czechoslowaken*] Vgl. Brief Nr. 16.
36 *ein Stück zu inszenieren*] Der Begriff ‹Inszenierung› bezieht sich auf Bühnenbild und Kostüm. Die Hamburger Kammerspiele, gegründet 1918 von Erich Ziegel, hatten sich bereits in der ersten Spielzeit 1918/19 einen Namen als experimentierfreudige Bühne gemacht und Anni Mewes von München nach Hamburg geholt, die engen Kontakt zu RMR hatte (Fischer: *Hamburger Kulturbilderbogen*, 65–74; *RChr*, 589). An großen Häusern kamen das Deutsche Schauspielhaus, das Hamburger Stadttheater, das Altonaer Stadttheater und das Thaliatheater in Frage. Die Theatersammlung der SUB Hamburg enthält keine Hinweise auf die Beteiligung von ATB an einer Inszenierung im Jahre 1919.

18 | 1919-07-23 *Agnes Therese Brumof (Hamburg)*
an Rainer Maria Rilke (Soglio)

H: Schweizerisches Rilke-Archiv (SLA), Bern, Ms_A_234/5, Postkarte, 9,0 × 14,0 cm, 2 S. beschr.;
Vs.: Poststempel vom 23.7.19 (Hamburg), vom 29.VII.19 (Zürich) und vom 30.VII.19 (Soglio); Herrn | R.M. Rilke | München | Ainmillerstr. 34 / IV | Zürich Lessezirkel [!] | Hottingen[37] | Pension Willy | Soglio | Graub[ünden].
Rs.: folgender Text:

Hamburg a. E. Alsterglacis 10/0

Steht nicht irgendwo «Ich will auch keine Briefe mehr schreiben, wozu soll ich jemand sagen, daß ich mich verändere? Wenn ich mich verändere, so bleibe ich ja doch nicht der, der ich war und bin etwas anderes als bisher usw.»[38] – Aber erstens nicht, zweitens nicht, drittens nicht. Schreiben Sie mir einmal eine Zeile, wo Sie sind? Wie es Ihnen geht? Ich bin nämlich nicht verändert und habe Ihnen sogar geschrieben. Bitte!

---

37 *Zürich Lesezirkel Hottingen*] Literarischer Club Zürich, vormals Lesezirkel Hottingen. Auf dessen Einladung trat RMR seine Schweiz-Reise an. Die Reise hatte sich immer wieder verschoben, vgl. *RChr*, 600, 603, 606, 608, 612, 616, 618. RMR kehrte vor seinem Tod nicht mehr nach Deutschland zurück.
38 *«Ich will ... als bisher usw.»*] Das Zitat ATBs ist eine ironische Hommage an RMR, da es aus dessen *Aufzeichnungen des Malte Laurids Brigge* (1910) stammt. Darin reflektiert der Protagonist sein Dilemma, den dynamischen Eindrücken und der Großstadt Paris dem veränderten Zeitgefühl in dem traditionellen Medium des Briefs gerecht zu werden. Die Stelle im Roman lautet: «Ich habe heute einen Brief geschrieben, dabei ist es mir aufgefallen, daß ich erst drei Wochen hier bin. Drei Wochen anderswo, auf dem Lande zum Beispiel, das konnte sein wie ein Tag, hier sind es Jahre. Ich will auch keinen Brief mehr schreiben. Wozu soll ich jemandem sagen, daß ich mich verändere? Wenn ich mich verändere, bleibe ich ja doch nicht der, der ich war, und bin ich etwas anderes als bisher, so ist klar, daß ich keine Bekannten habe. Und an fremde Leute, an Leute, die mich nicht kennen, kann ich unmöglich schreiben» (*RilkeSW*, Bd. 6, 709–946, hier 711).

19 | 1919-07-20 *Rainer Maria Rilke (Zürich)*
an Agnes Therese Brumof (Hamburg)
H: Privatbesitz, 1 Dbl., 15 × 20 cm, 1 S. beschr.

Zürich, Baur au Lac,[39] am 20. July

Wir müßen ungefähr, denk ich, zu gleicher Zeit gereist sein; ich bin fast vier Wochen in der Schweiz. Noch recht unstät von Ort zu Ort getrieben und vorerst nur von Stadt zu Stadt: aber wenn mir noch etwas Bleibens erlaubt wird, so kommt gewiß die gute Fügung, Stille und eine Landschaft, die nicht zu befremdlich groß ist und nicht zu ungeschickt bewundert von jeher. Das schönste bisher war Bern –, davon erzähl ich einmal.

Wie hab ich mich gefreut, als Ihre erste Nachricht aus Hamburg kam, und nun berichtet die zweite den Inszenierungsauftrag: und ich freu mich noch mehr![40]

Gute herzlichste Gedanken im Gefühl unseres sicheren und genauen Verbundenbleibens.

R.

Sehen Sie Prof. W.?[41] Sagen Sie ihm viele Grüße und daß mich gestern sein Brief[42] mit dem eingelegten Bilde hier erreicht hat. Ich danke ihm sehr.

---

[39] *Zürich, Baur au Lac*] Das Hotel Baur au Lac, noch heute florierendes Luxushotel im Zentrum Zürichs.
[40] *Inszenierungsauftrag*] Vgl. Brief Nr. 17.
[41] *Prof. W.*] ↑Emil Wolff.
[42] Brief von ↑Emil Wolff vom 8.7.1919 an RMR mit dem Bild von Wilhelm Freiherr Schenk von Stauffenberg (Schweizerisches Rilke-Archiv (SLA), Bern, Ms_A_355/2).

20 | 1919-07-24   *Agnes Therese Brumof (Hamburg)*
                 an Rainer Maria Rilke (Soglio)

H: Schweizerisches Rilke-Archiv (SLA), Bern, Ms_A_234/4, 1 Bl., 28,5 × 22,2 cm, 1 S. beschr.
Briefumschlag Vs.: Poststempel vom 24.7.19 (Hamburg) und vom 29.VII. 19 (Zürich); Schweiz | Herrn | R. M. Rilke | Zürich | Baur au Lac. | Pension Willy | Soglio – Bergell. – Rs.: Hamburg a. E. | Alsterglacis 10/0; Poststempel vom 29.VII.19 (Soglio), | Aufkleber mit Vermerk: «Auf Grund | der Verordnung vom 15. November 1918 | (Reichsgesetzblatt S. 1324) geöffnet.»

Hamburg   Alsterglacis 10/0   24.7.19

Was haben Sie mir für eine Freude mit Ihrem lieben Brief gemacht! Nach dem ich schon so ungeduldig war! Ich bekomme so schlechte Nachrichten, kann kaum mit einer Fußspitze ruhig in der Ferne sein und bekomme vor jedem Brief einen Schüttelfrost. Und nun kommt so ein Brief! – Und nun sind Sie also in Zürich! Wie gut wird Ihnen das tun, das französisch und die Helle und der Friede dort. Und sehen Sie Clotilde von Derp?[43]

Hier ist nur ein Mensch, mit dem ich richtig von Ihnen sprechen könnte – er heißt Edu Hopf[44] – aber er streicht sich immer die falschen Stellen an. Dafür macht er selbst in Poesie, und sagt ich sei eine Prinzessin auf der Erbse,[45] denn ich bekäme auch mit 17 Matrazen noch blaue und grüne Flecke. Abgesehen davon, daß Sie wissen, daß die Welt – leider – für mich keine

---

[43] *Clotilde von Derp*] ↑Clotilde Sacharoff. Clotilde Sacharoff lädt in einem undatierten Brief, adressiert an RMR im Hotel Baur au Lac, RMR zu einem Treffen im «Sprüngli» ein (Schweizerisches Rilke-Archiv (SLA), Bern, MS_A_265/3).
[44] *Edu Hopf*] ↑Kaspar Eduard Hopf.
[45] *Prinzessin auf der Erbse*] *Die Prinzessin auf der Erbse* [*Prinsessen på ærten*, dt.] (1837) ist ein Kindermärchen des dänischen Schriftstellers Hans Christian Andersen. Es findet sich auch als *Die Erbsenprobe* in Grimms Märchen, allerdings nur in der 5. Auflage von 1843, Nr. 182.

Abb. 21: Soglio, Palazzo Salis. Salon der Pension Hotel Willy. Ansichtskarte von Foto Max, Wagner St. Moritz, ca. 1920.

Erbse ist – erkennen Sie ihn vielleicht an diesem gewählten Ausspruch, er läßt Sie vermutlich grüßen. –

Prof. Wolff[46] habe ich Ihre Grüße bestellt. Seine Vorlesungen sind sehr schön.[47]

Und nun weiter alles Schönste.

Und nicht wahr, auf Wiedersehen?

---

46 *Prof. Wolff*] ↑Emil Wolff.
47 *Seine Vorlesungen*] Im Sommersemester 1919 bot ↑Emil Wolff die Veranstaltungen *Shelley, Keats, Byron*; *Geschichte der englischen Literatur im Zeitalter der Königin Victoria*; *Chaucer-Übungen*; *Einführung ins Altenglische für Anfänger*; *Gladstone und der englische Liberalismus* (öffentl.) und eine *Einführung in die historische griechische Grammatik* an (vgl. Hamburgische Universität: *Verzeichnis der Vorlesungen im Sommersemester 1919* [15. April bis 15. August], Hamburg 1919).

21 | 1919-08-31 *Agnes Therese Brumof (Berlin-Lichterfelde)*
an Rainer Maria Rilke (Soglio)

H: Schweizerisches Rilke-Archiv (SLA), Bern, Ms_A_234/6, 1 Bl., 28,5 × 22,2 cm, 1 S. beschr.
Briefumschlag Vs.: Poststempel vom 31.8.19 (Berlin) und vom 10.IX.19 (Soglio); Pension Willy | Soglio | Herrn | R. M. Rilke | München | A̶i̶n̶m̶i̶l̶-̶l̶e̶r̶s̶t̶r̶a̶ß̶e̶ ̶3̶4̶/̶I̶V̶ | Z̶ü̶r̶i̶c̶h̶ ̶L̶e̶s̶e̶z̶i̶r̶k̶e̶l̶ | Hottingen | Aufkleber mit Vermerk: «Auf Grund | der Verordnung vom 15. November 1918 | (Reichsgesetzblatt S. 1324) geöffnet.»
Rs.: Aufdruck: Berlin-Lichterfelde | Karlstr. 36; Poststempel vom 10.IX.19 (Soglio).

[Berlin-]Lichterfelde 31.8.19.[48]

Schon so oft schrieb ich, teils in Gedanken, teils wirklich, aber ich weiß garnicht, wohin – und wenn es auch ankommt, wenn man es dem Wind überläßt, so ist es doch unheimlich, in die Luft zu reden. Nun <u>könnten</u> Sie aber zurück sein und ich schreibe einmal dahin – Sie kommen doch wieder zurück? Ich glaube eigentlich an keine Störungen mehr, die ernsthaft wären. Aber vielleicht kommen Sie so nicht? In der Staatsgalerie hängt jetzt das Bild von Degas, von dem ich Ihnen erzählte: «Jakob ringt mit dem Engel».[49]

Aber was wollte ich Ihnen eigentlich schreiben? Ich habe große Sehnsucht nach München, aber das werden Sie nicht verstehen können. Ich freue mich so, daß ich Ihnen schreiben kann u. daß es Ihnen gewiß gut geht. Sonst nichts, heute. –

---

48 *Lichterfelde*] Adresse des Kommerzienrats Georg Pariser (Adressbuch Berlin 1919).
49 *«Jakob ringt mit dem Engel»*] Ein Gemälde mit diesem Thema von Edgar Degas ist nicht bekannt. Womöglich meint ATB das eindrucksvolle Gemälde Rembrandts in der Berliner Staatsgalerie: *Jakob ringt mit Engel*, um 1659/60; unwahrscheinlich ist, dass ATB die themengleiche Zeichnung des Renaissancekünstlers Etienne Delaune aus dem Berliner Kupferstichkabinett meint.

22 | 1919-09-14   *Rainer Maria Rilke (Soglio)*
an Agnes Therese Brumof (Lichterfelde)
H: Privatbesitz, 1 Briefkarte, 10,5 × 16,5 cm, 2 S. beschr.

Soglio (Bergell, Graubünden) Schweiz, am 14. Sept. 1919.[50]
Aber nun weiß <u>ich</u> nicht, wohin ich Ihnen schreiben soll.
Sie schreiben aus Lichterfelde mit Sehnsucht nach München?
Heißt das, daß Sie, dieser Sehnsucht nachgebend, dorthinzu
weitergehen? Oder wenden Sie sich noch einmal zurück nach
Hamburg? – Wenn ich noch länger ausbleibe (vor der Hand
hab ich um eine Prolongation bis 15. November angesucht), so
wird es bald Zeit werden, Ihnen etwas mehr zu erzählen: seien
Sie nur noch ein wenig nachsichtig: es kommt dazu! Hier war's
ruhig für mich und seltsam günstig. Ein Bergnest auf halber Ge-
birgshöh zu Seiten des Bergeller Thals gelegen, ein paar Häuser nur, eine Kirche am Abhang; mittinnen ein uralter Palazzo
Salis,[51] zwar Hôtellerie seit Jahrzehnten, aber mit seinem alten
angestammten Hausrath, seinen Säulenbetten, Spiegeltischen,

---

[50] *Soglio*] Soglio: RMRs Aufenthalt in Soglio, in den Bündner Bergen, beschreiben *RMRs Schweizer Jahre,* 33–41, und Hans-Joachim Barkenings: *Nicht Ziel und Nicht Zufall. Rainer Maria Rilke in Soglio,* Chur ⁴1994.
[51] *Palazzo Salis*] Der Palazzo Salis in Soglio entstand im Jahre 1630 als Wohnsitz für Baptist Salis, der einer alten Patrizierfamilie entstammt. Er ist immer noch wie seit dem ausgehenden 19. Jahrhundert ein Hotel mit historischer Ausstattung (Hotel Palazzo Salis), darunter tatsächlich Säulenbetten, Stuckdecken und Schnitzereien. RMR hatte seiner Freundin Clotilde von Derp am 31.7.1919 von seiner Ankunft im Palazzo Salis in Soglio berichtet: «Soglio. Einer hats ‹la soglia›, die Schwelle des Paradieses genannt: obs etwas ähnliches für mich werden kann? Noch seh ichs nicht ab. Das Wohnen im Palazzo Salis hat seine Würde, obwohl dieser Comfort des siebzehnten Jahrhunderts nicht eben der ausruhendste ist; der Garten, mit geschnittenem Buchsbaum, hat etwas Verzaubertes, aber es trocknet Wäsche darin, und die vielen vielen Passanten entzaubern ihn zehnmal am Tage, leidenschaftlich. Im ganzen erkenn ich, mehr als an allem am Kindergeschrei vor meinem Fenster, daß es mir bestimmt war, hier zu wohnen. Wie lange?» (zit. nach Klaus W. Jonas: *Rilke und Clotilde Sacharoff: ein unveröffentlichter Briefwechsel.* In: *Monatshefte* 58 (1966), 1–19, hier 11). Und am

Lehnsesseln, seinen Stuc-Decken und Boiserien ⟨2⟩| und dem ebenso alten zugehörigen Terrassen-Garten, drin, aus beschnittenen Buchsrändern und Buchswänden heraus, das Gedräng unbändiger Sommerblumen wochenlang unerschöpflich war. Zu alledem hat man mir einen (den Gästen sonst unzugänglichen) Raum, die unverstörte alte gräfliche Bibliothek, zu benutzen, fast zu bewohnen, gestattet: ein altmodisches Zimmer, still nach dem Garten zu, voll von Vergangenheiten, die ich ohneweiters als die meine ansprechen könnte, seit fünfzig Jahren unbetreten und mir so verwandt und vertraut im Gemüth –, daß ich zuweilen meinen konnte, ins Eigene gekommen zu sein: ein paar rüstige Dinge des siebzehnten Jahrhunderts, ein Spinett des Achtzehnten, ein Kamin und drei Wände aufwärts Bücher, zum Theile kuriose und seltene, zum Theil schöne Sachen, die jüngsten aus der Zeit Napoleons[52]. Erst war die Freude groß, solches vorgefunden zu haben, jetzt überwiegt die Wehmuth: denn es giebt nur gerade das zu empfinden, was ich nicht habe. Ein ähnliches Zimmer, einen ähnlichen Garten für lange hinaus (nur, das Haus dürfte kein Gasthaus sein) und mir wäre geholfen zu meiner langsamen Besinnung; allerdings, dann müßte auch der Sommer vorhalten, endlos, denn ihn brauch ich dazu nicht weniger als das andere.

⟨*Marginalie:*⟩
Ihr Leseband, mit der nach Innen immer goldeneren Kapsel hat hier manche Verwendung gefunden.[53]
Grüße!

R.

7.8.1919 berichtet RMR brieflich Clotilde von Derp von der Bibliothek (ebd., 13f.).
52 *Napoleons*] in lateinischer Schrift.
53 *Ihr Leseband*] Vgl. Brief Nr. 15.

23 | 1919-09-22 *Agnes Therese Brumof (Hamburg)*
an Rainer Maria Rilke (Nyon/Schweiz)

H: Schweizerisches Rilke-Archiv (SLA), Bern, Ms_A_234/7, 2 Bl., 28,5 × 22,2 cm, 2 S. beschr.
Briefumschlag Vs.: Poststempel vom 22.9.19 (Hamburg), vom 27.IX.19 (Soglio) und vom 29.IX.19 (Nyon); Herrn | R. M. Rilke | ~~Soglio~~ | ~~Bergell~~ | ~~Graubünden~~ | Schweiz | Chez Mme la Contesse | Dobrzensky⁵⁴ | l'Ermitage | Nyon | Vaud | Begnins. – Rs.: Hotel Esplanade | Hamburg a. E.; Poststempel vom 26.IX.19 (Soglio), vom 29.IX.19 (Nyon) und vom 30.IX.19 (Begnins).

Hamburg a. E.   Hotel Esplanade   22.9.19.

Was machen Sie mir für viele Freude! Und daß Sie nun das Richtige gefunden haben – denn ich glaube, wenn auch nur ganz vorübergehend, ganz provisorisch einmal die richtige Coulisse ist – schon allein zu wissen, daß es doch ein Richtiges geben kann, das ist doch viel! Ich freue mich so damit. – Nun, wenn Sie erst so spät heim kommen, so hab ich ja noch Zeit – ich war auf weiterer Arbeitsuche in Berlin, nun wieder hier – man rennt nach allen Möglichkeiten und hier im gräßlichen Norden sind wenigstens keine Intriguen – wofür es auch, so gräßlich ist. Nun bin ich in einem schönen Hotelzimmer⁵⁵ und in einem neuen Stadium; nämlich in demjenigen vollkommener Verdummung. Sie würden lachen! Menschen, sozusagen, beehren mich mit ihren Schmerzen, ihren Werken (was die natürliche folge ist!) und statt daß ich nun mitkönnte – denn man

---

54 *Contesse Dobržensky*] Marie Dobrženský führte in ihrer Villa l'Ermitage in Nyon am Genfer See ein gastfreies Haus. RMR hielt sich dort im Juni und vom 2.10. bis 14.10.1919 auf; zwar äußert sich RMR zurückhaltend über seine Tage in Nyon, doch übernahm Mary Dobrženský durch «Freizügigkeit und eine fortgesetzte Anleihe» die Finanzierung von RMRs Schweizer Aufenthalt (*Rilke/Nádherný*, Nr. 308 sowie *RChr*, 636 und 651f.)
55 ATB wohnt nach der Rückkehr aus Berlin im Hamburger Luxushotel Esplanade im Zimmer 391 bei Bertha Lichtenstein. Aufgrund des Briefverkehrs mit ihrer Schwester †Hilde Brumof lässt sich der Aufenthalt im Hotel Esplanade auf den Zeitraum ca. 22.9. bis Ende Oktober 1919 eingrenzen.

versteht ja leider immer anders wo, als wo man gelernt hat – versteh ich <u>nichts</u>. ⟨2⟩ |

Mir scheint ich soll auf der Welt nichts verstehn können, als Sie und Nietzsche,[56] nichts fühlen können, was vielleicht das selbe ist – als das; mein ganzes Verstehen scheint davon allein aufgesogen, und ich bin so stolz darauf und so bequem, daß ich garnichts andres wollte. Ich bin ungeheuer zufrieden mit mir! Und was die Schmerzen betrifft, so kommt mir alles schrecklich harmlos vor – oder ist es gar nicht harmlos? Ob Problem, ob Aufklärungsfilm[57] – ich weiß nicht, wie ich mich ausdrücken soll, aber es ist immer das selbe und recht anspruchslos.

Nein, ich freue mich Ihres «Soglio» – aber sonst sehe ich, daß ich nicht mal mehr schreiben kann. Sowie ich weiß, was aus mir wird, will ich es Ihnen sagen. Wie lieb, daß Sie ein Stückchen meiner Vergangenheit mit sich haben! Wenn Sie überhaupt wüßten, wie entzückend ich mal war! – Nun also auf Wiedersehen, ich freue mich entsetzlich drauf. Sie haben mir nie erzählt, ob Sie Lotte[58] kennen gelernt haben. Sie wohnt jetzt in München, Germaniastraße.

Also alles Allerschönste für den Herbst! Lieben Sie den Herbst auch sehr?

---

56 *Nietzsche*] Friedrich Nietzsche (1844–1900), deutscher Philosoph und Klassischer Philologe.
57 *Aufklärungsfilm*] Zum Genre des ‹Aufklärungsfilms› in der Weimarer Republik vgl. Malte Hagner (Hg.): *Geschlecht in Fesseln. Sexualität zwischen Aufklärung und Ausbeutung im Weimarer Kino, 1918–1933,* München 2000.
58 *Lotte*] Lotte Pariser, geb. Guttmann, hat 1911 den Theologen und Literaturwissenschaftler Dr. Ernst Pariser (1883–1915) geheiratet. Er war Sohn des Berliner Textilfabrikanten und Bankiers Paul Pariser. Vgl. Potsdam, Brandenburgisches Landeshauptarchiv, 75 TF Luckenwalde 1399 Vermögensangelegenheiten Lotte Pariser 1911–1920. Ernst Pariser war mit Rudolf Pannwitz und RMR bekannt.

24 | 1919-10-30 *Agnes Therese Brumof (Hamburg)*
an Rainer Maria Rilke (Zürich)

H: Schweizerisches Rilke-Archiv (SLA), Bern, Ms_A_234/8, 1 Dbl.,
22,5 × 14,5 cm, 1 S. beschr.
Briefumschlag Vs.: Poststempel vom 30.10.19 (Hamburg), vom 6.XI.19
(Soglio) und vom 8.XI.19 (Nyon); Herrn | R. M. Rilke | ~~Soglio~~ | ~~Bergell~~ |
~~Graubünden~~ | Schweiz | ~~Chez Mme la Contesse~~ | ~~Dobrzensky~~ | ~~L'Ermitage~~ | ~~Vaud.~~ | ~~Nyon~~ | Hotel Baur au | Lac | Zürich.
Briefpapier mit Eindruck: Adolf Goetz Herausgeber des Jahrbuchs für
Verkehrswissenschaft, Hamburg 39, Eppendorfer Stieg 6; Rs.: Heimhuder Str. 40 | Hamburg a. E.; Poststempel vom 30.10.19 (Hamburg), vom
5.XI.19 (Soglio) und vom 7.XI.19 (Nyon).

Hamburg a. E.   Heimhuder Str. 40.[59]

Irgendjemand sagte mir, Sie wollten im Winter in den Norden? Kommen Sie?

Kommen Sie? Hier gibt es noch so schöne Räume und alte Gärten und alte schöne Herrschaften!

Haben Sie den Artikel von Horwitz im neuen Merkur gelesen?[60] Das Thema macht Schule!

Ich schreibe so eilig unterwegs, nur um das zu sagen.

Kommen Sie?

---

[59] Das Hamburger Adressbuch verzeichnet nur für das Jahr 1921 im Personenverzeichnis: «Brumof, Therese, Damenbekleidung, Heimhuderstr. 40»
und im Straßennamenverzeichnis: «Warburg, Wwe., G. Brumof, Therese,
Damenbekl.». Die Adresse in der Heimhuder Straße 40 wird von November 1919 bis September 1920 genutzt.
[60] *Horwitz im neuen Merkur*] Hugo Horwitz: *Schöpferische Gemeinschaft.*
In: *Der neue Merkur* 3 (1919/20), 341–352; Hugo Gustav Horwitz (1882–
1941/42), Technik- und Kulturhistoriker, veröffentlichte mehrere Beiträge
zu der von Efraim Frisch und Wilhelm Hausenstein herausgegebenen bedeutenden Kulturzeitschrift, die nur acht Jahrgänge von 1914 bis 1924 erlebte. In dem o.g. Beitrag betont Horwitz die Vereinbarkeit von Eros und
Logos und die Rolle der «freien Frau», die er von dem Typus der «Hetäre»
nach Hans Blüher unterscheidet, in einer «schöpferischen Gemeinschaft».
Möglicherweise sah ATB darin auch ihre Rolle im Verhältnis zu RMR.

25 | 1919-11-12   *Agnes Therese Brumof (Hamburg)*
                     an Rainer Maria Rilke (München)

H: Schweizerisches Rilke-Archiv (SLA), Bern, Ms_A_234/9, Postkarte 9,0 × 14,0, 2 S. beschr.
Vs.: Poststempel vom 12.11.19 (Hamburg); Herrn | R. M. Rilke | München | Ainmillerstr. 34/IV.

Hamburg. Heimhuder Str. 40   12.11.19.

Jemand sagte, Sie könnten kein Haus an der See finden. Aber gestern erfuhr ich von einem: auf Sylt, vier Minuten von der See, sehr warm und 3–4 Zimmer groß. Ganz alt – die Wände mit Kacheln belegt; alte eingelassene Schränke mit altem Porzellan, alte Möbel. Richtiges friesisches Häuschen.

Die Wirtsleute, vielmehr Hausmeister oder so, wohnen in einem andern Häuschen im gleichen Garten; und besorgen es natürlich. Der Mann, der es hat, heißt Aÿe,[61] wohnt Hamburg – Sierichstr. 48/I und ist im Winter auf Conzertreisen. Sollten Sie ihn schnell erreichen

⟨*Vorderseite der Postkarte*⟩
wollen, so schreibe ich hier seine Telefonnummer: Nordsee 8425.[62] (die Nummern haben hier so Bezeichnungen.) –
Ich schreibe nach München, weil ich nicht weiß, ob Sie noch verreist sind.
Alles Gute!

---

61 *Aÿe*] Der Name Aye ist unter der genannten Adresse in den Hamburger Adressbüchern von 1919–1923 nicht nachweisbar. Ein Bezug zu Ernst Alfred Aye (1878–1947), bekannter deutscher Konzertsänger, ist nicht gesichert. Er war seit 1925 als «Santo» Förderer und Begleiter der russischen Malerin Marianne von Werefkin.
62 Diese Telefonnummer ist in den Hamburger Telefonbüchern von 1919–1923 nicht dem Namen Aye zugeordnet.

Abb. 22: Anni Mewes als Isabella [und Hans-Carl Müller] in «Der Einsame» [Drama von Hanns Johst]. Ansichtskarte Erna M. Kollstede, ca. 1920.

26 | 1919-11-27 *Agnes Therese Brumof (Hamburg) an Rainer Maria Rilke (München)*

H: Schweizerisches Rilke-Archiv (SLA), Bern, Ms_A_234/10, 1 Bl., 28,5 × 22,0 cm, 2 S. beschr.
Briefumschlag Vs.: Poststempel vom 28.11.19 (Hamburg); Herrn | R. M. Rilke | <u>München</u> | Ainmiller. Str. 34/IV | Atelier.; Rs.: Heimhuder Str. 40 | Hamburg a. E. | [Bleistift-Vermerk von RMR:] répondre.

Hamburg Heimhuder Str. 40.   27.11.19.

Ich weiß garnicht, ob Sie alle meine Dankes-Sorge – kurz – Lebens-Beweise erhielten, und füge in meiner rastlosen Unbescheidenheit noch einen Erkenntnis-Beweis hinzu, der nun, als der unwichtigste, gewiß ankommt. Übrigens lese ich gerade (ich! lese!) eine herrliche alte Übersetzung des Brillat-Savarin;[63]

---

[63] *alte Übersetzung des Brillat-Savarin*] Jean Anthelme Brillat-Savarin (1755–1826), französischer Schriftsteller und Gastrosoph. Vermutlich be-

erinnern Sie sich der Ratschläge für einen Sylphen, der sich materialisieren will? «Wenn man diese Diät regelmäßig und muthig befolgt, so wird man bald der Mißgunst der Natur abgeholfen haben, Gesundheit und Schönheit gewinnen in gleicher Weise. Die Wollust wird von diesen Fortschritten Nutzen ziehen und die Loblieder des Dankes angenehm in den Ohren des Professors wiedertönen.» Der Professor[1]⟨2⟩ | hat übrigens kolossale Erfolge und Fräulein Mewes[2] ist als Effie in «Schloß Wetterstein» sehr schlecht.[64] Diese Effie, deren Ambition in

zieht sich ATB auf die frühe deutsche Übersetzung der *Physiologie des Geschmacks Physiologische Anleitung zum Studium der Tafelgenüsse* [*Physiologie du goût ou Méditations de gastronomie transcendante*, dt.]. Übers. u. mit Anm. vers. von Carl Vogt, Braunschweig: Vieweg 1865, 229 (1878, 4. Auflage).
64 *Fräulein Mewes ... «Schloss Wetterstein»*] ↑Anni Mewes. Mewes spielte die erotisch-amoralische Rolle der Effie in Frank Wedekinds am 18.10.1919 in den Hamburger Kammerspielen uraufgeführtem Schauspiel *Schloss Wetterstein*. Schauspiel in drei Akten. München: Georg Müller Verlag 1912 [umgearbeitete Version dreier Einakter aus dem Jahre 1910; UA am 15.11.1917 in Zürich mit Elisabeth Bergner als Effie]; Annie Mewes kam aber in den Kritiken nicht so schlecht weg, wie es ATB behauptet; vgl. etwa Paul Wittko: *Hamburger Kammerspiele. Schloß Wetterstein von Wedekind. Uraufführung.* In: *General-Anzeiger für Hamburg-Altona*, 20.10.1919, 1. Beilage zu Nr. 215, 3f., hier 4: «Annie Mewes ist das Freudenschloß-Fräulein. Es entzüngelt ihr im zweiten Akte allerlei von verführerischen Urkräften. Und es ist ein Erfreuliches, daß ihre Wesenheit ausgesucht Sodomitischem sichtlich widerstrebt. Die vier Liebhaber wurden sträflich verfratzt». Und Benno Diederich: *Theater.* In: *Die schöne Literatur. Beilage zum Literarisches Centralblatt für Deutschland* 20 (1919), 8.11.1919, Nr. 23, 267f., lobt in seiner reservierten Besprechung ausdrücklich die Leistung von Annie Mewes als «geradezu phänomenale Leistung insinuanter Darstellungskunst». – Annie Mewes hatte zuvor (und parallel) die Hauptrolle der Lulu in Wedekinds *Die Büchse der Pandora* gespielt, eine Partie, gegenüber der die Rolle der Effie nicht bestehen konnte. Die *Pandora* war in Hamburg ein großer Erfolg und verzeichnete bis Ende Juli 1919 (also in weniger als 2 Jahren) 75 Aufführungen. Die Hamburger Wedekind-Inszenierungen fanden unter der Intendanz Erich Ziegels statt, der, von den Münchner Kammerspielen kommend, das Theater im Vorjahr gegründet hatte. Daher gibt es auch eine direkte personelle Verbindung zwischen den Münchner (Skandal-)Wedekind-Inszenierungen und den Hamburger Aufführungen dieser Jahre. Auch die Hamburger Aufführung wurde gestört: Anlässlich der fünften Aufführung (um

diesem Dasein man doch in jeder Linie, jedem Hinschieben von Möbeln entlang, jedem Anfassen und Austrinken fühlen muß, hat nicht mal ein Verhältnis zu dem Stuhl, auf dem sie sitzt. Das ist doch keine Weltmacht Lullu,[65] die in der Form jeder Schauspielerin auftreten kann, sondern ein ganz bewußtes Wesen, nicht wahr – was ich übrigens alles garnicht schreiben wollte. Was das Hamburger «wirkliche» Leben betrifft, so kann es garnicht wirklicher zu gehen und statt dessen wird es immer provisorischer und coulissenhafter! Alles was man sozusagen nur wußte, geschieht; und damit vergißt man's und es wird Pappendeckel.[66] Aber <u>ist</u> es denn Pappendeckel? Ich besitze nur noch Ihr Flacon, – (denn die Photographie von Degas's «Jacob ringt mit dem Engel» hat mir Wolff abgeknöpft)[67] – und das hab ich mit Stecknadeln gefüllt. – Was soll man nun <u>noch</u> alles tun? Ich bin garnicht mehr höflich zum Leben, u. es ist allzu höflich.

[1)] [2)] geistiges Hamburg für München

den 18./19.12.) warf ein aufgebrachtes Publikum «Kartoffeln und Stinkbomben» auf die Bühne (*General-Anzeiger für Hamburg-Altona*, 20.12.1919).
65 *Weltmacht Lullu*] Frank Wedekind: *Lulu. Tragödie in fünf Aufzügen mit einem Prolog*. München: Georg Müller 1913. Die Buchausgabe bietet eine Gesamtfassung der vorgängigen Einzeldramen *Büchse der Pandora* und *Erdgeist*. Wie Wedekind immer wieder mit Aufführungsverboten konfrontiert war, war auch seine *Lulu* von der Zensur bis zu deren Aufhebung im Jahre 1918 verboten. – ATBs Kombination von Wedekinds Titelheldin mit dem Begriff «Weltmacht» bezieht sich vielleicht auf Wedekinds Rede zur «Kleist-Feier des Münchner Schauspielhauses» vom 20.11.1911. Darin hatte Wedekind die Scheinmoral des Wilhelminischen Deutschland angeprangert: «Wie aber steht es um ein Volk, das bekanntlich Gott fürchtet und sonst nichts auf der Welt, um eine Weltmacht, um eine Kulturnation, die gegen seine Schriftsteller, sobald sie nur den Mund auftun, die Polizei und den Staatsanwalt zu Hilfe ruft» (*Gesammelte Werke*, Bd. 9: *Dramen, Entwürfe, Aufsätze aus dem Nachlaß*, München 1921, 365–367, hier 367).
66 *Pappendeckel*] umgangssprachlich für ‹überflüssig›, ‹Ramsch›.
67 *Degas*] vgl. Brief Nr. 21.

27 | 1919-12-29 *Agnes Therese Brumof (Hamburg)*
an Rainer Maria Rilke (München)

H: Schweizerisches Rilke-Archiv (SLA), Bern, Ms_A_234/1, 1 Bl., 28,0 × 22,0 cm, 1 S. beschr.
Briefumschlag Vs. mit Absender-Eindruck: «A. B. C. Senff Schaar & Co. Ltd. London Hamburg»:[68] Poststempel vom 31.12.19 (Hamburg); Herrn | R. M. Rilke | München | 34 Ainmiller Str. 34 | IV Atelier IV.
Bogen mit Briefkopf der Firma mit der Adresse: Hamburg, 10/11 Alsterdamm.

Hamburg   Heimhuder Str. 40.   29.12.19.

Ich weiß garnicht, ob ich Ihnen zu Neujahr schreiben kann? Aber es würde mir soviel fehlen, wenn ich Ihnen nicht auch schriftlich alles alles Schönste wünschen könnte, und so muß ich's.

Verzeihen Sie das Papier, aber ich bin immer unterwegs, und immer in Unruhe.

Ich habe soviel Vertrauen, daß wir nicht auseinander gekommen sind, daß ich mich's getrauen kann, zu schreiben; ja? Und Sie dürfen nicht meinen, daß es zum Beantworten ist, und nicht schreiben.

---

[68] A. B. C. Senff Schaar & Co. Ltd.] Die Firma ist schon im Warenzeichenblatt 20 (1913), 849, als Hamburger Geschäftsbetrieb für Export- und Import-Handel von Waren wie Dichtungs- und Packungsmaterialien, Wärmeschutz- und Isoliermittel sowie Asbestfabrikate nachgewiesen. Ob und welche (verwandtschaftlichen) Beziehungen ATB zu den Geschäftsinhabern hatte, ließ sich nicht ermitteln.

28 | 1920-01-08 *Agnes Therese Brumof (Hamburg)*
an Rainer Maria Rilke (München)

H: Schweizerisches Rilke-Archiv (SLA), Bern, Ms_A_234/11, 1 Bl., 28,5 × 22,2 cm, 1 S. beschr.
Briefumschlag Vs.: Poststempel vom 8.1.20 (Hamburg); Herrn | R. M. Rilke | München | Ainmillerstr. 34/IV. – Rs.: hs. Absender: Heimhuder Str. 40 | Hamburg 13.

Heimhuder Str. 40. 8.1.20.

Jemand, der Delbrück heißt, hat mir soviel er wußte von Ihnen erzählt.[69] (er sagt, Sie hätten ihm und seiner Mutter an einem Sonntag Goethe vorgelesen)[70] und das war ein solches Bombardement an mein Heimweh, daß ich nicht anders kann, als ihm wieder Ausdruck geben.

Hoffentlich sind Sie mir nicht böse! Aber wenn man so ist, daß man garnicht mehr realisieren kann, was man darstellt, überhaupt keinem bezeichneten Wert mehr entspricht und sich alles Liebe und Achtung, die einem als scheinbar ihresgleichen von Menschen entgegengebracht wird, schämen muß, dann ist das so wichtig? Denn das ist doch noch irgend etwas, nicht? Das nicht nur Schein ist?

RMRs Brief 29 vom 31.1.1920 bezieht sich wohl auf zwei zwischenzeitliche und nicht überlieferte Schreiben ATBs («Ihre beiden kleinen Zeichen»), die wohl auf Mitte Januar 1920 zu datieren sind.

---

69 *Delbrück*] Heinrich Delbrück (1855–1922), Ministerialrat in Berlin; 1914 besuchte RMR die Delbrücks in Berlin, anlässlich seines Besuchs bei seiner Freundin Magda von Hattingberg (*RChr*, 485); Heinrich Delbrücks Mutter war Luise Jonas (1831–1922).
70 *Goethe vorgelesen*] Lesungen RMRs aus Goethe sind belegt, vgl. *RChr*, 649 zum 16.9.1919.

29 | 1920-01-31 *Rainer Maria Rilke (Locarno)*
 an Agnes Therese Brumof (Hamburg)
H: Privatbesitz, 1 Dbl., 18,5 × 14 cm, 3 S. beschr.

z. Zt. Locarno (Tessin)
Pension Villa Muralto
am letzten Januar 1920[71]

Ihre beiden kleinen Zeichen sind mir gestern erst zugekommen, Rosa schickt Post aus der verlassnen Ainmillerstrasse[72] immer erst nach, wenn sie zu einem leibhaften Paket angewachsen ist –, bedienen Sie sich doch lieber <u>dieser</u> Adresse, der Weg ist ohnehin der langsamste. Wenn ich Sie das bitte, so bitte ich Sie zugleich[73] um ein wenig mehr Mittheilung. Muß ichs sagen, daß wir verbunden bleiben? Daß es mir oft lang wird, diese inkommensurable Verbundenheit nur durch die seltensten Nachrichten belegen zu können? Freilich war ich auch ganz ohne sichtbare Erwiederung, – aber darf ich mich nicht in solchen Zeiten auf die <u>fühlbare</u> verlassen? ⟨2⟩|

Seit der schönen Unterkunft des Sommers fehlt mir jede Stelle des Aufruhens und damit auch der Fortgang jener Einkehr, die ich in der Günstigkeit sommerlicher Gegebenheiten antreten konnte. Ja ich mußte mich sogar völlig nach außen wenden, sieben öffentliche Leseabende in verschiedenen Städten reichten bis in den Dezember hinein.[74] Von Mal zu Mal

---

71 *Pension Villa Muralto*] Die Villa Muralto in Locarno, in Nähe des Lago Maggiore gelegen, stammt aus der Zeit um 1800 und ist auch heute noch als Hotel in Betrieb. Zu RMRs Aufenthalt in Locarno vgl. *RMRs Schweizer Jahre*, 49–52; *RHb*, 17–20.
72 *Rosa*] RMRs Haushälterin Rosa Schmid, eine Österreicherin, die seit seiner Reise in die Schweiz die Wohnung in der Ainmillerstraße 34 betreute und ihm die Post nachschickte; vgl. *Schwabings Ainmillerstraße*, 299.
73 *zugleich*] zugleich⟨Komma gestrichen⟩.
74 RMR hatte zwischen dem 27.10.1919 und 28.11.1919 eine Vortragsreise in der Schweiz unternommen, die ihn in folgende Städte führte: Zürich (Hottingen) (2), St. Gallen, Luzern, Basel, Bern und Winterthur (*RChr*,

lernte ich, die Art meiner Mittheilung lebendiger zu gestalten, ich brachte nur ganz wenige Gedichte, etwa zehn in zwei Stunden, die übrige Zeit füllte sich mit einem discours[75] aus dem Stehgreif, durch den ich jene gemeinsame Bereitschaft herzustellen unternahm, die für das Gedicht, genau genommen, nirgends besteht. Der Versuch gelang und daß er an den schwer durchdringlichen Schweizern endlich gelingen mochte, spricht für seine Berechtigung.

Dann freilich hätte nach dem Gesetz des Kontrastes eine große Stille und Innerlichkeit für mich einsetzen ⟨3⟩| müssen, die nicht kam, – wenn ich trotzdem (im Unzusäglichen) «draußen» geblieben bin, so lags an einer Art Feigheit, in Umstände zurückzukehren, die zu sehr von der Ausnahme und Sorge der letzten Jahre getränkt sind. Ich werde wohl erst im Frühjahr die Überwindung nach München aufbringen.

Haben Sie Theilnehmung für die Bewegungen, die sich um Hermann Keyserling anzusetzen beginnen?[76] Ist das «Reisetagebuch» bei Ihren Büchern?

Ich stelle (nur weils das Einzige ist, was ich zu geben hätte) mein Insel-Schiff dazu (~~mit gleicher Post~~), der Titel (des Aufsatzes)[77]

653–659). Zur Vortragsreise und der großen Resonanz beim Publikum vgl. auch *RMRs Schweizer Jahre*, 43–46; Rainer Maria Rilke, *Schweizer Vortragsreise 1919*, hg. von Rätus Lück, Frankfurt/M. 1986.

75 *discours*] in lateinischer Schrift.

76 *Bewegungen ... um Hermann Keyserling*] Graf Hermann Keyserling: *Das Reisetagebuch eines Philosophen. Erster und Zweiter Band*, 2 Bde., Darmstadt, Otto Reichl Verlag, 1919; Keyserlings Bericht von seiner Asienreise im Jahre 1911 hatte einen ungeheuren Erfolg in Deutschland und erlebte zahlreiche Auflagen. Die von ihm 1920 in Darmstadt gegründete, lebensphilosophisch grundierte «Schule der Weisheit» orientierte sich am Ideal des «ganzheitlichen Menschen» und suchte den interkulturellen Brückenschlag mit asiatischen Weisheitslehren. RMR war davon so fasziniert, dass er es vom 2.–9.3.1919 und 1920 zum «dritten Mal» liest (*RChr*, 623, 702).

77 *(des Aufsatzes)*] mit Asterisk nachgetragen.

ist nicht von mir, aber alles Übrige ists, es war ein guter Tag, da ich dies aufschreiben konnte.⁷⁸

Soll man erzählen, daß hier die Camelien-Sträucher⁷⁹ mit hunderten von Knospen im Aufgehen sind? Ich weiß nicht, was das bewirkt, wenn mans in Hamburg liest. Übrigens schrieb ich es ziemlich gleichmüthig.

Grüße!
R.

30 | 1920-02-07   *Agnes Therese Brumof (Hamburg)*
                    an Rainer Maria Rilke (Locarno)

H: Schweizerisches Rilke-Archiv (SLA), Bern, Ms_A_234/12a–c, 3 Bl., 22,5 × 14,0 cm, 6 S. beschr.
Briefumschlag Vs.: Poststempel vom 7.2.20 (Hamburg); Einschreiben | Herrn | R. M. Rilke | Locarno | Tessin | Pension Villa | Muralto | Aufkleber: Hamburg 36, No. 410 ag. – Rs.: Heimhuder Str. [40] | Hamburg 13; Poststempel vom 13.II.20 (Locarno).

Hamburg, Heimhuder Str. 40.
7.2.20.

Meine – zwei – kleinen Zeichen haben Sie erhalten?

Und wie oft, und wie lang habe ich Ihnen geschrieben? Was davon kann in Ihre Hände gelangt sein?

So oft ich etwas hörte, versuchte ich mich mit Ihnen in Verbindung zu setzen. Haben Sie nicht den Bericht über das altfriesische Häuschen auf Sylt bekommen?

---

78 Rainer Maria Rilke: *Ur-Geräusch.* In: *Das Inselschiff. Eine Zweimonatsschrift* 1 (1919/20), 1, 14–20 (*RilkeSW*, Bd. 6, 1085–1093 [Text] und 1493–1496 [Kommentar]).
79 *Camelien*] in lateinischer Schrift.

Jemand sagte, Sie suchten Aufenthalt an der See für den Winter, und so würde mir's für Sie zur Verfügung gestellt.

Aber ich bekam nie Antwort – natürlich! Ich bin überzeugt, daß «Rosa» die Post beschnitten hat,[80] so oft etwas nicht ⟨2⟩ | mehr ins «Paket» ging. Und den Bericht über die schlechte Effie von Anni Mewes,[81] und warum sie so schlecht war? Ein richtiger Aufsatz mit dem Thema: Effie und Lullu? – und über das Nadelbüchschen? Vielmehr Flacon – das einzige von eigenen Dingen, obs immer mit mir wandert, wenn auch mit Stecknadeln gefüllt? –

Nun aber genug der Fragezeichen, und ein großes Ausrufzeichen!

Dafür, daß Sie mir geschrieben haben. Ich bekam noch eine extra Vorfreude, in dem ich den Brief von wegen des C. T. nicht gleich ausgeliefert bekam.

Dafür sollen Sie auch wissen, daß ich Agnes-Therese heiße. ⟨3 (gezählt 2)⟩ |

Ich antworte Ihnen <u>gleich</u>, noch bevor ich in Ihrem Geschenk gelesen habe, denn ich habe so wenig Zeit, und so wenig Ruhe, und soviel «Vordergrund», daß ich vielleicht lange nicht dazukomme. Und ich muß gleich zu verschiedenen Fragen etwas sagen.

Vor allem, zu dem wiederholten Satz des «Dauernd verbundenseins.» Es ist nämlich ganz sonderbar, daß bei meiner schrecklichen, schönen und schrecklichen Bewußtheit in <u>allen</u> Dingen das einzig Unbewußte in mir meine Einstellung zu Ihnen ist. Ich kann mit allen Fragen und allen Prüfungen bei mir nichts erreichen, um etwas darüber zu erfahren; selbst ⟨3⟩ |

---

80 *Rosa*] Rosa Schmid, Haushälterin von RMR.
81 *Anni Mewes*] ↑Anni Mewes. Vgl. Brief Nr. 26.

wenn ich an Dinge denke, die in eine sonstige Beziehung störend, quälend, entzückend eingreifen würden, verfließt das ganze und ich gewinne nichts daraus. Denken Sie, daß ich oft lange Zeit nicht an Sie denke, scheinbar, daß ich gar keinen Schmerz fühle, daß ich Sie vielleicht lange nicht wieder sehen werde; und aufeinmal berührt jemand eine Eigenschaft oder ein Wort von Ihnen, das ich mir vorstellen kann, und alles ist wieder wach, als ob es nur darauf gewartet hätte. Ich kann das nicht so beschreiben. Manchen Tag glaube ich fortwährend, Sie müßten mir jetzt entgegen kommen, und doch ist mir jedes Gespräch ⟨4, gez. 3⟩| mit Menschen über etwas von Ihnen wie eine heimliche Entäußerung. Und dann habe ich richtig Heimweh – wissen Sie, was das heißt: Heim-Weh – aber nicht wie nach einer Zeit, die einen über alles hinwegtäuschte, (auch über die Zeit selbst, so daß man vergaß, daß man einmal altern würde) sondern nach einer, die trotz allem wirkliche Freude in sich hatte; und fast ist dieses Heimweh noch Freude. Das ist so! Man kann es nicht sagen. Denken Sie, wie sonderbar freudig schon die Zeit war, als ich Sie noch nicht kennen durfte, weil ich Sie durch niemanden als ihn selbst kennen lernen wollte und mir das verscherzt hatte. Und die geradezu wahnsinnige Freude bei jedem ⟨5⟩| Ihrer Briefe. Ich begreife nichts davon. Auch die Heliotrop – oder sonstigen blühenden Blumen um sie machen mir Heimweh. Ich denke mich zu Ihnen, und als ich das las: ganz plastisch, in der Luft hängend und in grauseidenen Strümpfen, und endlich in Ruhe. – Es klingt wirklich ganz verrückt. –

Ob Keyserlings Buch unter «meinen» Büchern ist?[82] Und wie! Sogar unter denen in meinem Kopf. Erinnern Sie sich,

---

82 *Keyserlings Buch*] Graf Hermann Keyserling. Vgl. Brief Nr. 29.

wie «voraus» ich ihm schon einmal war? Das ist sehr lange her. Jetzt bin ich ganz in Coulissenkram verbaut,[83] und nicht im geringsten mehr durchsichtig. –

Aber für heute darf ich Sie nicht länger beschäftigen. Ach, was werden Sie zu diesem verrückten Brief sagen!

Alles Schönste und recht viel «Gleichgültigkeit», damit Sie bald wieder kommen!

31 | 1920-02-13   *Agnes Therese Brumof (Hamburg)*
                    an Rainer Maria Rilke (Locarno)

H: Schweizerisches Rilke-Archiv (SLA), Bern, Ms_A_234/13, 1 Bl., 11,2 × 19,5 cm, 2 S. beschr.
Briefumschlag Vs.: Poststempel vom 14.2.20 [Hamburg]; Herrn | R. M. Rilke | Locarno | (Tessin) | Pension Villa | Muralto | Schweiz. Rs.: Hamburg 13 | Heimhuder | Str. 40.

Hamburg, Heimhuder Str. 40. 13.2.20.

Verzeihen Sie Bleistift und Papier, Aber ich komme erst zu so später Abendstunde dazu, Ihnen für Ihr schönes Geschenk zu danken und will es nicht länger aufschieben. Allerdings ist es ein unheimliches Geschenk,[84] wie ich es mitfühlen kann, gerade dieser unerbittliche «Auftrag»; oh, ich kenne diese sanfte Unerbittlichkeit! Aber fast niemand weiß, was sie durchsetzen will. Und gerade über dieses «von außen» kommen sprachen wir ja so oft.

Nun sind es lauter Vordergründe, die ⟨2⟩| mich gefangen nehmen. Diese Armut, dieses Sterben, und ganz im Vorder-

---

[83] *Coulissenkram*] Damit spielt ATB auf ihr Engagement als Bühnenbildnerin an.
[84] *unheimliches Geschenk*] RMR: *Ur-Geräusch*. Vgl. Brief Nr. 29.

Abb. 23: Reklame der «Schule für Erlebniskultur». Plakat von Gustav Reisacher nach Entwurf von Theodor Paul Etbauer.

grund das Persönlichste, nämlich die Sorge um meine Schwester;[85] da fühlt man nicht mehr viel vom «Außen».

Ich hoffe, Sie erhielten meinen Einschreibe-Brief. Ich komme immer so schwer auf die Post, so daß ich es diesmal so versuche. Antworten Sie mir – bitte – nur eine Zeile auf den Brief; es ist mir soviel, einmal aufzuatmen; und das tu ich!

85 *meine Schwester*] ↑Hilde Brumof. Sie war von 1919–1921 mit 17–19 Jahren Mitglied des expressionistischen Petz-Kainer-Balletts, das 1920 ständig auf Tournee war. Vgl. Karl Toepfer: *Empire of ecstasy. Nudity and movement in German body culture, 1910–1935*, Berkeley 1997 (Weimar and now 13), 286f. Die Nachkriegszeit in Hamburg war durch eine gravierende Mangelernährung geprägt (Martin Krieger: *Geschichte Hamburgs*, München 2006, 98f.).

32 | 1920-02-29 *Agnes Therese Brumof (Hamburg)*
an Rainer Maria Rilke (Schönenberg/Pratteln)

H: Schweizerisches Rilke-Archiv (SLA), Bern, Ms_A_234/14, 1 Bl., 22,5 × 14,0 cm, 2 S. beschr.
Briefumschlag Vs.: Poststempel vom 1.3.20 (Hamburg); Eingeschrieben | Herrn | R. M. Rilke | Locarno | (Tessin) | Pension Villa | Muralto | Schweiz | Schönenberg | bei Pratteln | Aufkleber: Hamburg 36. No. 376 ag. – Rs.: Heimhuder Str. 40 | Hamburg 13; Poststempel vom 5.III.20 (Locarno) und vom 6.III.20 (Pratteln).

29.2.20

Hier wird es nun auch Frühling, und wie wär es, wenn Sie statt München hierher kämen? Mir würde ich das nicht raten, aber Sie mögen ja München nicht, und hier ist viel Wasser, Sonne, Farbe. Nun hat man mir in meiner Abwesenheit in M.[ünchen] zwei Ateliers genommen; ein sehr schönes mit Wohnung auch; und meine Eltern haben auch noch nichts wieder.[86] Ich habe hier bis 2 Uhr nachmittags ein Engagement in einem pseudo-expressionistischen Betrieb, der den schönen Namen: Schule für Erlebniskultur führt,[87] und bin nun ganz «selbststän-

---

[86] *zwei Ateliers genommen ... Eltern ... noch nichts wieder*] Die Familie wohnte vom 3.7.1907 bis zum 27.9.1918 in der Georgenstraße 30. Anschließend wohnten zumindest die Eltern in der Pension Elvira, Konradstraße 12, in unmittelbarer Nähe der alten Wohnung (Einwohnermeldekarte, München, Stadtarchiv, EWK 651 B 120). *Das Bayerische Wanderbuch*, Bd. 1: *München*, bearb. von Max Hauttmann und Hans Karlinger, Berlin und Wien ¹(1922) 2019, XIV, rät zur Pension Elvira bei höheren Ansprüchen. RMR selbst empfiehlt 1915 die Pension Elvira in einem Brief an Sidonie Nádherný von Borutin der Comtesse Dora (*Rilke/Nádherný*, 254). Zur Ateliersituation vgl. Brief Nr. 03.
[87] *Schule für Erlebniskultur*] Gegründet 1919 von Paul Theodor Etbauer (1892–1975). Auf einem Plakat von 1920 (Abb. 23) wirbt die Schule für «Unterricht in [...] Erlebnis-Bewegung [,] [...] Erlebnis-Zeichnen[,] Erlebnissprache [...] [und] Erlebniswandern». Kritisch-ironisch würdigt ‹L.-th.› *Etbauers Tanztheater*. In: *Hamburger Anzeiger* 36 (1923), Nr. 275 (24.11.1923), 1f., nachdem Etbauer «seine tänzerischen Einfälle [...] in drei «großhamburgischen Theateraufführungen» darbieten konnte: Im «Süd-

Abb. 24: Mary Wigman im «Schwertlied» I. Fotografie. 1922.

dig». Das ist, wenn ich auch nicht gleich wie Nietzsche Professor wurde, doch einigermaßen erhebend für ⟨2⟩| dieses zarte Alter, nicht? Dies ist seit Ihrem der 3. Brief.[88]

In aller Eile noch von einer herrlichen Tänzerin aus Zürich: Mary Wigman[89] – die Sie nicht versäumen dürfen. Bedenken Sie eine Frau, die weder jung noch leicht ist: Schwere Züge, und scheinbar erdgebundene Gliedmaßen; dazu, während eine Tänzerin, um leicht zu sein, eine Wolke oder nichts um sich

---

seespiel› Alfred Brusts (Thalia-Theater)», in der «‹Schwester› von Kaltneker (Kammerspiele)» und «im Altonaer Stadttheater ([Shakespeares] Komödie der Irrungen)». Bei der Altonaer Aufführung, so bemerkt der Rezensent, «griff Etbauer […] energisch in den Gang der Handlungen ein […], ließe die Darsteller bizarr hüpfen, schlenkern, rennen, kreisen, purzeln, und erreichte einen Bombenerfolg mit soviel kunterbunter Bewegung». «Eine starke unmittelbare Ausdruckskraft» spricht der Rezensent aber «der Etbauerschen Tanzgestaltung ab».
88 *der 3. Brief*] Brief Nr. 29.
89 *Mary Wigman*] ↑Mary Wigman.

hat: schwere, niederziehende Kleider von einer gewissen melancholischen Pracht – aber diese Wucht, Schwungkraft und lautlose Leichtigkeit und plötzlich nichts-mehr-sein als Tanz! Schreiben Sie mir nur eine Karte? Denn wegen meinem verrückten Brief (1.)[90] hab ich einigermaßen Sorge!

33 | 1920-04-ca. 15 *Rainer Maria Rilke (Schönenberg/Pratteln) an Agnes Therese Brumof (Hamburg)*
H: Privatbesitz, 1 Dbl., 16,8 × 13,5 cm, 4 S. beschr.

Gut Schönenberg bei Pratteln
Basel-Land
(im April 1920).[91]

Brief 1, 2, 3: alles erhalten, leider seitdem nichts mehr. Weil ich nicht schrieb? Nun, Sie wissen, eine «Karte» – wie Sie vorschlugen – bring ich nicht über mich, und Briefe: Sie haben ja auch gelegentlich, aus der Nähe, jene Hemmungen miterlebt, die mich oft, Äußerung für Äußerung, stilllegen. Solche Wochen warens, im Anschluß an lebhafte persönliche Ausgaben, die Locarno mir, statt der geplanten Abgeschiedenheit, diktiert hat.

Hier ists nun thatsächlich still, ein Gut, ein altes Pächterhaus, die Familie des Pächters wirthschaftet unten sammt ihrem Zubehör an Schweinen, Schafen, Kühen und Hühnern; ⟨2⟩| unabhängig von alledem haus ich oben mit meiner Bedienung; diese «herrschaftlichen» Zimmer stecken voll alt ererbten Hausraths,

---

[90] Bezieht sich auf Brief Nr. 30 vom 7.2.1920.
[91] *Gut Schönenberg*] Vom 3.3. bis 17.5.1920 lebte Rilke auf dem Gut Schoenenberg bei Pratteln, dem Besitz von Hélène Burckhardt-Schazmann. Eingeladen hatte ihn deren Tochter, Theodora von der Mühll, die Schwester Carl Jacob Burckhardts (*RChr*, 673).

Abb. 25: Hofgut Schönenberg bei Pratteln. Ansichtskarte von Rainer Maria Rilke vom 4. März 1920 an Marie Gräfin Dobržensky.

wie sich solcher in der ununterbrochenen Überlieferung der alten baseler Familien besonders sicher und gepflegt erhalten hat, – sind mir also nicht unanpaßlich. Besonders freut michs, daß mein Saal neunzehn Schritte lang ist, was ihm erlaubt, der Reihe nach Wohnraum, Arbeitskabinet, Eßsaal, ja ganz am Ende auch noch Musikzimmer zu sein. Ein westliches Fenster, eines gegen Ost an den Schmalseiten, drei andere, in weiten Zwischenräumen, gegen Norden über eine Landschaft, wie ich sie, ähnlich offen und ausgebreitet, zwischen den Schweizer Bergen schon lange nicht mehr gewohnt war. / So sieht's bei mir aus, vielleicht ⟨3⟩| eben noch den April entlang, vielleicht bis in den May hinein. Das aber wäre dann das Längste –, ohne die Erleichterungen dieser Gastfreundschaft müßte ich die böse Grenze längst überschritten haben.

Der Gedanke an Sylt und das altfriesische Häuschen hat mich manchmal beschäftigt, so sehr ich's auch überschwieg,⁹² der eine oder andere Vorschlag kam dazu, – mir sieht das Alles so unwirklich und unwahrscheinlich aus, ich vermöchte von hier aus zu nichts Ja zu sagen, aber vielleicht realisiert sich alles anders, wenn's erst so weit ist, daß man davorgestellt wäre.

Fast ein Jahr werde ich in der Schweiz geblieben sein, wieder eines, das Leben wird immer unaufhaltsamer, – ich wünsche mir oft Einzelheiten, an denen es sich festhalten ließe, seit 1914 kommt mir nichts zum Bewußtsein, als gewisse Maaß-Einheiten ⟨4⟩| des Vergehens und Vorüberseins.

Für Sie, zwischen Ihren «Vordergründen», ist wahrscheinlich Alles weniger flüchtig und nun diese «Erlebniskultur»⁹³ dazu, die ich, um der Selbständigkeit willen, sehr rühmlich finde.

So ist also Mary Wigman⁹⁴ eine, wie Sie sagen, «herrliche Tänzerin»; schade, ich habe sie nicht gesehen und werds auch kaum mehr, da mir meine Finanz-Umstände nicht erlauben, noch einmal von hier fort, nach Zürich, zu gehen. Bilder sah ich von ihr, Photographieen, die ich mir nachträglich im Sinne Ihres Erlebnisses auslege.

Nun tragen Sie mir das lange Schweigen nicht nach, als der «eingeschriebene» Brief kam, ich weiß noch, wollt ich sofort schreiben –, aber ach: <u>meine</u> Schwere wird nicht zum Tanz.

R.

Dies geht uneingeschrieben, aus Anhänglichkeit an die Tradition des «l[iebe] T[herese].»

---

92 *Sylt*] Vgl. Brief Nr. 25.
93 *«Erlebniskultur»*] Anspielung auf Etbauers «Schule für Erlebniskultur»; vgl. Brief. Nr. 32.
94 *Mary Wigman*] ↑Mary Wigman. Am 15.10.1923 hat RMR gemeinsam mit Frau Wunderly einen Auftritt vom Mary Wigman gesehen (*RChr*, 845).

34 | 1920-04-19 *Agnes Therese Brumof (Hamburg)*
an Rainer Maria Rilke (Schönenberg/Pratteln)

H: Schweizerisches Rilke-Archiv (SLA), Bern, Ms_A_234/15a–e, 5 Bl.,
13,8 × 21,2 cm, 10 S. beschr.
Briefumschlag Vs.: Poststempel vom 19.4.20 (Hamburg); Herrn | R. M.
Rilke | Gut Schönenberg | bei Pratteln | Basel-Land | Schweiz | Eingeschrieben | Aufkleber: Hamburg 36. cd, No. 871. – Rs.: Hamburg 13, | Heimhuder Str. | 40; Poststempel vom 23.IV.20 (Pratteln).

Hamburg, 19.4.20.

Wie gemütlich ist es bei Ihnen, aber wie weit weg! Man braucht ja Monate, um hinzugelangen!!!

Ja – wirklich schrieb ich Ihnen nicht mehr, weil ich dachte, es ginge wieder so, daß – nichts Sie erreichte. Und wieder antworte ich so bald, weil nun einmal Charakter und Funktion wirklich – nichts – miteinander zu tun haben, und ich Ihnen gegenüber immer die Funktion haben werde, taktlos zu sein – nicht wahr? takt – los! ⟨2⟩|

I[95]

Nein: aber etwas in Ihrem Brief hat mich erschreckt, und wenn Sie dieser meiner Funktion Rechnung tragen wollen, und einmal davon absehen, daß es ein kleines Mädchen ist, die so was sagt, <u>kann</u> ich es sagen:

Sie schreiben: «Fast ein Jahr werde ich in der Schweiz geblieben sein – wieder eines, das Leben wird immer unaufhaltsamer – ich wünsche mir oft Einzelheiten, an denen es sich festhalten ließe, seit 1914 kommt mir nichts zum Bewußtsein, als gewisse Maßeinheiten ⟨3⟩| des Vergehens und Vorüberseins. Für Sie, zwischen Ihren «Vordergründen» ist wahrscheinlich alles weniger flüchtig!»[96]

95 I] Numerierung bezieht sich auf die Folgeschreiben Nr. 35 vom 24.4.1920 und Nr. 36 vom 8.5.1920.
96 Zitat aus dem Brief Nr. 33 von RMR ca. 15.4.1920.

Diese Stelle hat mir recht bewiesen, wie schwer es ist, Ihnen «Freude» zu machen! Darf ich nun was sagen? Sehen Sie: wenn man so lange nirgends war, wie ich, glauben Sie, daß denn «Vordergrund» mehr ist – als eben Vordergrund? Denn «nirgends sein» ist ja gerade, «alles überhören und ist doch die einzige Wirklichkeit»; Denn worüber vergäße man jetzt etwas? ⟨4⟩|

Dann sehen Sie, daß dieses nirgends-sein in die Jahre fiel, in denen man sonst anfängt, zu hören – und schließlich selbst wenn Erfüllungen, Vordergründe, Deutlichkeiten das Leben aufhalten könnten, – glauben Sie nicht, daß es am flüchtigsten davonläuft, wenn man einmal die zwanzig* überschritten hat? Ich fühle mich heimlich sehr alt, und tröste mich nur rein vernunftgemäß, so lange mein Körper nichts davon weiß.

Aber nun –. Abgesehen davon, daß Ihr Körper nichts davon weiß, aber Ihre Seele auch nicht, – ist da

*wenn ich mal dreißig bin – glauben Sie,
daß wir uns dann noch schreiben?

⟨5⟩| etwas, das auch Sie vielleicht nicht wissen, und das eher irgend jemand fühlt, ich möchte es wie heilige Ordnung bezeichnen – nicht das Äußere, daß aller Schönste, das Sie gegeben haben, konstatiert vor Ihnen liegt und aus so vielem entgegen spricht, was auch schon soviel ist – sondern daß doch eben im Grunde alles an seinem Platz aufgehoben ist – trotz der vielen Existenzen, die Sie führen; in einem fort – jede Existenz bei sich. Das fühle ich und das ist so. ⟨6⟩|

Und das Herrlichste: in dieser Fertigkeit, dieser Abgeschlossenheit (die Sie garnicht fühlen, nicht wahr?) wissend dem Leben gegenüber, das einem jung begegnet; und jetzt kommt es nämlich erst! – aber ich fürchte, da Sie es selbst nicht so empfinden, werden Sie mich ganz falsch verstehen oder garnicht. In meinem Ausdruck wird es immer einfach klingen, und es ist nicht einfach, so einfach, im großen Sinn, es wieder ist. –

Sie haben auch zu lang Frühling gehabt, um es zu bemerken – ⟨7⟩ | überhaupt fürchte ich etwas: – ob man nicht zu leicht unbewußt abreagiert, wenn etwas, das man zu leicht als Stimmung nimmt, aufkommt – und wenn es nur durch die Betrachtung eines Schönen Dings, einen Brief an irgend jemanden, ein Gespräch oder einer freundlichen «Tat» wäre – statt daß man es zu einem großen Zorn oder Schmerz aufschwellen ließe; ich weiß nicht! – Aber schon der vierte Bogen! Gott gebe, daß Sie mir das so wenig nachtragen, wie die grauseidne ⟨8⟩ Hängemattenphanthasie;[97] und um es gut zu machen, setze ich nur schnell hinzu, daß «Sylt» mich fast so überzeugend in Freudige Schwingung versetzte wie der Brief, als er plötzlich da lag; und daß wir noch immer kein Heim haben[98] und es schrecklich ist, daß Sie meinen Vater nicht kennen, der ganz unglaublich ist;[99] und daß meine Schwester[100] jetzt auch «Selbst-Ständig» bei dem Maler Kainer[101] engagiert ist – Schule u. Ballet – und daß Sie an den schlechten Bildern der Mary W.[102] überhaupt nichts sehen können.

Und daß ich Ihnen viel, vielmals Dank sage, – «aus Anhänglichkeit an die Tradition der C. T.»[103] ⟨9⟩ |

Noch was:

neulich machte ich mein Testament und vermachte auch Ihnen was; darauf müssen Sie sich freuen: es ist ein Ring, der eine

---

97 Vgl. Brief Nr. 30.
98 Vgl. Brief Nr. 32.
99 *meinen Vater*] ↑Ludwig Pariser.
100 *meine Schwester*] ↑Hilde Brumof; vgl. Brief Nr. 31.
101 *Maler Kainer*] Ludwig Kainer (1885–1967) war ein deutscher Grafiker, Zeichner, *Maler*, Illustrator, Filmarchitekt und Kostümbildner. Er entwarf die Bühnenbilder und Kostüme für das Petz-Kainer-Ballett, wo ATBs Schwester ↑Hilde Brumof engagiert war.
102 *Mary W.*] ↑Mary Wigman.
103 *aus Anhänglichkeit ... C. T.»*] ATB zitiert damit das Postskriptum von RMRs Brief, ersetzt aber das ‹l. T› durch ‹C. T›, also die ‹liebe Therese› durch ‹Chère Thérèse›.

archaische Münze, die also über zweitausend Jahre alt ist, in sich schließt: außen eine ganz groteske Medusa mit Schlangen und Zungen als Ornament, und innen ein kleiner beinahe schon klassischer Venuskopf.[104] Mein Vater, der eine große numismatische Sammlung besitzt, ließ sie mir einmal so fassen, daß die Medusa außen u. die Venus innen war, weil er das so passend für mich fand. ⟨10⟩ |

Was macht mein Lesezeichen? Ich wollte, ich besäße so was Winziges von Ihnen auf die Entfernung; Ihr Flacon kann ich doch nicht immer mit mir herumtragen, und so ein Talisman – sehen Sie!!! das wäre so eine «Einzelheit, an der sich festhalten ließe»!

35 | 1920-04-24 *Agnes Therese Brumof (Hamburg)*
an Rainer Maria Rilke (Schönenberg/Pratteln)

H: Schweizerisches Rilke-Archiv (SLA), Bern, Ms_A_234/16, 1 Bl., 21,2 × 13,8 cm, 1 S. beschr.
Briefumschlag Vs.: Poststempel vom 25.4.20 (Hamburg); Herrn | R. M. Rilke | Gut Schönenberg | bei Pratteln | Basel-Land | Schweiz.
Rs.: Hamburg 13 | Heimhuder Str. 40 | Harvestehude; Poststempel vom 23.IV.20 [!] (Pratteln) | Aufkleber: 8 | Auf Grund | der Verordnung vom 15. November 1918 | (Reichsgesetzblatt S. 1324) geöffnet.

---

[104] *Ring … Venuskopf*] ATBs Angaben reichen zwar nicht für eine eindeutige Bestimmung aus, doch dürfte es sich am ehesten um eine im makedonischen Neapolis geprägte Hemidrachme aus dem späten 5. und 4. Jahrhundert handeln. Diese Hemidrachmen zeigen nicht nur eine furchterregende «ganz groteske Medusa mit Schlangen und Zungen», sondern auf der Rückseite einen reizenden Frauenkopf, in dem sich durchaus eine «Venus» erkennen lässt. Auch dass diese Hemidrachmen, die in Motiv, Größe und Metall ATBs Angaben entsprechen, nicht besonders selten sind, spricht dafür, dass †Ludwig Pariser ein Exemplar aus seiner Sammlung für seine Tochter opfern konnte.

Ach, ich muß Ihnen nur schnell und aus gar keinem Grund schreiben, weil ich – (ist das nicht großartig: «aus gar keinem Grund, weil ich»?) weil ich so vergnügt bin, wenn ich an Sie denke! Nun, das ist doch auch kein Grund! Aber wenn ich nun damit schließe, weiß Gott, was Sie denken? Also muß ich doch noch was schreiben? Aber ich weiß doch garnichts! Also muß ich doch schließen! Aber kriegen müssen Sie diesen Aushub-Brief!

II[105]

24.4.20.

36 | 1920-05-08 *Agnes Therese Brumof (Hamburg) an Rainer Maria Rilke (Schönenberg/Pratteln)*

H: Schweizerisches Rilke-Archiv (SLA), Bern, Ms_A_234/17, 1 Bl., 13,8 × 21,2 cm, 2 S. beschr.
Briefumschlag Vs.: Poststempel vom 8.5.20 (Hamburg); Herrn | R. M. Rilke | Gut <u>Schönenberg</u> | bei <u>Pratteln</u> | <u>Basel-Land</u> | <u>Schweiz</u>. – Rs.: Heimhuder Str. 40 | Hamburg | Harvestehude | Otto Licht | Krieglergasse 8 | Wien 3/2; Poststempel vom 14.V.20 (Pratteln), Aufkleber: | Auf Grund | der Verordnung vom 15. November 1918 | (Reichsgesetzblatt S. 1324) geöffnet.

III[106]

Ich schreibe im Bett – aber es ist plissiert und muschelförmig – darum müssen Sie mir den Bleistift verzeihen. – Wenn Sie den schönsten Mann der Welt sehen wollen, <u>ganz</u> der Clotilde Derp

---

[105] *II*] Nummerierung bezieht sich auf das vorgängige Schreiben von ATB vom 19.4.20
[106] *III*] Nummerierung bezieht sich auf die vorgängigen Briefe vom 19.4.1920 und vom 24.4.1920.

Abb. 26: Tilly Daul. Hartungs-Künstlerkarte. 1920.

würdig[107] – sehen Sie sich Conrad Veidt an[108] – im Film, oder sonst – er ist unerhört schön. Er ist am Lessingstheater in Berlin und spielt auch sehr einfach und schön, spricht und klingt ganz angemessen seiner ⟨2⟩| übermäßigen Linie, und ist eben durchaus und fast übersättigend, geradezu unproduktiv machend schön. Clotilde Derp[109] in männlich; länger, gestreckter, durchgeistigter, aber ebenso schmal und dunkel, ebenso über-

---

107 *Clotilde Derp*] ↑Clotilde Sacharoff.
108 *Conrad Veidt*] Conrad Veidt (1893–1943), Film- und Theaterschauspieler, seit 1913 Schüler Max Reinhardts am Deutschen Theater in Berlin, spielte 1919–21 in Berlin am Lessingtheater und am Künstler-Theater; vgl. Sabine Schwientek: *Dämon der Leinwand. Conrad Veidt und der deutsche Film 1894–1945*, Marburg 2019. Im Jahre 1920 spielte Veidt in 15 Filmen mit. Einer seiner berühmtesten Filme, *Das Cabinet des Dr. Caligari*, hatte am 26.2.1920 Premiere.
109 *Clotilde Derp*] ↑Clotilde Sacharoff.

raschend tolle schmale Augen. oh – ! – Und diese gedrehten Hände und Hüften!

Aber deshalb schreibe ich garnicht. Ich bin neugierig, wann ich mich daran gewöhnen werde, mit Ihnen gleichzeitig auf der Welt zu sein!

37 | 1920-05-10 *Agnes Therese Brumof (Hamburg) an Rainer Maria Rilke (Schönenberg/Pratteln)*

H: Schweizerisches Rilke-Archiv (SLA), Bern, Ms_A_234/18, Ansichtskarte, 13,8 × 8,7 cm, Rs beschr.
Poststempel vom 10.5.20 (Hamburg), Ansichtseite: Tilly Daul in Tanzpose (Hartung-Künstlerkarte);[110] Adr.: Illustration; Adr.: Herrn | R. M. Rilke | Gut Schönenberg | b. Pratteln | Basel-Land | Schweiz.

Wie gefällt sie Ihnen? Sie ist blaß wie die deutsche Sonne und blond wie Silber, und kann fast gar nichts. Wenn Sie also kämen, würden Sie Ihre Freude haben. Ich habe III Briefe an Sie geschrieben; dies soll nur eine Bestätigung sein! Mit vielen Grüßen und Wünschen!

Hamburg-Harvestehude
Heimhuder Str. 40
9.5.20.

---

[110] *Tilly Daul*] Tilly Daul. Hartungs-Künstlerkarte. Berlin, Kaiserplatz 7. 1865.

Abb. 27: Clotilde von Derp (Sacharoff) und Alexander Sacharoff.
Prospekt mit einer Zeichnung von Georges Barbier, um 1921.

38 | 1920-07-06   *Agnes Therese Brumof (Hamburg)*
                  an Rainer Maria Rilke (Venedig)

H: Schweizerisches Rilke-Archiv (SLA), Bern, Ms_A_234/19, 1 Dbl.,
15,7 × 13,4 cm, 2 S. beschr.
Briefumschlag (7,9 × 11,8) Vs.: Poststempel vom 7.7.20 (Hamburg);
Herrn | R. M. Rilke | München | 34/IV Ainmiller Str. 34/IV. – Rs.: Hamburg Harvestehude | Heimhuder Str. 40.

Hamburg, Heimhuder Str. 40
6.7.20.

Geht es Ihnen auch gut? Ich komme so selten zum Schreiben und möchte das doch sehr oft fragen. Manchmal fürchte ich auch, selbst nicht genug in Sonntags-Stimmung geschrieben zu haben.

Also hoffentlich geht es Ihnen gut!

Mein Styl ist jetzt so schlampig; das kommt, weil ich überhaupt nicht mehr so überlegen bin. Das heißt, vielleicht schiene es Ihnen so, aber mir ⟨2⟩| komme ich zu sehr mitten drin vor; und zwar Gerede in den Pausen, wo ich ein Resümé treffen soll, um Ihnen zu berichten.

Ja, das ist alles.

Woher kommen Sie denn wann wohin?

Anni Mewes hat letzte Woche geheiratet,[111] jetzt muß mein Jahrgang auch bald dran. Clothilde v. D.[112] hat in New York getanzt und sie ha⟨t⟩ mißfallen. Ist nun so etwas zu verstehen?

---

111 *Anni Mewes*] ↑Anni Mewes.
112 *Clothilde v. D. … mißfallen*] ↑Clotilde Sacharoff.

39 | 1920-07-29   *Rainer Maria Rilke (Schönenberg/Pratteln)*
an Agnes Therese Brumof (Hamburg)
H: Privatbesitz, 1 Dbl., 17,5 × 13,5 cm, 3 S. beschr.

Gut Schoenenberg b. Pratteln
Basel-Land
(Schweiz)
am 29. July 1920.

Inzwischen war ich in Venedig – fünf Wochen – in meinem alten, unveränderten Appartement – und unverändert aufgenommen von den italiänischen Freunden.[113] Wie gerne würde ich Ihnen von dort ein Zeichen gegeben haben –, aber das Adressenbuch war nicht mitgekommen, und das Gedächtnis reproduzierte zwar, auf Befehl, die «Heimhuder-Straße», nicht aber die Nummer.

Ihr kleiner Bericht vom 6. July war dann hier, mich zu empfangen bei der Wiederkehr auf den Schoenenberg, – wo nun des Bleibens nicht eben mehr viel sein wird. Und dann? – fragen Sie – : München, vielleicht nur für kurz, Böhmen vielleicht, da ich ja doch auf einen tschechoslowakischen ⟨2⟩| Paß gestellt bin.[114]

Hab ich Unrecht, wenn ich mir die Rückkehr schwer mache und für jede Ausflucht dankbar bin, die einen Aufschub mit sich bringt? Und dabei ist die Schweiz ja doch weder Ort noch

---

[113] *in Venedig ... Freunden*] Vom 11.6. bis 13.7.1920 weilte RMR in Venedig. Zunächst wohnte er im Hôtel Europe, danach im Palazzo Valmarana bei der Contessina Agapia (Pia) di Valmarana (1881–1948) (*RChr*, 682).
[114] *München ... Böhmen ... Paß*] Mit der Unabhängigkeitserklärung der Tschechoslowakei, die am 28.10.1918 in Kraft trat, war auch RMRs bisheriger österreichischer Pass ungültig geworden, wie er am 29.5.1919 Sidonie Nádherný von Borutin mitteilte. Gleichwohl fährt er mit dem österreichischen Pass am 11.6.1919 in die Schweiz; seinen tschechischen Pass erhält RMR erst 1920.

Fortschritt für mich, nicht einmal bequem, ein Wartezimmer, in dem man rückenrecht gegen die Wand sitzt, – und doch scheint mir dieser Zustand noch erträglicher, hélas, und aussichtsvoller, als jeder mögliche jenseits der schweren Grenze. Irr ich damit? Ach und Sie können mir keinerlei Auskunft schreiben, da Sie, wie Sie schreiben, nicht mehr «überlegen» sind, sondern «mitten drin». Aber wirklich, es scheint mir nicht so –, ob Sie's gleich versichern: denn auch die Mitte ist eine Überlegenheit, die vollkommenste vielleicht, wenn man genau in ihr steht.

Die Heirath der Anni Mewes[115] –, das heißt auch wohl ihr Abschied vom Theater, denn ihr Mann ist, wenn ich recht erinnere, ein Gutsbesitzer, oder giebt es diesen Stand nichtmehr?

Von den so ausdrücklichen Mißerfolgen der Sacha-(3) | roffs,[116] auch Clotildens, in Amerika spricht man hier oft, da eine in Zürch wohnende Amerikanerin, Mrs. Mac-Cormick[117] – eine Tochter Rockefellers –, die finanzierende Kraft war; was muß nun dieses Drübenreisen für Qual sein unter solchen Umständen. Und sie sind so schwer hinübergegangen, fragten immer wieder, sollen wir wirklich? – Bis zuletzt, und hatten einen thörichten Impressario, der der Meinung war, mit dem Worte «Well» allen Situationen gewachsen zu sein.

Und Ihr «Theater-Leben»?

---

115 *Anni Mewes*] ↑Anni Mewes.
116 *Sacharoffs ... Clotildens*] ↑Alexander und ↑Clotilde Sacharoff.
117 *Mrs. Mac-Cormick*] Edith Rockefeller McCormick (1872–1932), Tochter des Ölmagnaten John D. Rockefeller, war als extravagante Salonlöwin in der Neuen wie Alten Welt bekannt. 1912 war sie nach Zürich gekommen, um sich wegen einer Depression von Carl Gustav Jung behandeln zu lassen. Sie wurde im Laufe der Therapie selbst zur Psychologin und propagierte Jungs Ideen in den Vereinigten Staaten, wohin sie 1921 zurückkehrte. Im Jahr von RMRs Brief hielt sich Edith Rockefeller McCormick für eine Reinkarnation der Gemahlin des ägyptischen Königs Tutankhamen, dessen Grab gerade entdeckt worden war.

Ich reise vielleicht nächster Tage nach Genf, um vor dem Fortgehen den jungen Russen Pitoëff[118] wiederzusehen, der mit seiner kleinen (französisch spielenden) Gesellschaft die wunderbarsten Stücke durchgesetzt hat, z. B. Dramen dieses sonst kaum bekannte Irländers Synge, John-Millington Synge,[119] dessen «Baladin du Monde Occidental»[120] ich Ihnen erzählen muß, so wie Pitoëff ihn gespielt und aufgeführt hat. / Für mich, der ich ja nur fast ausnahmsweise auf ein Theater einzugehen vermag, ist Pitoëff ein Ereignis gewesen und mehr: eine Freude.
Auf Wiedersehen. Wann? Wo? – Immerhin.

R.

40 | 1920-08-01 *Agnes Therese Brumof (Hamburg) an Rainer Maria Rilke (Genf)*

H: Schweizerisches Rilke-Archiv (SLA), Bern, Ms_A_234/20a–b, 2 Bl., 24,5 × 19,5 und 24,5 × 23,0 cm, 2 S. beschr.
Briefumschlag Vs.: Poststempel vom 3.8.20 (Hamburg) und vom 9.8.20 (Basel); Herrn | R. M. Rilke | G̶u̶t̶ ̶S̶c̶h̶o̶e̶n̶e̶n̶b̶e̶r̶g̶ | S̶c̶h̶o̶e̶n̶e̶n̶b̶e̶r̶g̶ | P̲r̲a̲t̲-̲ ̲t̲e̲l̲n̲ | P̲r̲a̲t̲t̲e̲l̲n̲ | B̶a̶s̶e̶l̶-̶L̶a̶n̶d̶ | B̶a̶s̶e̶l̶-̶L̶a̶n̶d̶ | Hôtel des Bergues | G̲è̲n̲e̲v̲e̲ | S̲c̲h̲w̲e̲i̲z̲. – Rs.: Hamburg a. E. | Heimhuder Str. 40; Poststempel vom 6.VIII.20 (Pratteln).

118 *den Russen Pitoëff*] Georges Pitoëff (1884–1939), russisch-armenischer Herkunft, französisch akkulturiert, wurde zu einem bedeutenden Regisseur und Theaterleiter. RMR hatte während seiner Schweizer Vortragsreise in Winterthur dem Gastspiel Pitoëffs in John Millington Synges's Drama *Le Baladin du Monde occidental* beigewohnt (*RChr*, 654f.).
119 *Synge ... Occidental*] John Millington Synge (1871–1909), irischer Dramatiker. *Le Baladin du monde occidental* (*The Playboy of the Western World*, frz.), eine Tragikomödie in drei Akten, gilt als Synges Hauptwerk; die Uraufführung 1907 in Dublin war ein regelrechter Theaterskandal.
120 *Occidental»*] Abführungszeichen von uns eingefügt.

1.8.20.[121]

Wie ich ein kleines Kind war, war ich so artig, so dumm, so gewissenhaft, so – ritterlich, scheint mir, daß ich nur die, und wirklich nur die Märchen las, die man mir angestrichen hatte. Es wäre mir garnicht eingefallen, ein andres zu lesen und ich erbaute mich ohne eigentliche Neugier an den schönen Überschriften. Noch bin ich ein bischen so – dumm, denn ich las Ihr neues Buch noch nicht, nachdem Sie mir nie davon erzählten! Ich könnte Ihnen keine Auskunft geben? ?

Deutschland ist ganz unverändert, sagen alle Ausländer, die es vorher kannten. Kommen Sie doch endlich! – Aber dieser Schrei ist zu subjectiv, als daß er große Akustik bei Ihnen finden dürfte. Kommen Sie? Bald?

Text, links vom Brieftext:
Unter der Arbeit geschrieben,
verzeihen Sie das Papier.

⟨2⟩ | Meine Überlegenheit will ich schon wieder gewinnen, und dann ist sie vielleicht mehr wert, und wie alles Wertvolle, leichter zerstörbar wie die meiner «ersten Unschuld.» (siehe Kleist, Marionettentheater; fehlende vierte Wand usw.)[122] oh, ich weiß alles noch! –

---

121 *1.8.20*] Brief ist keine Antwort auf RMRs Brief vom 29.7.1920.
122 *Kleist*] In Heinrich von Kleists Dialog *Über das Marionettentheater* (1810), den der Ich-Erzähler mit dem Herrn C., dem «ersten Tänzer der Oper» in M. führt, geht es vor allem um das Verhältnis von bewusster und unbewusster Bewegung: «Ich sagte, daß ich gar wohl wüßte, welche Unordnungen, in der natürlichen Grazie des Menschen, das Bewußtsein anrichtet. Ein junger Mann von meiner Bekanntschaft hätte, durch eine bloße Bemerkung, gleichsam vor meinen Augen, seine Unschuld verloren, und das Paradies derselben, trotz aller ersinnlichen Bemühungen, nachher niemals wieder gefunden. – Doch, welche Folgerungen, setzte ich hinzu, können Sie daraus ziehen?» Der Schluss der Erzählung greift das problematische Verhältnis von Reflexion und Grazie noch einmal auf: «Wir sehen, daß in dem Maaße, als, in der organischen Welt, die Reflexion dunkler und schwächer wird, die Grazie darin immer strahlender und herrschender hervortritt [...], so, daß sie, zu gleicher Zeit, in demjenigen menschlichen

Abb. 28: Schloss Berg am Irchel.
Arbeitszimmer Rilkes, 1920/21. Fotografie.

Glauben Sie, daß wir je noch zusammen sprechen werden? Ich zweifle so – und wir könnten es vielleicht gerade jetzt so leicht und gut, besser als damals wo ich so in einer Frage befangen war. Ich denke sehr traurig daran zurück; es war trotz allem so entzückend. Glauben Sie nicht, daß schon damals eine gewisse Gerechtigkeit ihren Ansatz hatte, denn ich vergaß mich oft ganz und hatte solche Freude.

Ich kann nicht umhin, mir zu wünschen, daß sie kommen möchten. Kommen Sie? Bald?

Körperbau am Reinsten erscheint, der entweder gar keins, oder ein unendliches Bewußtsein hat, d. h. in dem Gliedermann, oder in dem Gott. Mithin, sagte ich ein wenig zerstreut, müßten wir wieder von dem Baum der Erkenntniß essen, um in den Stand der Unschuld zurückzufallen? Allerdings, antwortete er; das ist das letzte Capitel von der Geschichte der Welt» (*Über das Marionettentheater. Studienausgabe*, hg. von Gabriele Kapp, Stuttgart 2013, 9–17).

41 | 1921-02-06 *Agnes Therese Brumof (Hamburg)*
an Rainer Maria Rilke (Berg am Irchel)

H: Schweizerisches Rilke-Archiv (SLA), Bern, Ms_A_234/21, 1 Bl.,
27,0 × 21,3 cm, 1 S. beschr.
Briefumschlag Vs.: Poststempel vom 6.2.21 (Hamburg); Herrn | R. M.
Rilke | München | Ainmiller Str. 34/IV | Bitte nachsenden. Rs.: Adr. z. Zt. |
Schlitz Berg i. Irschl[123] | Canton Zürich | Schweiz und ein Poststempel
vom 9.II.21 (Flach).

Hamburg, Hotel Esplanade. 391.[124]

Ich war inzwischen zweimal in München und noch sind Sie
nicht da! Auch konnte ich nirgends Ihre Adresse erfahren. Eigentlich wollte ich warten, bis ich umgezogen wäre, Ihnen
meine Adresse anzugeben, aber das kann noch etwas dauern
u. ich wüßte so gern etwas von Ihnen! Lotte Richter-Schönberner,[125] Kassner[126] – vieles erinnerte in München an Sie. Ich
schreibe jetzt nicht mehr, weil ich nicht weiß, ob der Brief

---

123 *Berg i. Irschl*] Das Schloss Berg am Irchel, auch nur Schloss Berg, ist
ein Herrenhaus in der Gemeinde Berg am Irchel im Schweizer Kanton
Zürich. Der im 17. Jh. gebaute Landsitz ist in Privatbesitz. *RMRs Schweizer
Jahre*, 65–80, geht anlässlich von RMRs Aufenthalt auf Schloss Berg auf das
angebliche «Diktat» eines imaginären «Vorwohners» ein, das sich in dem
«Gedichtkreis» *Aus dem Nachlaß des Grafen C. W.* niederschlug.
124 Letzter Nachweis für die Adresse von ATB in der Heimhuder Straße
40 ist eine Postkarte ↑Hilde Brumofs vom 22.9.1920. Für die Zeit von Dezember 1920 bis März 1921 ist die Post wiederum an das Hotel Esplanade
adressiert.
125 *Lotte Richter-Schönberner*] Lotte Richter war bis 1931 die Frau von
Franz Schönberner. Er war 1921 Lektor im Musarion-Verlag und von 1929
bis 1933 letzter Redakteur des *Simplicissimus*. Als entfernter Neffe von Lou
Andreas-Salomé wohnte er für einige Zeit (ab Juli 1919) mit seiner Frau
Lotte Richter in Rilkes Wohnung in der Ainmillerstr. 34 (*RChr*, 634) Vgl.
Schwabings Ainmillerstraße, 298. RMRs Haushälterin Rosa Schmid berichtet RMR in einem Brief aus München vom 14.7.1919 verstimmt, dass die
Wohnung «von Herrn Schönberner mit Braut belegt» sei (Schweizerisches
Rilke-Archiv (SLA), Bern, Ms_A_279/2).
126 *Kassner*] Rudolf Kassner (1873–1959), schlesisch-österreichischer
Schriftsteller und Kulturphilosoph, Freund RMRs und wie dieser seit 1918
de iure tschechischer Staatsbürger.

nicht durch unrechte Hände geht. An Ihre eigentliche Adresse dann mehr. Auch die verschleierte Marion im Englischen Garten läuft noch durch die Wiesen![127] Keyserling war letzte Woche hier.[128]

42 | 1921-06-04   *Agnes Therese Brumof (Hamburg) an Rainer Maria Rilke (Berg am Irchel)*

H: Schweizerisches Rilke-Archiv (SLA), Bern, Ms_A_234/22, 1 Bl., 30,8 × 19,5 cm, 1 S. beschr.
Briefumschlag Vs.: Poststempel vom 5.6.21. (Hamburg) und vom 10.6.21 (Basel); ~~Schloss Berg~~ | ~~am Irchel~~ | Herrn | R. M. Rilke | ~~Gut Schönenberg~~ | ~~bei~~ | ~~Pratteln~~ |~~Basel-Land~~ | | Le Prieuré | Etoy | Vaud | Kt. Zürich | Schweiz | (falls verreist | bitte nachsenden.). Rs.: hs. Absender: Hotel Esplanade | Z. 391 | Hamburg; Poststempel vom 7.VI.21 (Pratteln) und vom 14.VI.21 (Etoy).

Hamburg – Gr. Borstel
4.6.21

«Vielleicht ist der Dichter wirklich außerhalb alles Schicksals gemeint und wird zweideutig, ungenau, unhaltbar, wo er sich einläßt. Wie der Held erst im Schicksal wahr wird, so wird der Dichter verlogen darin; der eine erhält sich in der Überlieferung, der andere in der Indiscretion.»[129]

---

127 *verschleierte Marion*] Wer damit gemeint ist, wurde nicht ermittelt.
128 *Keyserling*] Graf Hermann Keyserling; er hielt am 2.2.1921 in der Hamburger Kunstgesellschaft einen Vortrag über *Sinn und Ausdruck in Kunst und Leben*. Besprechung in der *Neuen Hamburger Zeitung* (Abendausgabe) vom 4.2.1921.
129 *«Vielleicht ... Indiscretion»*] ATBs einleitendes Briefzitat ist insofern wieder eine Hommage an RMR, als es aus RMRs «Anmerkung» zu seiner Übertragung von Maurice de Guérins *Le Centaure* stammt: RMR: *Der Kentauer*, Leipzig: Insel 1911 (*RilkeSW*, Bd. 7, 47–71 [Text] und 1241–1247 [Kommentar], das Zitat ebd., 70). – Vgl. Willem Laurens Graff: *Rilkes lyrische Summen*, Berlin 1960, 205.

Das ist das letzte was ich von Ihnen gehört habe. Und wie kann ich das verstehen! Und die Sehnsucht bekomme ich nach einem nachmittag in der Ainmillerstraße! Aber Sie kommen ja nie mehr dahin zurück. Ich fand beim Umzug, der endlich stattfand, einen Haufen ganz erstaunlicher Gedichte von mir als Kind, die vollkommen unerlebt, alles spätere vorauszuahnen scheinen – dies und Ihre <u>unglaublichen</u> Worte – oder, daß ich sie verstehen kann – zeigen mir, wie sie auch für mich gelten.

Eine Gräfin, deren Namen mir entfiel,[130] läßt mich durch einen Bekannten um Ihre Adresse bitten. Ich weiß sie selbst nicht! Ich schrieb die letzten Male jedesmal wo anders hin, schließlich nach M⟨ünchen⟩. von wo aus die bösen Hexen Ihnen gewiß nichts nachschicken. – Die Dame ist Schauspielerin und will Ihnen absolut Ihre Gedichte vorlesen – das könnte sie, hieß es. Dann kann sie was!

43 | 1923-11-04   *Agnes Therese Brumof (Altona)*
                    an Rainer Maria Rilke (Muzot / Sierre)

H: Schweizerisches Rilke-Archiv (SLA), Bern, Ms_A_234/23a–b, 2 Bl., 18,5 × 18,0 cm, 4 S. beschr.; Anlage [23a–c]: 3 Bl. Durchschläge 28,5 × 22,2 cm, 3 S. mit Schreibmaschine beschr.
Bl. 1 auf der Rückseite mit Bleistiftnotiz von RMR mit unklarem Bezug:

Me refusant d'ailleurs toujours aux enquêtes de quelque nature qu' elles soient je vous prie de considérer comme strictement personelles ces quelques lignes explicatives qui craindraient toute publicité.

130 *Eine Gräfin*] Die Gräfin, die RMR Gedichte vorlesen wolle, ist vielleicht eine Erfindung von ATB, um endlich RMRs Adresse zu erfahren. Auch ATB dürfte es nicht entgangen sein, dass RMR sehr von seinen Bekannt- und Freundschaften mit dem weiblichen Adel profitierte.

[‹Da ich mich übrigens immer jeder Form der Nachforschung verwehre, bitte ich Sie, diese paar erläuternden Zeilen, welche alle Öffentlichkeit fürchten würden, als strikt vertraulich zu betrachten.›]

Briefumschlag Vs.: Poststempel vom 5.11.21; Eingeschrieben | Herrn | R. M. Rilke | Leipzig | Insel-Verlag | Bitte nachsenden. | Château de Muzot | sur Sierre (Valais) | Schweiz | Aufkleber: Altona (Elbe) 1 712. – Rs.: Brumof b. | Geheimrat Mühle[131] | Altona a. Elbe | Marktstr. 2; Poststempel vom 8.11.23 (Sierre); Aufkleber: Geöffnet | auf Grund der Verordnung vom 15. November 1918 | (R. G. Bl. S. 1324). Die Postüberwachung erfolgt im | Steuerinteresse und aus wirtschaftlichen Gründen. | Reichsfinanzverwaltung.

Geschäftsbriefbogen mit Aufdruck: Therese Brumof | Kostüm-Entwürfe für Tanz / Film / Bühne

4. Nov‹ember›

Wo find ich Sie nun eigentlich? Nicht, daß ich Sie in den anderthalb Jahren,[132] die ich schwieg, gesucht oder nach Ihnen gefragt hätte, aber für mich allein hab ich viel an Sie und unsere Zeit gedacht, auch wenn mich nicht das silberne Fläschchen täglich erinnert hätte. Nun fand ich gestern Ihre Briefe wieder, und habe recht zeitlang nach einer äußern Bestätigung Ihres Daseins bekommen. Ob ‹?› | Sie in Deutschland sind? Aber das kann ich mir kaum vorstellen. Hoffentlich erreicht Sie dieser Brief in Wärme, Licht und Sorglosigkeit, recht in Daunen und Perlen begraben, mitten in der gesunden, eleganten Welt. Und

---

131 Geheimrat Mühle] Das Altonaer Adressbuch verzeichnet für die Jahre 1923/24 im Personenverzeichnis: «Muhle, A., Wwe., Frau Geheimrat, Marktstr. 2».
132 Die Zeitangabe ist falsch. Der letzte Brief ist auf den 4.6.1921 datiert und liegt exakt zweieinhalb Jahre zurück.

wie lang haben Sie nun wohl nichts Deutsches mehr um sich? Wie denken Sie an uns? Die Männer – außer der ewig rühmlichen Ausnahmen – teilen sich nunmehr in den Restbestand des deutschen Mannes mit dem Schrei nach dem Kinde u. ⟨3⟩| und dem, der jetzt wohl überall lebt: dem sich «Zur Natur zurück» entwickelnden, umworbenen und farbenfrohen Männchen, das uns den Rang als Spielzeug und Luxusgegenstand streitig macht und sich – bis wir das Verständnis für die Sachlage aufbringen – von Seinesgleichen lieben läßt. Und die Frauen? Die werden wie lang verwöhnte Kinder, denen es schmerzlich bekommt, plötzlich einen eigenen Willen und eine eigene Verantwortung ⟨4⟩| zu erhalten – und da giebt es die verschiedensten Arten! Statt König ohne Wort, Diktator ohne Pomp zu sein, ist eine nüchterne Angelegenheit! Und ich? Ich lege Ihnen ein paar Gedichte bei, die noch vor unserm Kennenlernen entstanden sind, also Kindergedichte zum Teil; aber daran werden Sie mich besser wiedererkennen als an jetzigen Zeichnungen. Ich zeigte sie Ihnen damals nie, weil sie kein Erlebnis darstellten; oder vielmehr eins darstellten ohne eins zu bedeuten; aber vielleicht sind sie grade darum interessant; nachher «verschlagt's einem doch die Red».[133] Mögen Sie München jetzt? Es grüßt Sie

«C. T.»

---

133 «verschlagts ... die Red»] Die Anführungszeichen markieren vielleicht das abgewandelte Zitat aus dem dritten Akt von Hugo von Hofmannsthals *Rosenkavalier*, gesprochen von Octavian im Dialog mit der Marschallin: «Ich muß jetzt etwas reden und mir verschlagts die Red» (Hofmannsthal: *GW*, Bd. 5: *Dramen V: Operndichtungen*, Frankfurt/M. 1979, 100).

ERFUELLUNG

1
Kein fremder Klang ist mir
Mit dir gekommen,
Nichts ward gegeben mir
Und nichts genommen.
Aus meinem eignen Sein
Stiegst du empor,
Gleichzeitig Stimme mein
Und Ohr.

2
Du bist nicht wie – nein, Dinge sind wie du
Und warmer Maerchenschein umzieht dein Haupt,
In allem, was je bunt und stark und zu
Dir hingefuehrt, hab ich dich vorgeglaubt!

Oh Salz der Woge, rauhes Blond der Kueste,
Herbstfeuchter Sturm, besonnter Blaetter Tanz,
Erzengelklirren, blauen Schiefers Glanz –:
Kindheit erwacht, wie wenn sie endlich – wuesste.

EINGANG

Wie waren alle Dinge Schatten
Und alle Schatten Freund und Ding,
Und die sich mir erschlossen hatten,
Nicht mehr, als Ball und Schleuderring!

Nun fand ich mich und fuehle mich und bin,
Und die Musik hat andre Klaenge,

Und was ich lernte, tritt mir aus dem Sinn
Und baut sich auf zu nie geahnter Enge.

MITTERNACHT

Liebe Erde, welche Sterne
Sind noch ausser dir,
Drauf er singt?
Denn es klingt
Aus so dunkler Ferne
Seine Stimme mir!
Ach nur ueber jene Daecher
Liegt der Raum vielleicht,
Der ihn haelt,
Und die Welt
Ist der Strahlenfaecher,
Der dem meinen gleicht.
Lieber glueher Ball/
Drauf ich schwebe nun,
Haeltst du ihn und mich
Ueber dich
In dem lauten All?
Suess, zu ruhn.

DIE SEIFENBLASE

Ich haenge still am Grase –
Du bist der Kindermund,
Der mich zur Kugel trieb,
Zur Welt ward dir mein Rund –
Du Engel, Licht und Lieb,

Ich scheine nur die Welt,
Ich bin die Seifenblase,
Die mit dem Hauch zerfaellt!

«Ach andre treiben Glas,
Und in der Hand zerbricht's,
Ein jeder treibt sich was
Und es zergeht ins Nichts,
Und jeder glaubt daran,
Solang bis er's gefasst – :
Bleib, mein Geschoepf und Gast!
Ich ruehre dich nicht an.»

FREUNDINNEN

Nicht fragen! Dann will ich auch viel,
Was du nur wuenschest, dir tun,
Sollst auch ermuedet vom Spiel
Friedlich am Herzen mir ruhn!
Nicht klagen! Dann bin ich dir Freund,
Doch nur nicht klagen, nicht fragen,
Hab selbst viel Leids beweint
Und auch allein getragen.
Nein, hoer mich an, hoer mich an:
Schweigen ist *deine* Kraft,
Aber was mir ward getan,
Spiele auf Spiel in mir schafft,
Drum vernimm jeden Laut,
Der meiner Seele entglitten,
Dass nicht umsonst sie geschaut
Und nicht umsonst gelitten.

44 | 1923-11-24   *Rainer Maria Rilke (Muzot)*
an Agnes Therese Brumof (Hamburg)

H: Privatbesitz, 1 Dbl. (Briefpapier mit Adressenaufdruck: Chateau de Muzot / sur Sierre / Valais), 17,5 × 13,5 cm, 4 S. beschr.

Château de Muzot
sur <u>Sierre</u>
Valais (Schweiz)[134]
am 24. November 1923

Das war ein lieber Impuls, und den ich Ihnen herzlich anseh, daß Sie sich da bei der Hand genommen haben, «l[iebe] T[herese]», um sich mir in diesem sauberen alten Gedichtkleidchen zuzuführen. Es war doch, wenn es wirklich so früh zugeschnitten war und Sie sich nicht in seiner Datierung irren, sehr – scheint mir – auf «Zuwachs» gemacht; ja, fast sieht es aus, als trügen Sie's noch und als sei es Ihnen nirgends zu kurz geworden oder zu peinlich anliegend. Es war ja auch, von vornherein, so, daß es vor allem Freiheit gewähren sollte, freie Arme; nun das thut es noch und ich seh Sie darin, l[iebe] T[herese]! Frag mich dazwi-⟨2⟩|schen hinein, während ich Sie anseh, ob die jetzige Thätigkeit, aus der Sie mich, vorläufig, nichts wahrnehmen lassen, auch nur Erlebnis «darstellt», ohne es zu bedeuten: heil Ihnen, wenn es so ist; dann mag Ihr Herz leicht sein, denn was giebt es Großmüthigeres, als die Erlebnisse zu feiern, ohne der Beweise zu bedürfen, die so beirrend sind und die jedes

---

134 *Muzot*] Auf der Suche nach einer Dichterklause entdeckte RMR auf einer Reise im Wallis den mittelalterlichen Turm von Muzot oberhalb von Sierre. Dr. Werner Reinhart, Nanny Wunderly-Volkarts Vetter, mietete das Château de Muzot, in das RMR am 26.7.1921 einzog. Über die Rolle des Wohnturms in RMRs später Korrespondenz informiert überblickshaft die ungedruckte Studie von Rose-Marie Jenni: Muzot: *Der Turm Rainer Maria Rilkes in Briefen des Dichters und anderen Korrespondenten an Frieda Baumgartner. [Arbeitsbericht] über einen Teilbestand des SLA,* Bern 1978, sowie *RMRs Schweizer Jahre,*bes. 94–105.

betheiligte Argument, mit seinem Gegengewicht, zu stören sich
anstrengt. Nun, da Sie mit Ihrem klugen und lieblichen Kleidchen so früh fertig geworden sind, fast an der Kindheits-Grenze
schon, so haben Sie Zeit gewonnen, den Bedeutungen Kostüme
zu erfinden und thun das nun, scheint mir, mit Kühnheit und
Übersicht. Gute Nachrichten, diese Ihrigen, liebe Freundin –,
und, glauben Sie mir, ich weiß was es heißt, gute oder auch nur
gefaßte Nachrichten geben zu können, aus einem so zusetzenden Allgemeinen ... Ich bin, seit 1919, seit meinem ⟨3⟩| Fortgehen damals «außerhalb» geblieben, immer in der Schweiz, mit
Ausnahme kurzer Reisen nach Frankreich und Italien, die aber
jetzt auch schon wieder drei Jahre zurückliegen. Nun wohn ich
schon den dritten Winter in einem alten Schloß-Thurm (aus
dem 13. Jahrhundert, ungefähr überlebend), den ich vor dem
Verfall retten konnte und den dann später ein Schweizer Freund
erworben hat,[135] um mir die Möglichkeit zu geben, mich drinnen zu halten: so daß das alte Gemäuer mir jetzt vergilt, was
ich an ihm gethan habe. Ein wenig bin ich der Gefangne meines Thurms, da ich sein Gast bin und nicht die Mittel hätte,
außerhalb zu existieren oder zu reisen; aber gefangen ist man
immer bei irgend etwas, und indem ich diese Klausur wählte,
sicherte ich mir, was mir am dringendste war: reine Einsamkeit
und die denkbar größeste innere Freiheit! Reine Einsamkeit,
liebe l[iebe] T[herese], in einer gar nicht landläufig Schweizerischen, sehr groß gestalteten Landschaft. Es müßte nicht das
Rhône-Thal sein, um geringere Ver-⟨4⟩| hältnisse aufzuweisen.
So ein Strom schafft sich mit der Zeit ein Bewußtsein seiner

---

[135] *Schweizer Freund*] Werner Reinhart (1884–1951), Teilhaber der Firma
Gebrüder Volkart und großer Mäzen, hatte für RMR zunächst den Wohnturm in Muzot gemietet, im Mai 1922 erworben und dem Dichter lebenslanges Wohnrecht gewährt.

selbst, und Avignon[136] und Vaucluse und die Camargue (alles dies mir Vertraute und vorlängst Bewunderte) wirkt flußaufwärts zurück bis an den oben vergletscherten Ursprung. Aber so großartig sind die Bildungen dieser alten Thalschaft mit ihren geräumig vertheilten Hügeln, daß, durch sie, auch der Anschluß an die spanischen Erinnerungen mir ist gewährt worden: alles das zusammen, in unerhörter Segnung, die fast anonym aus still zusammentreffenden Umständen sich ergab, hat mich in Stand gesetzt, eine Art Kontinuität meines Daseins und vor Allem meiner (tief unterbrochen gewesenen) Arbeit zu gewinnen. Und dies gelang so genau, daß, als die innere Fortsetzung möglich (ja, befohlen) war, in jenen «Duineser Elegien» kein Bruchstück aus den Jahren 12, 13 oder 14, verloren blieb, und Neues an Früheres in innigem Glühen anheilte, ohne Narbe ohne Löthung.[137] Fühlen Sie es so? Nun möcht ich, daß Sie mich, (so gut wie ich Sie) wiedererkennten und daß in den beiden Büchern,[138] die heute abgehen, nichts Ihnen befremdlich sei, ⟨5⟩| und auch das des Vertrauens werth, was erst nach und nach, in seiner geheimeren Natur, sich erschließen mag. Und so grüß ich Sie wieder!

R.

136 *Avignon ... Vaucluse ... Camargue*] in lateinischer Schrift. RMR berichtet dem Basler Architekten Hans von der Mühll in einem Brief vom 12.10.1920 von seinem Aufenthalt in Genf und Umgebung: «wie immer es geht, sooft ich den Rhône erreiche –: es freundet mich aus seinen Ufern wunderbar an, – als ob dieser Strom, mehr als ein anderer, die Kraft hätte, die Länder, die er erfrischt, sich anzueignen: Vaucluse, Avignon, die Île de Bartelasse [...]» (*RChr*, 692).
137 «*Duineser Elegien*»] Titel einer Sammlung von zehn Elegien, begonnen 1912 auf Schloss Duino bei Triest, wo RMR Gast der Fürstin Marie von Thurn und Taxis-Hohenlohe war, und abgeschlossen 1922.
138 *in den beiden Büchern*] Es dürfte sich um die in Muzot fertiggestellten *Duineser Elegien* und die *Sonette an Orpheus* handeln, die 1923 im Insel-Verlag erschienen sind.

45 | 1923-11-29 *Agnes Therese Brumof (Altona)*
an Rainer Maria Rilke (Muzot/Sierre)

H: Schweizerisches Rilke-Archiv (SLA), Bern, Ms_A_234/24a–b, 4 Bl., 22,0 × 14,0 cm, 8 S. beschr.; Anlage [24c–g]: 5 Bl. Durchschläge 18,0 × 13,0 cm, 5 S. mit Schreibmaschine beschr.
Briefumschlag Vs.: Poststempel vom 3.12.23 (Altona); Herrn | R. M. Rilke | Château de Muzot | sur Sierre | Valais | Eingeschrieben Schweiz | Aufkleber: Altona | (Elbe) 1 | 466.
Rs.: Brumof b. GehRat | Mühle | Altona a. E. | Marktstr. 2; Poststempel vom 4.XII.23 (Sierre).

29.11.23

Bevor ich völlig erstickt bin von allem, womit Sie mich überschüttet haben, will ich Ihnen schreiben – bereits zu verstummt, um für soviel Vollendung zu danken! Wenn es je möglich für mich gewesen wäre, «heraus» zu kommen, so wäre ich durch eine Zeile schon wieder ganz «drin», aber es war nie möglich; und wenn ich nie glaubte, daß es noch so etwas gäbe wie «wo sonst nichts mehr ist, nocheinmal»[139] So sehe ich es jetzt. «Alles kommt wieder» um mit dem schrecklichen Strindberg zu reden, und «alles ⟨?⟩| geht um!»[140] – Nun sind Sie also in Ihrem Turm! Glauben Sie mir nicht, daß ich überrascht bin. So fast

---

[139] *«wo sonst ... nocheinmal*] ATB zitiert den Schluss der ersten Strophe von RMRs Gedicht *Der Einsame* aus *Der Neuen Gedichte anderer Teil*, die folgenden Wortlaut hat: «Nein: ein Turm soll sein aus meinem Herzen | und ich selbst an seinen Rand gestellt: | wo sonst nichts mehr ist, noch einmal Schmerzen | und Unsäglichkeit, noch einmal Welt.» (*RilkeSW*, Bd. 1, 636, V. 1–4).
[140] *«Alles kommt wieder ... geht um!»*] «Alles geht um» ist eine Replik der Figur «Der Prinz» aus August Strindberg: *Advent* (1898), übers. von Emil Schering. In: *Jahresfestspiele*, München 1921, 69. Die schwedische Phrase «Allt går igen!» kommt bei Strindberg häufig vor (zehn Nachweise in den gedruckten Werken), wird aber von Schering nicht immer gleich übersetzt. Sie taucht auch in *Påsk* (*Ostern*) mehrfach auf und wird dort von Schering ebenfalls mit «Alles geht um!» übersetzt, ebenso einmal in *Dödsdansen* (*Totentanz*), allerdings nie in Verbindung mit «Alles kommt wieder».

anschließend an die Lektüre Ihrer Briefe bis 1922[141] ist dieser letzte die schönste Lösung dazu; ich kann mir nichts Schöneres für Sie denken! Haben Sie nun aber auch alles beieinander? Ihre <u>ganzen</u> Bücher, Ihre <u>ganzen</u> Briefe und <u>alles</u>, was Sie aus Paris retten konnten?[142] Ich finde es <u>herrlich</u>, daß nichts aus Ihren Bruchstücken fehlt, daß Sie sich «ohne Lösung» das alles <u>selbst</u> bestätigen konnten (Wir andern hätten ja nie eine empfunden.) Diese innerste Ordnung ⟨3⟩ | scheint mir so wichtig für Ihr Glück, wie sonst nichts, nicht einmal die Einsamkeit, obwohl sie vielleicht eine Bedingung dazu ist. Denn sonst müßte ich fürchten, daß es nicht immer lustig ist, ein gefangener Prinz zu sein. Gefangene Prinzessinnen haben wenigstens Zöpfe, die sie in die Welt herunterhängen können (wenn sie wollen!) um sich etwas in ihren Turm zu holen[143] – aber was hat ein Prinz?

Das Kinderkleid ist wirklich eins, und wirklich verblichen. Einmal – und das mußte Sie irreführen – in der «Erfüllung» – zog ich es ⟨4⟩ | nochmals an; alle frühern mußten Sie sogar kennen, denn sie befanden sich illustriert unter meinen Zeichnungen. Aber ich verschwieg Ihnen freilich von wem die Texte waren. Und Sie meinen, ich könnte es wieder tragen? Lieber

---

141 *Briefe bis 1922*] ATBs Hinweis lässt zwei Rückschlüsse zu: Entweder fehlen Briefe RMRs, da keine Briefe von ihm an ATB aus dem Jahr 1922 überliefert sind, oder ATBs Hinweis bezieht sich auf die Briefe vor 1922. Vgl. Brief Nr. 43. Die vorliegende Korrespondenz deutet allerdings nicht daraufhin, dass Briefe zwischen dem 4.6.1921 (Nr. 42) und dem 4.11.1923 (Nr. 43) fehlen.
142 *aus Paris retten*] RMR verlässt Paris am 19.7.1914, um seinen Verleger ↑Anton Kippenberg in Leipzig zu treffen. Der Kriegsausbruch im August (deutsche Kriegserklärung an Frankreich am 3.8.1914) verhindert seine Rückkehr nach Paris, so dass sein Besitz dort zurückbleiben muss (*RChr*, 472).
143 *Gefangene Prinzessinnen … Turm*] Ironische Anspielung auf Grimms Märchen *Rapunzel* (*Kinder- und Hausmärchen*, Nr. 12); darin hängt das in einem torlosen Turm gefangene Mädchen Rapunzel ihre «prächtigen Haare, fein wie gesponnen Gold» aus dem Dachfenster hinunter, damit der geliebte Prinz zu ihr emporklettern kann.

will ich zur Bühne, wie mir von allen Seiten geraten wird. Da Sie mich wieder so entzückend verstehen, werden Sie begreifen, daß mir zum Glück nur noch Dinge fehlen, die zu haben sind; ganz äußere, lebenbestätigende – und zu denken, daß man die erreichen könnte, indem man ⟨5⟩| das Werktagskleid mit einem ausgewachsenen Schürzchen vertauscht! – (Darin habe ich mich von der politischen Lage anstecken lassen.)[144] – Über das Werktagskleid kann ich Ihnen nichts Interessantes antworten. Nachdem ich zwei Engagements – eins für Reklame, eins in einer Modefabrik – aufgegeben hatte, arbeitete ich einen Monat zur Ausstattung einer Revue am Theater, und von da ab für mich allein; teils Graphik, teils Kostüme, teils Reklame für die Hamburg-Amerika-Linie u. solche hiesige Unternehmen,[145] war wiederholt in Berlin u. München, und arbeite jetzt zuhaus für einen Verlag,[146] seit dem ⟨6⟩| Sommer für Märchenillustrationen. – «Zuhaus» eine verlassene Wohnung des verstorbenen

---

144 *politischen Lage*] Der November 1923 war durch den Hitlerputsch und die Währungsreform geprägt, die endlich die Hyperinflation stoppen sollte. Die Reichsregierung ließ auf den Ausnahmezustand ein Ermächtigungsgesetz folgen, so dass die als notwendig erachteten Verordnungen und Beschlüsse zügig in Kraft treten konnten (Martin H. Geyer: *Die Zeit der Inflation 1919–1923*. In: Nadine Rossol und Benjamin Ziemann (Hg.): *Aufbruch und Abgründe. Das Handbuch der Weimarer Republik*, Darmstadt 2021, 84–89).
145 *Hamburg-Amerika-Linie … hiesige Unternehmen*] Informationen über ATBs vielfältigen freiberuflichen Tätigkeiten finden sich in der Akte des Berliner Landesamtes zur Entschädigung der Opfer des Nationalsozialismus. Eine Freundin aus der Zeit vor dem 1. Weltkrieg, Dora König, gibt am 4.11.1958 zu Protokoll: «Nach der Inflation ging sie für drei Jahre nach Hamburg, wo sie für Reklamefirmen, Buchverlage, Theater und eine Modefabrik arbeitete, nachdem sie in München außer einer Ausstellung nur noch Kostümaufträge und Plakatentwürfe bekommen hatte. Dazwischen war sie vorübergehend in München für zwei Stücke an den Kammerspielen, für den Buchverlag Buchenau & Reichert und für die GAZETA als Modezeichnerin tätig.» (Reg. Nr. 222328, E 7).
146 *Verlag*] Es handelt sich um den Münchner Verlag Buchenau & Reichert, dessen Ausgabe der Märchen von Fjodor Sologub sie illustrierte. Vgl. Brief. Nr. 55.

1. Staatsanwalts M.,¹⁴⁷ die Witwe fast ständig auf den Gütern ihrer Kinder lebend und ich Erbin des Bibliothekschlüssels und einer steinalten Dienerin. – Denken Sie, daß ich diesen Herbst fast in Ihre Nähe gekommen wäre, wo ich meine Schwester in ihr Engagement nach Zürich oder Bern begleitet hätte. Sie nahm aber beides schließlich nicht an – zu jung, um die Autorität einer «Meisterin» rein äußerlich zu schaffen, und in der Tradition ⟨7⟩| der Oper zu unbewandert. Sie ist jetzt «Primaballerina» an der Königsberger Oper,¹⁴⁸ um sich darin einzuweihen, und hat es künstlerisch u. gesellschaftlich so glücklich getroffen, wie man es in Deutschland überhaupt noch treffen kann. Dafür, daß wir Münchnerinnen sind, haben wir es immer noch ganz günstig, wenn man auch, durch die Zeit, mit keinem wirklichen Aufschwung rechnen kann. München ist die wahre Stätte des «Talents», indem es den ungestörtesten Schlaf verbürgt. Aber es sorgt dann schlecht für seine gesunden Kinder. Wenn schlafen unsere ⟨8⟩| erste Pflicht war,¹⁴⁹ so war Passivität unsere nächste; aber dort handelt niemand für einen. – Nun grüße ich Sie sehr, sehr herzlich und wünsche nur, daß Sie sich halb so freuen, wenn Sie mich empfangen, wie ich, wenn ich zu Ihnen fliege. Und ich komm sehr bald wieder, das weiß ich schon jetzt!

«C. T.»

147 *Staatsanwalt M.*] Staatsanwalt Mühle ist bis 1908 im Altonaer Adressbuch verzeichnet, dann verstorben; 1909 findet sich dementsprechend kein Eintrag, ab 1910 wohnt die Witwe laut Adressbuch in der Marktstraße 2.
148 *«Primaballerina» an der Königsberger Oper*] ↑Hilde Brumof hatte von 1923–1925 ein Engagement am Stadttheater in Königsberg als 1. Solotänzerin. (CV DTK, Bestand 003, 53782–84).
149 *schlafen … erste Pflicht*] Variation des geflügelten Worts «Ruhe ist die erste Bürgerpflicht», das sich an die Schlussworte der Kundgebung anlehnt, mit der den Berliner Bürgern 1806 die Niederlagen von Jena und Auerstädt mitgeteilt wurden: «Die erste Bürgerpflicht ist Ruhe». Die Worte wurde auch als gleichnamiger Titel eines Romans von Willibald Alexis (1852) bekannt.

Die Verse tippe ich immer so ab, wie sie sind mit allen rhytmischen u. sonstigen Fehlern, so sehr es mir in der Hand zuckt, sie zu korrigieren! (Wissen Sie auch, an wen «Mitternacht» war – längst – längst – <u>längst</u> – ehe ich Sie persönlich kannte und hieß «Das verbotene Buch.»)

DAS GESCHENK

Nicht wahr? Es halten meine Sinne
Ein ganzes Instrument voll Melodie,
Dem schon Natur die Variation verlieh –
Noch mehr – es hat des Waldes Stimmen inne,
Des Wassers und des Donners grosse Toene
Entrueckt es Dir in kunstgewordne Schoene.[150]

Nicht wahr? Es halten meine Haende
Die schoenste Kugel von Krystall,
Sie spiegelt dir das ganze Weltenall,
Vertieft die Berge, rundet die Gelaende,
Und eines Himmels ehernes Gewitter
Starrt noch verklaert aus jedem ihrer Splitter.

Hier zum Geschenke mach ich dir die Beiden,
Drum nimm sie – ach! Ich brauche sie nicht mehr,
Allein nur darum gebe ich sie her –
Wie leicht wird mir bei dieser Dinge Scheiden!
Tu was du willst mit ihnen – ohne Muehen
Wird Ruhm und Glanz an ihrer Seite bluehen.

---

[150] *Entrueckt*] Das Eingangswort von V. 6 «entrückt» fürchtet ATB im Brief Nr. 46 vom 4.12.1923 als «verklärt» wiedergegeben zu haben.

Nicht wahr? Nun fuehlst du dich betrogen,
Neigst zweifelnd zu dem Instrument dein Ohr:
Es spielt dir nichts als deine Stimme vor,
Und aus dem Ball ist eine Welt geflogen:
Er woelbt dir nur dein eignes Antlitz her:
Drum sind sie dein – mir dienen sie nicht mehr.

DIE VOEGEL

Als ich noch schlief in Gottes Hand
Und halben Auges durch die Finger spaehte
(Denn Gottes linker Zeigefinger stand
Mich unterweisend in den Sternen,
Wo sich in grossem Schwung die Sonne drehte)

Sprach er: «Siehst du nicht dort im Fernen
Zwei Scharen Voegel aufwaerts kreisen?
Geformt nur aus der Gruende schwerem Duft
Entfalten sie zum Spiel in meiner Luft
Die schoensten Fluegel. Klirrend bald und maechtig
Siehst diese du, die Schwingen wie von Eisen,
Kunstvoll den Leib gedreht und perlenpraechtig.

Jene sind zarter und die ganze Welt
Siehst du in ihren klaren Fluegeln zittern.
Sie schimmern nur und lautlos ist ihr Flug.»

Mein Ohr fing wo(h)l den Ton wie von Gewittern,
Allein mein Auge hing am Himmelsbogen
Und fand, es habe dort genug.

Ein Vogel aber war in Gottes Schooss geflogen
Und Gott erhob ihn laechelnd zu den Sternen.
«Nun rede ich vielleicht nicht ganz vergebens ⟨»⟩,
Sprach er, «denn die ich flattern sehe,
Sind alle Freuden deines Lebens.
Besieh sie dir nur in der Naehe,
Du wirst sie nur
Im Fluge kennen lernen.»

WASSERSPIEGEL

Das bin nicht ich, das bist nicht du
Die dort im Wasser sind,
Es suchte einst dort unten Ruh
Ein muedes Koenigskind.

Es suchte seinen Frieden drin
Im Wogensturm der Welt,
Da kam auf glitzerndem Delphin
Ein Meergott angeschnellt.

«Mir war, als ob man riefe?»
Und sah es laechelnd an.
Dass man aus solcher Tiefe
Gerettet werden kann!

ASYL

Einen Raum nur, drin er nie gewesen,
Einen Traum nur, den er nie erfuhr,
Nur ein Maerchen, das er nie gelesen,
Eine kleine Strecke Waldes nur!

Die er nie durchschritten, eine Tuere,
Nur ein Kleid, drin er mich nie geschaut –
Dass ich mich nicht ganz in ihn verliere
Und allein zu sein mir graut!

ANFANG

Noch ist es kein Schmerz,
Kein Besitzenmuessen,
Ein Tanzen ohne Fuesse,
Ein Atmen ohne Herz![151]

Kein Streben nach Wissen,
Doch Schweben in Suesse –
Kein zwingend Erringen,
Nur Schwingen, Schwingen!

Noch voller Entschluesse,
Zu tragen, zu wagen,
Noch voller Gewisse,
Mit Kunst zu entsagen,

---

151 *Ein Tanzen ... ohne Herz*] Die beiden Paradoxa am Ende der ersten Strophe alludieren vielleicht RMRs Gedicht «Lösch mir die Augen aus: ich kann dich sehn» aus dem *Stunden-Buch* (1905) (*RilkeSW*, Bd. 1, 313).

Voll Jubel, voll Hoffen,
Voll lachendem Sehnen – :
Ein Himmel voll Traenen
Steht immer dir offen!

TRIUMPH

Du liebst mich nicht mehr –
Ja, ich liebe dich –
Wie ich seit immer, immer dich geliebt,
Ich liebe dich so wie mein Spiegelbild,
Mein Spiegelbild, vom eignen Hauch getruebt(.)

Dein Hass verfolgt mich –
Ja, ich hasse dich –
Wie ich seit immer, immer dich gehasst,
Weil du mein Leben, wie ich deines, nicht
Mit einem grossen stolzen Griff gefasst!

Konnte ich denn, mein Eigen?
Ja, wie ich es kann –
Erfasse mich – ich bin dein Strahl und Glanz,
Zertruemm're mich, tu, wie ich tat an dir!
Du bist zertruemmert, aber ich bin Ganz!

FLUCHT

Wie die ersten Leiden gingen,
Lag der Tag voll Gold und Duft,
Und es formte sich die Luft
Um die Schultern mir zu schwingen:

Lasst mich langsam, langsam steigen
Heftet keine Erdenschwere,
Die mir neue Hindrung waere,
An die Glieder, sie zu neigen,

Keine Liebe, keine Schmerzen
Tragt um den, der euch entwandt
Und verschliesst ihm eure Hand[152]
Und verschliesst ihm eure Herzen!

TODESANGST

Schon fuehle, fuehle
Ich, wie sie sich naht,
Meine letzte Stunde!
Schwillt wie die Kuehle
Von einem Bad,
Schwillt bis zum Munde!
Welle, doch du
Liebe, noch harre
Bis der Atem ging
In des Brunnens Ruh.
Nur mein Herz empfing
Schon die Todesstarre.

---

152 *Keine ... Herzen*] Die hier als dritte Strophe präsentierten Verse sind auf dem Durchschlag durch ein Spatium zweigeteilt.

46 | 1923-12-04 *Agnes Therese Brumof (Altona)*
an Rainer Maria Rilke (Muzot/Sierre)

H: Schweizerisches Rilke-Archiv (SLA), Bern, Ms_A_234/25, Postkarte, 8,7 × 13,8 cm
«Postkarte mit Antwortkarte» mit Poststempel vom 4.12.23 (Altona): Vs.: Absender: Brumof | Geh Mühle | Altona a. E. | Marktstr. 2. Adressat: Schweiz | Herrn | R. M. Rilke | Sur Sierre | Valais | Château de Muzot | Suisse. – Rs.: Text.

4. Dez. 23.

Ein dicker Brief ist unterwegs – aber es fällt mir schwer aufs Herz, daß in «Geschenk» 1. Strophe, letzte Zeile, das erste Wort «verklärt» heißen könnte; ich sehe eben im Original, daß es «entrückt» heißt.[153] Es ist das einzige, das ich auswendig tippte, weil ich es nicht bei mir hatte. Die Interpunktion stimmt! Ich bin mit Lesen noch lang nicht fertig!

C. T.

Lediglich durch den dazu gehörigen Briefumschlag bezeugt ist ein nicht überliefertes Schreiben von ATB an RMR vom 16.12.1923.

47 | 1923-12-19[18] *Agnes Therese Brumof (Altona)*
an Rainer Maria Rilke (Muzot/Sierre)

H: Schweizerisches Rilke-Archiv (SLA), Bern, Ms_A_234/26a–b, 2 Bl., 22,0 × 13,7 cm, 4 S. beschr.
Briefumschlag Vs.: Poststempel vom 18.12.23 (Altona); Herrn | R. M. Rilke | Château de Muzot | Sur Sierre | Valais | Schweiz. – Rs.: Brumof b. | Geh. Mühle | Hamburg- | Altona | Marktstr. | 2.

---

153 «Geschenk»] In Brief Nr. 45 steht korrekt «entrückt».

19.12.23.[154]

Weil ich leider immer viel genauer weiß, was ich nicht will als was ich will, kann ich mich zu gar keiner «Weihnachtsgabe» für Sie entschließen. Keine erfüllt die drei Bedingungen
1) daß es mir das Richtige erscheint,
2) daß sie Ihnen was ausmacht,
3) daß sie Ihnen das echte, leibhaftige Gefühl deutscher Weihnachten vergegenwärtigt, das doch unbestreitbar das Entzückendste an Deutschland ist.

Ich mag daran ge-⟨2⟩|mäkelt haben was ich will, deutsche Männer u. Frauen sind augenblicklich nicht erbaulich – aber, worauf es Weihnachten ankommt: das deutsche Baby ist die Blüte der Kultur. Ich kenne soviele ausländische Babies, darunter das vollkommenste französische, amerikanische und japanische. Aber gerade das, was beim deutschen später so tragisch – und so komisch – in sein Dasein eingreift: «Seele» – das ist bei ihm als Baby die Verklärung; der «Riß im Himmel».[155] ⟨3⟩|

Nun bekommen Sie also nichts, und damit Sie wenigstens meine Wünsche (und die gehen immer in Erfüllung!) richtig erhalten, schicke ich diesen Brief uneingeschrieben. Einer der größten hiesigen «Handelsherren» hat mich vorgestern darüber aufgeklärt, daß vor allem eingeschriebene Briefe verloren gehen, und daß der gewichtigste Handel auf «uneingeschrieben» beruht; also ⟨4⟩| müssen meine so gewichtigen Wünsche diesen Weg nehmen. – Sowie ich Zeit finde, – und vor allem Zeit zum

---

154 Wohl von ATB vordatierter Brief, der wohl zu dem Umschlag vom 18.12.23 gehört, auf den RMR am 21.12.1923 antwortet.
155 «*Riß im Himmel*»] Möglicherweise spielt ATB auf RMRs Kompositum «Himmelsrisse» in dem 1914 entstandenen Gedicht *Regenbogen* an (*RilkeSW*, Bd. 2, 415, V. 9); doch wäre auch an die metaphysische Bedeutung des Bildes in der christlichen Theologie zu denken: Jes 64,1 «Ach daß du den Himmel zerissest [...]». Vgl. Evangelisches Gesangbuch. Ausgabe für die evangelische Kirche von Kurhessen-Waldeck, Kassel 1994, Lied 7 aus dem Adventskreis: «O Heiland, reiß die Himmel auf [...]».

Wachsen eines Ausdrucks – muß ich Ihnen lang über Duino schreiben.[156]

Wie sonderbar eigentlich, daß Sie deutsch schreiben, wo Sie von einer so weisen Sprache umgeben sind? Allein: «il me faut» –![157]

Ich nehme zum Tausch uneingeschrieben und ungeschrieben Ihre Wünsche entgegen –: ich bin so weihnachtslustig, daß ich annehmen muß, sie enthalten eine Fülle Gutes!

C. T.

48 | 1923-12-21   *Rainer Maria Rilke (Muzot/Sierre)*
                              an Agnes Therese Brumof (Altona)

H: Privatbesitz, 1 Bl, 15,8 × 21 cm, 2 S. beschr., Briefumschlag Vs.: An Fräulein | Therese Brumof, | bei Herrn Geheimrath Mühle, | Altona a./Elbe | Marktstrasse 2 | (Deutschland). Rs.: Env: R. M. Rilke | Château de Muzot | s | Sierre | (Valais) Schweiz. RMRs Wappensiegel. Hs. Vermerk: Nicht angetroffen.

Château de Muzot
s/<u>Sierre</u> (Valais)
am 21. Dezember 1923

Ja, das enthalten Sie auch: «eine Fülle Gutes»: diese, hier nicht ausgeschriebenen und also, ihrer Wichtigkeit entsprechend, auch nicht nie-einschreibbaren Wünsche!

Ich konnte noch nicht danken für die lebhafte und genaue Erwiederung und die Fortsetzung der Gedichte; ich nahm mir vor, mir, bei ausgeruhterer Feder einmal, diese Verse in ein besonderes kleines Heft zu überschreiben, um sie leichter ab und

---

156 *Duino*] Reaktion auf die «Duineser Elegien». Vgl. Brief. Nr. 44.
157 *«il me faut»*] ‹ich brauche›: die Aposiopese lässt offen, was ATB fehlt, wahrscheinlich aber: Französischkenntnisse.

zu, wiedersehen zu können.¹⁵⁸ (Auch die Korrektur-Karte hat ⟨2⟩| mich richtig erreicht).

Das deutsche Baby (obzwar, seit November, Großvater)¹⁵⁹ kann ich nicht ganz so wichtig nehmen; dieser «Riß im Himmel»¹⁶⁰ schließt sich ja, mit der Zeit, zu etwas recht Undurchdringlichem; aber ich darf mir da auch nicht die mindeste Sachverständigkeit anmaßen, während Sie, scheints, von Erfahrung strotzen.

Eine «Weihnachtsgabe»? l[iebe] T[herese], ist nicht ein gewisses Leseband mit goldener Beschwerung für alle Weihnachten ausreichend? Ich holte es neulich hervor, um das Haar mit einzelnen Gedichtzeilen zu vergleichen; auf einmal hatte ich den Wunsch, das weich gedrängte Gold in seiner Kapsel wiederzusehen und zu beobachten. Und wenn ich den Eindruck nennen soll, den ich damals nicht formulierte, so könnte er kurz heißen: weihnachtlich!

R.

49 | 1923-12-24 *Agnes Therese Brumof*
(auf der Reise nach Konigsberg)
an Rainer Maria Rilke (Muzot / Sierre)

H: Schweizerisches Rilke-Archiv (SLA), Bern, Ms_A_234/27a-b, 2 Bl., 27,5 × 22,5 cm, 2 S. beschr.
Briefumschlag Vs.: Poststempel vom 26.12.23 (Königsberg); Herrn | R. M. Rilke | Château de Muzot | Sur Sierre | Valais | Schweiz | Suisse.
Rs.: unbeschrieben.

---

158 *diese Verse ... zu überschreiben*] RMR arbeitete mit dieser Form der Aneignung von Gedichten: «R. hat inzwischen die Gedichte Regina Ullmanns abgeschrieben und will sie ordnen» (*RChr*, 586).
159 *Baby*] Christine Sieber-Rilke, Tochter von Ruth Sieber-Rilke, erstes Enkelkind von Clara Westhoff-Rilke und RMR, wurde am 2.11.1923 in Alt-Jocketa bei Liebau, dem Sieberschen Wohnsitz, geboren. Sie starb am 3.12.1947 an den Folgen eines Verkehrsunfalls.
160 *«Riß im Himmel»*] Vgl. Brief Nr. 47.

24.12.23.

Großvater[161] – nein, das ist so komisch – daß ich Ihnen gleich, mitten in der Fahrt – auf einem kleinen Umsteigebahnhof – schreiben muß. – Das ist zuviel – für soviel weihnachtliches Entgegenkommen weiß ich keine Worte des Dankes, – verzeihen Sie! Und dann nicht einmal babygeneigt! Freilich, das «später» ist ein schmerzlicherer Zustand – mehr noch für sie als für uns – deshalb sagte ich ja «Blüte der Kultur». «Und nimmt sie leise aus den Haaren, drin sie so gern gefangen waren».[162] – (kennen Sie das, oder lesen Sie keine Klassiker in Ihrem Turm?) Und <u>doch</u> nicht babygeneigt!!

Verzeihen Sie nur auch, daß ich darüber lachen muß! Aber wenn geistige, weltliche, menschliche, absolute Zeitlosigkeit plötzlich sichtlich private Beziehungen bekommt, ⟨2⟩| das ist unwiderstehlich! Und so habe ich die Freude am Weihnachtsabend selbst, Ihnen nochmals alles zu wiederholen, was ich Ihnen verschwiegen im letzten Brief wünschte und kündige

---

161 *Großvater*] RMR war am 2.11.1923 Großvater der Christine Sieber-Rilke (Tochter von Ruth Rilke und Carl Sieber) geworden.
162 «*Und … gefangen waren*»] ATB zitiert RMR und bezeichnet ihn anschließend ironisch als Klassiker; das Zitat entstammt RMRs Gedicht «Du musst das Leben nicht verstehen» aus *Mir zur Feier*, ²1909 (*RilkeSW*, Bd. 1, 153):

    Du mußt das Leben nicht verstehen,
    dann wird es werden wie ein Fest.
    Und laß dir jeden Tag geschehen
    so wie ein Kind im Weitergehen
    von jedem Wehen
    sich viele Blüten schenken lässt.

    Sie aufzusammeln und zu sparen,
    das kommt dem Kind nicht in den Sinn.
    Es löst sie leise aus den Haaren,
    drin sie so gern gefangen waren,
    und hält den lieben jungen Jahren
    nach neuen seine Hände hin.

Ihnen als Weihnachtsgeschenk die Fortsetzung der Gedichte in Buchform an, damit Sie sich nicht bemühen brauchen.[163]

Also die Locke existiert noch und ist gar mit im Turm![164] Ich will versuchen, irgendwo ein Babybild von mir zu entwenden, und wenn Sie dann nicht auf den Himmelsriß[165] schwören, will die rechte Undurchdringlichkeit verkörpern.

C. T.

Verzeihen Sie drittens diesen Bahnhofs-Schrieb!

50 | 1924-02-04   *Agnes Therese Brumof (Königsberg)*
                              an Rainer Maria Rilke (Muzot/Sierre)
H: Schweizerisches Rilke-Archiv (SLA), Bern, Ms_A_234/28, 1 Bl., 2 S. beschr.
Briefumschlag Vs.: Zwei Poststempel vom 4.2.24 (Königsberg); Herrn | R. M. Rilke | Château de Muzot | Sur Sierre | Valais | Suisse | Schweiz. – Rs.: Brumof – Silke | Königsberg | Ziegelstr. 21.

Glauben Sie bitte nicht, daß ich verschollen bin, im Gegenteil kreise ich rund um den Turm herum, wenn auch in angemessener Entfernung. Sowie ich wieder in Hamburg u. somit im Besitz der Gedichte und Schreibmaschine bin, erhalten Sie Ihr Büchlein.[166] Jetzt muß ich noch nach Berlin und dann in München mit einem Verlag reden, der schriftlich lauter Dummhei-

---

163 *Gedichte ... in Buchform*] Der Plan ATBs, eine Ausgabe ihrer Gedichte herauszugeben, wurde verlegerisch nie realisiert.
164 *Locke ... im Turm*] Vgl. Brief Nr. 15. Ein Geschenk ATBs zum Weihnachtsfest 1918 in München, das in besonderer Erinnerung blieb (Vgl. Brief Nr. 17).
165 Vgl. Brief Nr. 47 und 48.
166 *Büchlein*] Vgl. Brief Nr. 49.

ten macht,[167] und gelange dann hoffentlich wieder mal zu meiner königlich bayrischen Ruh, die ich nur in Hamburg finde.

Ich grüße Sie herzlich und ⟨2⟩| hoffe Sie bereits dicht am Frühling!

C. T.

51 | 1924-02-22   *Agnes Therese Brumof (München)*
an Rainer Maria Rilke (Muzot/Sierre)

H: Schweizerisches Rilke-Archiv (SLA), Bern, Ms_A_234/29, 1 Bl., 27,5 × 20,8 cm, 2 S. beschr.
Briefumschlag Vs.: Poststempel vom 22.2.24 (München); Herrn | R. M. Rilke | Château de Muzot | Sur Sierre | Valais | Schweiz | Suisse. – Rs.: Poststempel vom 24.II.24 (Sierre).

Es ist peinlich, wie recht die bürgerliche Philosophie behält! Kleine Ursachen, große Wirkungen. Durch die Revolution in Mexiko konnte es geschehen, daß ich noch immer in München sitze.[168] Jetzt ist München so, wie Sie es hellseherisch schon immer empfunden haben. Überhaupt –: was für eine Steigerung Ihres Glücksgefühls muß die Tatsache sein, daß Sie auf der Welt auch nicht das Geringste versäumen. Sogar Annemarie Seidel in Indien hat eine Regenperiode![169] Ich bin wütend, daß meine

---

167 *München ... Verlag*] ATB arbeitete für die Verlage Piper, Konrad Hanf, Reuss & Pollack, Kiepenheuer und Buchenau & Reichert (Reg. Nr. 222328, E 9). Die Verlage Piper sowie Buchenau & Reichert hatten ihren Sitz in München. Vgl. Brief Nr. 55.
168 *Revolution in Mexiko*] Die Zeit von 1911–1920 wird als Mexikanische Revolution bezeichnet. Die Präsidentschaft Calles (1924–1928) gehört in die Konsolidierungsphase (Walther L. Bernecker, Horst Pietschmann und Hans Werner Tobler: Eine kleine Geschichte Mexikos, Frankfurt/M. 2007, 277–293).
169 *Annemarie Seidel*] Annemarie Seidel (*28.11.1894 in Braunschweig; †30.8.1959 in München) war eine deutsche Schauspielerin an den Münchner Kammerspielen und Lektorin; sie half RMR im Juni 1919, in die

Gedichte in H⟨amburg⟩ blieben und ich warten muß, bis ich was für Sie tun kann. Daß ich warten muß, bis ich wieder bei Ihren Briefen und Büchern bin, und warten, ⟨2⟩ | bis Sie mir wieder schreiben können.* Und warten kann ich gerade am allerwenigsten!
 In Wut und Eile
                                                        C. T.
*»Plötzlich zum Leben» erinnern Sie sich? Sowie Sie wieder können, schreibe ich.[170]

52 | 1924-04-15/17   *Agnes Therese Brumof (München)*
                            an Rainer Maria Rilke (Muzot/Sierre)
H: Schweizerisches Rilke-Archiv (SLA), Bern, Ms_A_234/38, 1 Bl,
28 × 22 cm, 1 S. beschr.
Briefumschlag Vs.: Ohne Poststempel; Herrn | R. M. Rilke | Château de Muzot | Sur Sierre | Valais | Suisse.

Schweiz zu gelangen (*RChr*, 635). Am 7.12.1922 heiratete sie in München den niederländischen Musikforscher und Millionär Anthony van Hoboken und gab den Schauspielberuf bis zur Scheidung 1932 auf (*Carl Zuckmayer und Annemarie Seidel: Briefwechsel*, hg. von Gunther Nickel, Göttingen 2003, 18.) Beide begaben sich nach der Hochzeit auf eine Weltreise und ließen sich 1925 in Wien nieder.
170 «*Plötzlich zum Leben*»] Zitat aus RMRs Übersetzung von Paul Valéry: *Eupalinos ou l'architecte / Eupalinos oder der Architekt* (*RilkeSW*, Bd. 7: *Übertragungen*, 517–717, hier 683): [Phaidros:] «Dort draußen, wenn man weit vom Land fort ist [...], kann es geschehen, daß ein Rat, wie ihn die Weisen geben, plötzlich zum Zeichen der Rettung wird. Ein Wort des Pythagoras, eine Vorschrift oder eine Zahl des Thales, die man behalten hat, können dich plötzlich zum Leben zurückführen, wenn ein Planet sich zeigt, und wenn man genug kaltes Blut behalten hat». Valérys *Eupalinos* war 1921 erschienen, RMRs Arbeit an der Eupalinos-Version fällt allerdings erst in die Zeit vom 26.9.bis 5.10.1924, und seine Übersetzung erschien postum im Insel-Verlag 1927.

Dieses allzusüße Osterei in Ermanglung eines Bessern![171]
Mexiko streikt noch immer,[172] ich bin noch immer nicht zurück und Sie können mir noch immer nicht schreiben!

53 | 1924-05-30 *Agnes Therese Brumof (München) an Rainer Maria Rilke (Muzot/Sierre)*

H: Schweizerisches Rilke-Archiv (SLA), Bern, Ms_A_234/30, 1 Bl, 27,8 × 22,0 cm, 2 S. beschr.
Geschäftsbriefbogen mit Aufdruck: THERESE BRUMOF | KOSTÜMENTWÜRFE FÜR | TANZ · FILM · BÜHNE.[173]
Briefumschlag Vs.: Poststempel vom 30.5.24 (München); Herrn | R. M. Rilke | Château de Muzot | Sur Sierre | Valais | Suisse. – Rs.: Poststempel vom 1.VI.24 (Sierre / Siders).

So sehr ich hoffte, Ihnen eine Adresse für eine Antwort geben zu können, so sehr zieht es sich hinaus. Dabei bin ich von einer solchen Ungeduld, daß ich mich kaum entschließen kann, auch nur so zu schreiben. München macht mich ganz krank. Aber Falckenberg,[174] der in einem Verlag Zeichnungen von mir fand, hat es sich in den Kopf gesetzt, mich für das Theater zu entdecken; er telefonierte mich an; meine doch so strapazierte Eitelkeit widerstand nicht; und nun bin ich noch hier, den unwichtigen, sinnlosen und stets von neuem umgeänderten Plänen unzuver-⟨2⟩|lässiger Hirne ausgesetzt. Sie ahnen vielleicht, was meine logische Seele leidet. Und ich tue es nur – um vielleicht «gut machen» zu können, daß ich schon so ehrenhafte Aner-

---

171 *Osterei*] Brief wird vor Ostern geschrieben worden sein, das 1924 auf den 20./21.4. fiel. Vgl. Brief Nr. 55.
172 *Mexiko*] Vgl. Brief Nr. 51.
173 *Geschäftsbriefbogen*] Weder das Hamburger noch das Altonaer Branchenverzeichnis für die Jahre 1922–1925 enthalten einen Hinweis auf ein Geschäft ATBs.
174 *Falckenberg*] ↑Otto Falckenberg.

Abb. 29: Otto Falckenberg. Fotografie von Heinrich Hoffmann.

bieten, wie Hamburg-Amerika-Linie, Stadttheater und dortige Kammerspiele ausschlug und lieber anonym Märchen für Mexiko zeichnete!!¹⁷⁵ Ach Gott! Nun waren schon so schön viel Löcher in Deutschland gerissen, und nun sind sie alle wieder zugestopft und man muß wieder einpacken mit Davon-fliegen. –
Ich habe nichts hier, Ihre Briefe nicht und meine Gedichte nicht, so daß ich Ihnen noch keine schicken kann. Aber im Juni oder Juli heiratet Falckenberg in die Mädler-Kofferfabrik;¹⁷⁶ dann giebt es hoffentlich Freiheit für

C. T.

---

175 *anonym ... Märchen für Mexiko zeichnete*] Die Zeichnungen sind nicht erhalten, Dora König gibt am 4.11.1958 zu Protokoll: «Im Krieg bekam ich nur einen kleinen Koffer Drucksachen und Skizzen geschickt, obwohl ich mehr forderte, aber mehr wagte sie der Bahn nicht anzuvertrauen. Dadurch verbrannten 7 Koffer Drucksachen, Kritiken und Skizzenmaterial gleich beim ersten Fliegerangriff.» (Reg. 222328, E7).
176 *Mädler Kofferfabrik*] ↑Otto Falckenberg heiratete 1924 in Leipzig Gerda Mädler, die Tochter von Anton Mädler (1854–1925), der in Leipzig die «Mädler Passage» erbaute; vgl. Günther Gall: *Mädler*. In: *NDB* 15 (1987), 633f.

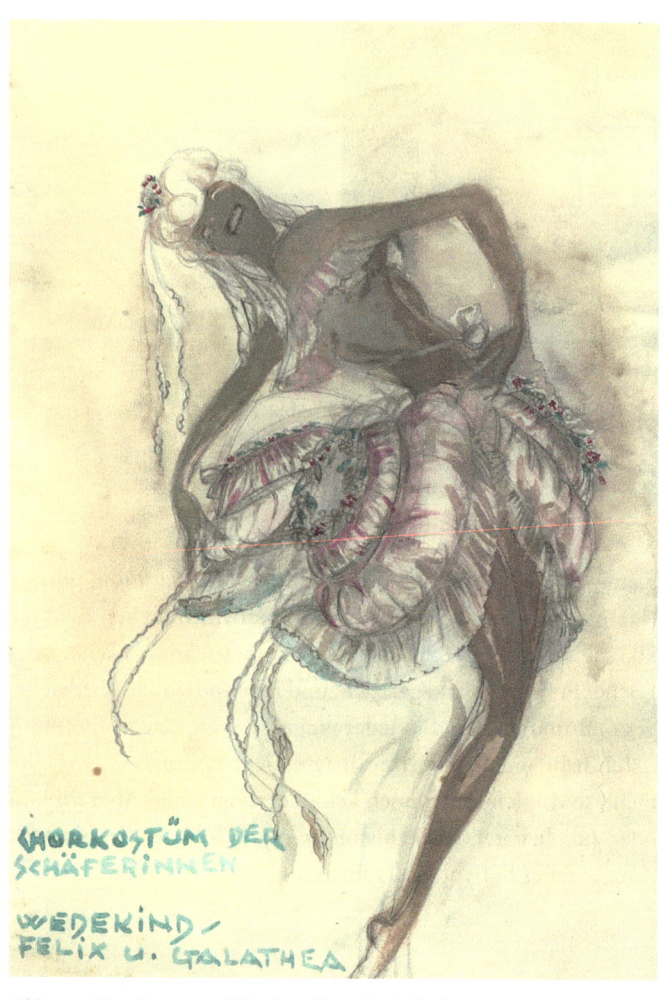

Abb. 30: Kostümentwurf für den Chor der Schäferinnen in Frank Wedekinds «Felix und Galathea». Kolorierte Zeichnung von Agnes Therese Brumof für die Münchner Kammmerspiele. 30,5 × 21,5 cm.

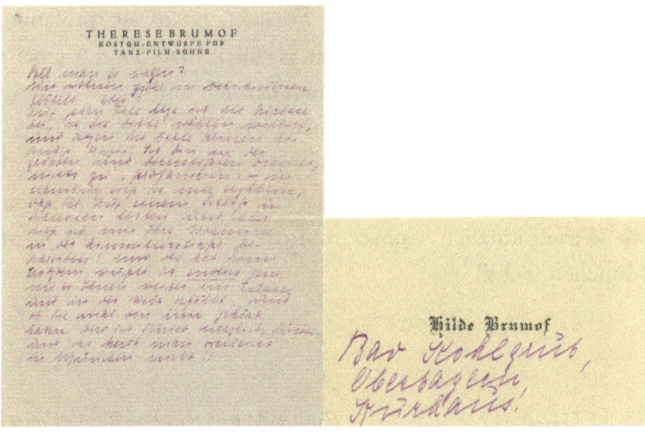

Abb. 31 a-b: Brief Nr. 54.

54 | 1924-06-14 *Agnes Therese Brumof (Bad Kohlgrub)*[177]
an Rainer Maria Rilke (Muzot/Sierre)

II. Schweizerisches Rilke-Archiv (SLA), Bern, Ms_A_234/31, 1 Bl., 27,8 × 22,0 cm, 1 S. beschr.
Briefumschlag Vs.: Poststempel vom 14. Juni 24 (Kohlgrub); Herrn | R. M. Rilke | Château de Muzot | Sur Sierre | Valais | Suisse | Schweiz. – Rs.: Poststempel vom 16.VI.24 (Siders).
Geschäftsbriefbogen mit Aufdruck: THERESE BRUMOF | KOSTÜM-ENTWÜRFE FÜR | TANZ · FILM · BÜHNE.
Visitenkarte [unnum.] mit Aufdruck «Hilde Brumof» und handschriftl. Zusatz: «Bad Kohlgrub, | Oberbayern, | Kurhaus!»

Soll man es wagen?

Wir wohnen zwar in verschiedenen Hotels, aber?

Auf jeden Fall lege ich die Adresse bei, die Sie bitte wählen wollen, und setzen Sie bitte keinen Absender drauf! Ich bin in

---

177 *Bad Kohlgrub*] Gemeinde im Bayerischen Landkreis Garmisch-Partenkirchen, höchstgelegenes deutsches Moorbad in den Ammergauer Alpen. Im Baedeker 1921 wird als Gasthaus das «Kurhaus» aufgeführt.

der größten und berechtigtsten Vorsicht, nichts zu «profanieren» – in Hamburg ließ ich mir erzählen, daß Sie auf einem Schloß in Schlesien lebten und hier ließ ich mir Ihre Wohnung in der Ainmillerstraße beschreiben! Und das hat Sinn!! Trotzdem wüßte ich <u>endlich</u> gern, wie es Ihnen weiter im Turm und in der Welt gefällt, und ob Sie mal von mir gehört haben. Denn ich schrieb kürzlich «Suisse» und das kennt man vielleicht in München nicht!!

55 | 1924-06-17   *Rainer Maria Rilke (Muzot/Sierre)*
   an Agnes Therese Brumof (Bad Kohlgrub)
H: Privatbesitz, 1 Bl. Briefpapier mit Prägung (aufsteigendes Pferd), 20,5 × 16 cm, 2 S. beschr.

Château de Muzot
s/<u>Sierre</u> (Valais) Suisse
am 17. Juny 1924

München hat sogar das «Suisse» neulich hingenommen und die Beförderung vollzogen: Alles (alles, worauf ich nie antworten konnte) ist angekommen, und das vielzusüße (goldne) Oster-Ei,[178] das Märchen-Buch,[179] hat lang, erst unter Tulpen, dann unter einem immer aus dem Garten erneuten Akeleyen-Strauß, auf dem ovalen Tisch des kleinen Wohn-Zimmers gelegen. (Übrigens ist seine, in der That, Vielzusüßigkeit aufgehoben durch «das lustige Mädchen», dieses vielzulustige, dem

---

178 Vgl. Brief. Nr. 52.
179 *das Märchen-Buch*] Fjodor Ssologub [d. i. Fjodor Kusmitsch Teternikow]: *Das Buch der Märchen*. Deutsch von Johannes von Guenther. Mit Illustrationen von Therese Brumof, München: Verlag Buchenau & Reichert 1924. Der Band enthält sechs ganzseitige Illustrationen ATBs und erschien in einer nummerierten Auflage von 500 Exemplaren.

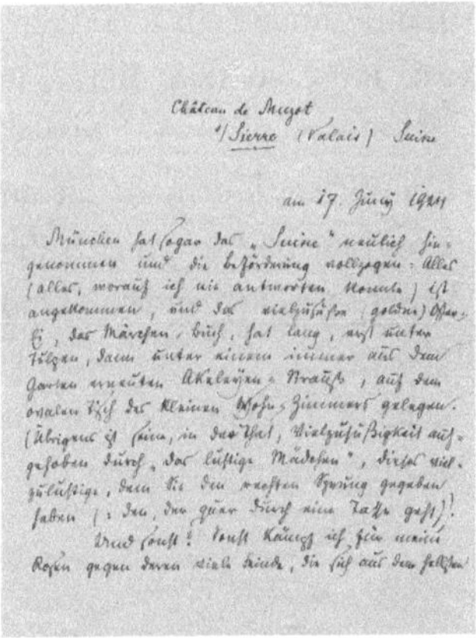

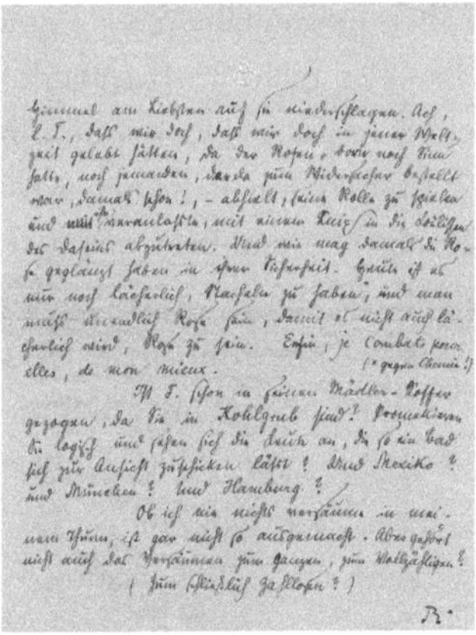

Abb. 32 a-b: Brief Nr. 55.

Sie den rechten Sprung gegeben haben (: den, der quer durch eine Tasse geht)).[180]

Und sonst? Sonst kämpf ich für meine Rosen gegen deren viele Feinde, die sich aus dem hellsten (2) | Himmel am Liebsten auf sie niederschlagen. Ach, l[iebe] T[herese], daß wir doch, daß wir doch in jener Weltzeit gelebt hätten, da der Rosen-Dorn noch Sinn hatte, noch jemanden, der da zum Widersacher bestellt war, damals schon!, – abhielt, seine Rolle zu spielen und ihn veranlaßte, mit einem Knix in die Koulissen des Daseins abzutreten.[181] Und wie mag damals die Rose geglänzt haben in ihrer Sicherheit. Heute ist es nur noch lächerlich, Stacheln zu

---

180 «*das lustige Mädchen*»] Die Zeichnung ist nicht erhalten.
181 *Koulissen des Daseins*] Die Formulierung findet sich bei Yvan Goll: *Das Kinodrama* (1920). In: Anton Kaes (Hg.): *Kino-Debatte. Texte zum Verhältnis von Literatur und Film 1909–1929*, München 1978, 136–139. R*Chr*, 824.

haben (gegen Chemie!)[182], und man muß unendlich Rose sein, damit es nicht auch lächerlich wird, Rose zu sein. Enfin, je combats pour elles, de mon mieux.[183]

Ist F. schon in seinen Mädler-Koffer[184] gezogen, da Sie in Kohlgrub[185] sind? Promenieren Sie logisch und sehen sich die Leute an, die so ein Bad sich zur Ansicht zuschicken läßt? Und Mexiko? und München? Und Hamburg?

Ob ich nie nichts versäume in meinem Thurm, ist gar nicht so ausgemacht. Aber gehört nicht auch das Versäumen zum Ganzen, zum Vollzähligen?

(Zum schließlich Zahllosen?)

R.

56 | 1924-06-23   *Agnes Therese Brumof (Bad Kohlgrub) an Rainer Maria Rilke (Muzot/Sierre)*

H: Schweizerisches Rilke-Archiv (SLA), Bern, Ms_A_234/32a–c, 3 Bl., 28,0 × 22,0 cm, 5 S. beschr.
Briefumschlag Vs.: Poststempel vom 23.6.24 (Kohlgrub); Herrn | R. M. Rilke | Château de Muzot | Sur Sierre | Valais | Suisse | Schweiz. – Rs.: Poststempel vom 25.VI.24 (Sierre / Siders).

Das ist schon ein mehr als merkwürdiges Gefühl: einen Brief von Ihnen zu erwidern, wo ich ungefähr von allem verlassen bin, was mir gehört: Ihren andern Briefen, den Kindergedichten, die noch ausstehen, und allen Zeichnungen – Denken Sie,

---

182 *(gegen Chemie!)*] eingefügt mit Asterisk.
183 *Enfin ... mon mieux*] [‹Schließlich kämpfe ich für sie nach besten Kräften›]; die Wendung ‹je combats de mon mieux› ist zu häufig und zu unspezifisch, um sie als eindeutiges Zitat bestimmen zu können.
184 *F.*] ↑Otto Falckenberg, vgl. Brief Nr. 53.
185 *Kohlgrub*] Bad Kohlgrub, vgl. Brief Nr. 54.

Abb. 33: Tänzerin. Illustration zu dem Märchen «Das Bonbon» von Fjodor Sologub. Holzstich von Albert Fallscheer nach Federzeichnung von Therese Brumof. In: Fjodor Ssologub: Das Buch der Märchen. Deutsch von Johannes von Guenther. München: Buchenau & Reichert 1924, nach S. 36.

daß durch eine – mild gesagt: Unordnung eines Menschen, dem ich ihn überließ, der ganze Inhalt des kleinen Ateliers in unbekannte Hände fiel (in meiner Abwesenheit; es war das kleine in der Bauerstraße, aus meinem ersten Auftrag gemietete.),[186] unter vielem Zeug, das ich liebte, auch die Riesenmappe mit meinen ersten und Schulzeichnungen usw. Meine besten von jetzt bekomme ich nicht aus den Händen L. Kainer's,[187] der sie einmal erbeten hatte, weil er sie nicht mehr findet; die besten in Hamburg während 6 Monaten entstandenen ⟨2⟩| wurden von meinem «Chef» aus Rancüne zerstört und andere von einem Wohlmeinenden an eine Stelle verkauft,[188] von wo man sie nicht zurückfordern kann, und so weiter! Ihr Flacon ist in Hamburg, Ihre Bücher teils dort, teils in München; und das soll ein Brief werden, von mir, an Sie! So gefräßig werde ich

---

186 Vgl. Brief Nr. 03.
187 *L. Kainer's*] Vgl. Brief Nr. 34.
188 «*Chef*»] Es könnte sich um Paul Theodor Etbauer handeln, in dessen ‹Schule für Erlebniskultur› ATB arbeitete. Vgl. Brief Nr. 32.

schließlich an Dingen, daß es mir nicht unwahrscheinlich wäre, wenn ich eines Tages Hunger nach meinen eignen Briefen an S[ie] bekäme!

– Aber erstmal nehmen Sie allerherzlichsten Dank, daß Sie so schnell geschrieben haben, und verzeihen Sie, daß ich teils fassungslos, teils erstarrt vor Ihrem Brief sitze und die Hände ringe. So gut geht es Ihnen also, daß Sie es bedauern, wenn eine gütige Vorsehung Ihnen den Gebrauch Ihrer Dornen vorwegnimmt, oder erspart, oder – ich verstehe Sie doch richtig? So gut also? ⟨3⟩| Und in einer Zeit gelebt haben wollen, wo man ihrer noch bedurfte? Das ist ja ein ganz neues und erschütterndes: «Es hat die Rose sich beklagt» – !¹⁸⁹ Um mit dem letzten zu beginnen: wann bedurfte man ihrer denn? Wann bedarf man ihrer nicht? Hatte Casanova sie vielleicht nötig? (Er, als Lilie auf dem Felde, hatte nicht einmal welche.)¹⁹⁰ Oder ich? Ich kann Ihnen sagen, ich habe welche; und ich gebrauche sie! Oh die Resignation meiner früheren Tage!

Und ich weiß nicht – ich hege berechtigte Zweifel gegen das Einst, gegen mein Einst wenigstens. Soweit ich mich nämlich erinnern kann, wurde bei meiner Wanderung durchs rote Meer meine individuelle Wehrhaftigkeit wenig berücksichtigt, und das himmlische Manna war ja so eine Art – Chemie, Segnung, Psychoanalyse, die man gerade wie eine gütige Vorse-

---

189 «*Es hat die Rose sich beklagt»*] Zitat aus Friedrich von Bodenstedt (1819–1892): *Tausend und Ein Tag im Orient*. Bd. 2, Berlin ²1854, 100, bekannt durch die romantische Vertonung von Robert Franz (op 42, Nr. 5):
  Es hat die Rose sich beklagt,
  Daß gar zu schnell der Duft vergehe,
  Den ihr der Lenz gegeben habe –
   Da hab ich ihr zum Trost gesagt,
  Daß er durch meine Lieder wehe,
  Und dort ein ew'ges Leben habe.
190 *Lilie auf dem Felde*] Mt 6,28; Lc 12,27.

hung von heutzutage von der Straße ⟨4⟩| auflesen mußte. – Daß Falckenberg schon in seinem Koffer reist,[191] wage ich garnicht zu hoffen; nicht einmal zu fürchten, denn er ist ja imstande und kehrt um! So ein Kammerspielkoffer soll vor lauter Primitivität fliegen können, und, Gott bewahre mich!

Spotten Sie aber bitte von Ihrem Turm aus nicht so über meine «Ansicht» – sie ist frisch, grün, und duftig wie eine Nuß, und die Luft erinnert in ihrer Enthobenheit fast an die Schweiz. Die Staffage freilich, wie Sie wissen: blutarme Gräfinnen aus Keyserling;[192] geschwätzige Bürger aus Fontane;[193] ein Jude, sogar ein Pfau; wenig Wirkliches außer meiner Schwester, mir und Marie Bashkirtseff,[194] die ich zum zweitenmal und erst richtig genieße. –

Um Ihnen (nun aber endgültig) zu widersprechen, komme ich zur ⟨5⟩| «Versäumnis» am Ende Ihres Briefes. Ich glaube: das kommt drauf an. Ich zum Beispiel gönne keinem Menschen etwas, das ich versäume. Casanova unternahm so hunderter-

---

191 *Falckenberg ... reist*] ↑Otto Falckenberg. Vgl. Brief Nr. 53.
192 *blutarme Gräfinnen ... Keyserling*] Eduard Graf von Keyserling (1855–1918), baltischer Schriftsteller. Exemplarisch sei sein Roman *Abendliche Häuser* (1914) genannt, der RMRs Beifall fand (*RChr*, 464).
193 *geschwätzige Bürger ... Fontane*] Allusion auf die Berlin-Romane Theodor Fontanes, die wie etwa *Frau Jenny Treibel* (1892) das Besitzbürgertum und Bildungsbürgertum im gründerzeitlichen Berlin einander gegenüberstellen.
194 *Marie Bashkirtseff*] Marie Bashkirtseff (1858/60–1884), russische Malerin, die vor allem wegen ihres Tagebuchs bekannt wurde, das erst nach dem frühen Tod der Künstlerin, erschien: *Journal de Marie Bashkirtseff*, hg. von André Theuriet, 2 Bde., Paris 1887. Das Tagebuch galt als «eine Fundgrube zur Psychologie des jungen Mädchens» um 1900 (Laura Marholm: *Die Tragödie des jungen Mädchens*. In: L. M.: *Das Buch der Frauen. Zeitpsychologische Porträts*, Paris und Leipzig ²1895, 3–38, hier 7) und avancierte zu einem Kultbuch ihrer Frauengeneration. Bashkirtseff ist auf dem Pariser Friedhof von Passy bestattet.

lei,¹⁹⁵ daß er tausendfach versäumte. Stauffenberg versäumte überhaupt nichts.¹⁹⁶ Und von Ihnen glaube ich, daß Sie (wie im Märchen) in einem Tag, den Sie Ihren Turm verlassen, alles einholen, was Sie da oben versäumen könnten.

Nun verzeihen Sie mir meine kriegerische Stimmung; mein nächster Brief wird ganz sanft!

C. T.

Meine Schwester freut sich über ihr (Ihr) Autogramm auf der Adresse, sie ist jetzt auch so weit, die Fassung zu verlieren bei dem Gedanken, contemporaine zu sein!¹⁹⁷

57 | 1924-07-08　　*Agnes Therese Brumof (Bad Kohlgrub)*
　　　　　　　　　　an Rainer Maria Rilke (Muzot/Sierre)

H: Schweizerisches Rilke-Archiv (SLA), Bern, Ms_A_234/33, 1 Bl., 28,0 × 22,0 cm, 1 S. beschr.
Briefumschlag Vs.: Poststempel vom 8. Juli 24 (Kohlgrub); Herrn | R. M. Rilke | Château de Muzot | Sur Sierre | Valais | Suisse | Schweiz. – Rs.: 00.

Bad Kohlgrub, Oberbayern, Kurhaus

Jetzt geht es wieder ins Adressenlose. Den sanften Brief verschiebe ich auf erneute Ruhepause und hoffe, Sie haben meinen streitsüchtigen nicht allzu wild aufgenommen! Er war we-

---

195　*Casanova*] Anspielung unklar; gemeint ist vermutlich die Vielzahl von Casanovas Amouren, über denen er die wahre Liebe verfehlte.
196　*Stauffenberg*] Wilhelm Freiherr Schenk zu Stauffenberg (1879–1918), Mediziner. Vgl. Arne Graf: *«Ein «ganz wunderbarer mich tief rührender Mensch: Wilhelm Stauffenberg, der junge Arzt». Hugo von Hofmannsthal und Dr. med. Wilhelm Freiherr Schenk von Stauffenberg. Eine Skizze ihrer Freundschaft.* In: *Hofmannsthal Jahrbuch* 29 (2019), 9–41.
197　*contemporaine*] ‹Zeitgenossin›.

nigstens dicker als dieser! Marie Bashkirtseff: «en dansant, je ne pense qu'à ceux, qui me regardent»!¹⁹⁸ Ist das nicht entzückend? Aber was Besseres fällt mir heute nicht ein.

C. T.

58 | 1924-08-08 *Agnes Therese Brumof (Königsberg)*
an Rainer Maria Rilke (Muzot/Sierre)

H: Schweizerisches Rilke-Archiv (SLA), Bern, Ms_A_234/34, 1 Bl., 28,0 × 22,0 cm, 2 S. beschr.
Briefumschlag Vs.: Poststempel vom 8.8.24 (Königsberg); Herrn | R. M. Rilke | Château de Muzot | Sur Sierre | Valais | Suisse | Schweiz. – Rs.: Poststempel vom 11.VIII.24 (Sierre / Siders).

Königsberg/Preußen
Schönstraße 18, Pension Jordan.¹⁹⁹

Gestern wurde mir aus den Karten gelegt, daß ich von Ihnen einen Brief bekäme – d. h. «aus einer Correspondenz heraus» – und Correspondenz kann man doch wohl nennen, wenn man sich zwanzig Jahre nicht gesehen, und vor allem, geschrieben, hat! Da bekam ich einen Schreck – ich fürchtete, Sie könnten meinen großen Brief aus Kohlgrub nicht erhalten haben, dorthin schreiben, und somit an die Adresse meiner Eltern geraten! Ich teile Ihnen hiemit die Adresse meiner Schwester mit, die ich ihres hiesigen Umzugs wegen hierher begleitete.²⁰⁰ Über

---

198 *Marie Bashkirtseff ... regardent*] Marie Bashkirtseff (1858/60–1884), vgl. Brief. Nr. 56. ATB zitiert nach dem frz. Original: «en dansant, je ne pense qu'à ceux, qui me regardent» [‹Wenn ich tanze, denke ich nicht an die, die mich betrachten›.] (*Journal de Marie Bashkirtseff*, Bd. 2, Paris 1887, s. d. 31.1.1880, 168).
199 *Pension Jordan*] Joh. Jordan, Schönstraße 18, wird im Einwohnerbuch Königsberg unter Fremdenheimen geführt.
200 *Schwester*] Vgl. Brief Nr. 45.

diese Adresse erreicht mich bis auf weiteres Alles. Aber jetzt dürfen Sie natürlich nicht schreiben, denn das wäre ja ein corriger la fortune[201] von mir! ⟨2⟩|

Falckenberg ist jetzt erst weg, und ich habe erst mal Ruhe.[202] Mein Ehrgeiz geht nun mal auf Gedrucktes, solang die Theater in Deutschland doch kein Geld haben, was Schönes auszuführen. Primitivität ist ja recht gut – – – Also nun habe ich außer den Bergen auch noch die See, und bin zum erstenmal in meinem Leben braun. Ich kannte mit Bewußtsein nur die Nordsee (ich war nur als Baby auf Rügen) und hatte eine Parvenüaversion gegen alles Östliche; aber nun bin ich ja braun! Ehe wir uns in zehn Jahren wiedersehen, gehe ich unbedingt an die Ostsee. Sowie ich etwas «gesammelt» bin, schreibe ich länger; dieser Winter hat mich ganz konfus gemacht. Kennen Sie zufällig einen Grafen Hardenberg, Hofmarschall beim Großherzog in Darmstadt, der «Bücher macht»?[203] Ich korrespondiere seit Mai mit ihm und ärgere mich krank. Es grüßt Sie

C. T.

---

201 *corriger la fortune*] «Corriger la fortune», als Riccaut de la Marlinières Ausdruck für ‹falsch spielen› in Lessings *Minna von Barnhelm* (1767) IV, 2, zum geflügelten Wort geworden; geht zurück auf Nicolas Boileaus 5. Satire, V. 125f. («Et corrigeant ainsi la fortune ennemie | Rétablit son honneur à force d'infamie»).
202 *Falckenberg*] ↑Otto Falckenberg.
203 *Grafen Hardenberg*] Kuno Graf von Hardenberg (*13. August 1871 in Nörten-Hardenberg; †15. November 1938 in Darmstadt), geboren als Kuno Ferdinand Edzard Ernst Carl Alexander Graf von Hardenberg, war ein deutscher Jurist, Kunsthistoriker, Maler, Innenarchitekt, Museumsdirektor, Schriftsteller und Großherzoglicher Hofmarschall von Hessen-Darmstadt.

Abb. 34: Herzdame. Eigenhändige Zeichnung von Agnes Therese Brumof mit Text. Brief Nr. 59.

59 | 1924-12-20   *Agnes Therese Brumof (Königsberg)*
   an Rainer Maria Rilke (Muzot/Sierre)

H: Schweizerisches Rilke-Archiv (SLA), Bern, Ms_A_234/35, Postkarte, 9,0 × 14,0 cm, Rs.: Zeichnung mit Text.
Postkarte Vs.: Drei Poststempel vom 20.12.24 (Königsberg); Herrn | R. M. Rilke | Château de Muzot | Sur Sierre | <u>Valais</u> | Suisse/Schweiz | <u>Schweiz</u>. – <u>Rs</u>.: eigenhändige Zeichnung einer Spielkarte (Herzdame) mit Text.

C · T · wünscht · alles · Gute · versinkt · vor · läufig · im · Adressenlosen ·

60 | 1925-09-24   *Agnes Therese Brumof (Berlin-Charlottenburg)*
   an Rainer Maria Rilke (Muzot/Sierre)

H: Schweizerisches Rilke-Archiv (SLA), Bern, Ms_A_234/36a-b, 2 Bl., 28,0 × 22,0 cm, 3 S. beschr.; Anlage [36c-e]: 3 Bl., 22,0 × 17,5 cm, 3 S. beschr. (Gedichte)
Briefumschlag Vs.: Poststempel vom 24.9.25 (Charlottenburg); Eingeschrieben | Herrn R. M. Rilke | Château de Muzot | <u>Sur Sierre</u> | <u>Valais</u> | <u>Suisse</u> | <u>Schweiz</u> | Aufkleber: Charlottenburg 5 | 275 b | – handschriftlich: C T – Rs.: Brumof b. Dr. Harnik | Berlin W 15 | Ludwigskirch- | platz 12/IV; Poststempel vom 26.IX.25 (Sierre / Siders).

Berlin-W 15, Ludwigskirchplatz 12/IV
b. Dr. Harnik.[204]

Endlich, endlich, endlich habe ich wieder eine eigene Adresse und ich beeile mich, sie Ihnen mitzuteilen! Hoffentlich haben Ihnen die Ohren geklungen, so oft ich daran dachte, einfach so – adressenlos – zu schreiben; dann müssen Sie oft Tag und Nacht Musik gehabt haben! Wo sind Sie? Ich richte mich an den Turm. Ganz unerwartet, letzten Sonntag, erhielt ich diese

---

[204] *Dr. Harnik*] Berliner Adressbuch 1925 und 1926: «Harnik, Eugen, Arzt, W 15, Ludwigkirchstr. 12 IV.»

entzückende Wohnung auf einige Zeit durch den Besitzer, der nach China fuhr. Sie ist jetzt ungefähr mein einziges Eigentum außer meinen drei Ringen: einem Brillanten in schwarzem Emaille (aus meiner Familie) einem Silberring mit fünf Brillanten (aus meiner Ur-familie) und einer zweitausendjährigen Silbermünze, archaische Medusa, auf der Innenseite eine kleine, bereits klassisch anmutende Venus.[205] So arm bin ich! Und so machte ich den umgekehrten Weg wie meine Schicksalsgenossinnen: je ärmer ich wurde, je tugendhafter. ⟨2⟩ |

Schritte, die mir aus Überfluß und Überschuß heraus ein Geschenk wären, werden mühevoll und pflichthaft und – «so sehe ich aus!» sagt der Berliner! – Drum habe ich Ihnen auch garnichts Rechtes zu erzählen. Meine Schwester ist als Kanönchen an die Dresdener Staatsoper gekommen,[206] nachdem wir zusammen noch einen richtigen Erfolg mit einem Tanzabend hatten (Kritiken!!)[207] und von mir kommen jetzt wieder zwei neue Bücher heraus, die ich Ihnen schicke, wenn sie gut werden.[208] Hier will man mich absolut zur Bühne haben – Stauffenberg war so dagegen![209] Und ich selbst hänge doch am meisten an meiner Kinderbegabung, den «Gedichten» und lege Ihnen wieder ein paar bei, von denen ich hoffe, daß ich sie Ihnen noch nicht schickte. Ich habe jetzt bald meine Sachen aus Hamburg; dabei sind mehrere alte Hefte – (Erst im August löste ich dort meine Wohnung auf!) – deren Inhalt ich Ihnen mit der Zeit mitzuteilen hoffte. Meine Eltern sind seitdem wir in un-

---

205 *Ringe*] Vgl. Brief Nr. 34.
206 *Meine Schwester*] ↑Hilde Brumof hatte von 1925–1928 ein Engagement an der Staatsoper Dresden als 1. Solotänzerin. (CV, DTK, Bestand 003, 53782–84).
207 *(Kritiken!!)*] Nicht nachweisbar.
208 *zwei neue Bücher*] ATB hat die Erzählung ihrer Mutter illustriert: Erna Ludwig [Ps. Ernestine Pariser]: Lothar Quadrat. Erzählung. Berlin: Reuss & Pollack 1926.
209 *Stauffenberg*] Vgl. Brief Nr. 56.

serm Sommerbad²¹⁰ waren, auch hier und suchen Wohnung;²¹¹ wir sind ja auch kaum mehr in München! Aber diese ewige Wanderschaft wird mir jetzt bald über! Wenn man nichts mehr hat, das einem gehört, Briefe, Zeichnungen, Menschen, Gedichte (die Reihenfolge ist etwas willkürlich) Dinge – möchte man doch ⟨3⟩| wenigstens irgendwo seine Gedanken beisammen haben. – Nicht wahr? – Ich grüße Sie sehr herzlich, und, weil ich doch wirklich so großes Talent zum Wünschen habe, sollten Sie mir mitteilen, was ich Ihnen wünschen soll. Meine eigenen Wünsche gehen auch alle in Erfüllung – wenn ich welche habe, nämlich! Im allgemeinen weiß ich weniger, was ich will, als was ich nicht will. Und das sehr genau! – Viel unterhalte ich mich mit Ihnen. Mitten untertags oder unternachts fällt mir eine Gedichtzeile ein: «ging sie mit ihm, nach dem Tode trachtend» oder «solang wir sorgten, ob wir auch gefielen» –²¹²

Ach, <u>ewig</u> sind diese Sachen! Sind Sie nicht glücklich? Dies wünscht Ihnen Ihre

C. T.

---

210 Vgl. Brief. Nr. 06.
211 *suchen Wohnung*] Die Eltern waren bis 1926 in München gemeldet, zuletzt Grillparzerstraße 51. (Einwohnermeldekarte, München, Stadtarchiv, EWK 651 B 120).
212 *«Ging sie … gefielen»*] Zwei Zitate aus dem lyrischen Werk RMRs. Das erste Zitat stammt aus RMRs Sonett *Eva* aus *Der Neuen Gedichte anderer Teil* (*RilkeSW*, Bd. 1, 584f., V. 13): «ging sie mit ihm, nach dem Tode trachtend»; das zweite Zitat findet sich in RMRs Gedicht *Todes-Erfahrung* aus *Der Neuen Gedichte anderer Teil* (*RilkeSW*, Bd. 1, 518f., V. 7f.): «Solang wir sorgen, ob wir auch gefielen, | spielt auch der Tod, obwohl er nicht gefällt.»

Nun.

Er sah sie an, und lachte.
Sie weinte halb, und lachte dann.
«Geliebtes Mädchen!» «Liebster Mann,
der mir die Liebe brachte!»

«Nun bist Du mein!» «Nun war ich dein,
«und bin's seit nun dem Leben,
«nun muß ich alles, was kaum mein,
«berauschend weitergeben!
«nun hält es meine Hand umspannt,
«die Dich die Deine deuchte!»
Sie wußte stumm, daß eine Hand
sie auch dem Tode reichte.

Grabschrift.

wenig Raum nur nahm ich ein,
war so höflich, und so klein,
nie, daß ich ein Herz und Haus
ganz vollkommen füllte aus.
⟨2⟩|
nun ich ohne Raum u. Ziel,
fand der Herzen ich soviel
und die letzte Stätte mein
nahm ich ganz alleine ein.

<u>Mund der Sklavin.</u>

Sanft liegt sie da, den feuchten grünen Blick,
die Stachelwimpern strahlend aufgeschlagen –
oh, dieser Mund vermag nichts auszusagen
und jeden Seufzer hält er stumm zurück.
Er lächelt, wenn die schwerberingte Hand
des schönen Gastes ihren Leib umspreitet,
und lächelt, wenn sein Blick sie unverwandt
in müder Gunst des Augenblicks umgleitet;
und lächelt, wenn sie schwelgend Mund an Mund
sich selbst versagt die hingegebne Süße
und preßt sich ohne Laut die Lippen wund
wenn fern verhallt das Klingeln seiner Füße.
⟨3⟩|

Aus «Lucidor» (v. Hofmannst(h)al/Oper)[213]

Ach um Unendlichkeit
Könnt Ihr mich nicht betrügen!
Ich wollte, Ihr ließet mich fliegen,
ich wäre schon jetzt bereit!
Wie in dumpfem Kasten,
drauf tausend andre ruhn,
muß unter schwebenden Lasten
mein Leben ich vertun!
Bebend, daß keiner wanke,
Lieg ich und brüte stumm,
nur mein loser Gedanke
kreist um das Ganze herum!
Wann muß ich nicht mehr lügen,
darf kreisen wie er so weit?
Ach um Unendlichkeit
Könnt Ihr mich nicht betrügen!
(Die Melodie war auch von mir, die konnte ich aber
nicht aufschreiben.)

213 *Aus «Lucidor» (v. Hofmannst(h)al/Oper)*] In dem Rollengedicht greift ATB den Untertitel von Hugo von Hofmannsthals Erzählung *Lucidor. Figuren zu einer ungeschriebenen Komödie* (1909) auf und erfindet einen tragikomischen Monolog Lucidors, der als ‹Bruder› der schönen Arabella von Murska ausgegeben wird, in Wirklichkeit aber deren jüngere Schwester Lucile ist. Lucidor spielt gegenüber Arabellas Verehrer Wladimir die Rolle der begehrten Schwester in dunklen Liebesnächten so gut, dass dieser sich unsterblich in die indifferente Arabella verliebt, bis Lucidor/Lucile ihm schließlich «in einem Morgenanzug Arabellas» ihre Liebe gesteht. Der Schluss von Hofmannsthals Erzählung lässt offen, «ob Lucidor nachher wirklich Wladimirs Frau wurde», hebt aber hervor, dass sich «die ganze Schönheit einer bedingungslos hingebenden Seele, wie Luciles, unter anderen als so seltsamen Umständen nicht hätte enthüllen können» (Hofmannsthal: *Gesammelte Werke*, hg. von Bernd Schoeller in Beratung mit Rudolf Hirsch, Bd. [7]: *Erzählungen, Erfundene Gespräche und Briefe, Reisen*, Frankfurt/M. 1979, 173–186, hier 186.

⟨*Ausgeschnittener Artikel aus* Berliner Illustrirte Zeitung Nr. 45 (1924), S. 1343: *Die seltsamste Wohnung der Welt*[214] *mit zwei aufgeklebten Ausschnitten:* «Der Dichter O'Neill, wenig über 30 Jahre alt, ist einer jener amerikanischen Intellektuellen, die das Leben der Masse nicht vertragen können. Auf einer kleinen Leuchtturminsel an der Atlantischen Küste Amerikas schreibt er in Einsamkeit seine Stücke.»[215] und ATBs *handschriftlicher Notiz:* «Soll beweisen, wie in der Einsamkeit Schule gemacht werden kann!!»⟩

61 | 1926-04-26   *Agnes Therese Brumof (Berlin)*
an Rainer Maria Rilke (Muzot / Sierre)
H: Schweizerisches Rilke-Archiv (SLA), Bern, Ms_A_234/37, 1 Dbl., 19,5 × 15,8 cm, 1 S. beschr.
Briefumschlag Vs.: Poststempel vom 26.4.26 (Berlin NW); Herrn | R. M. Rilke | Château de Muzot | Valais | Sur Sierre | Suisse | Schweiz | handschriftlich: C T. – Rs.: Poststempel vom 27.IV.26 (Sierre / Siders).

Meinen letzten Brief schrieb ich vom Ludwigskirchplatz aus; nun bin ich wieder für eine ganze Weile ohne Adresse, und kann keine Nachricht erhalten. Aber es geht Ihnen doch gut? Jetzt ist ja auch die ganze Welt wieder offen, was gewiß wesentlich ist.

Bis auf eine neue Adresse also, wie immer!

C. T.

214 Der Artikel ist dem Wohnturm von Gilbert Clavel (1883–1927) in der Bucht von Positano gewidmet, dessen mehr als zwölfjähriger Innenausbau im Auftrag des Künstlers und Schriftstellers Clavel bei Zeitgenossen Aufsehen erregte. Clavel stand der futuristischen Bewegung nahe. Vgl. Siegfried Kracauer: *Felsenwahn in Positano.* In: *Schriften,* hg. von Karsten Witte. Bd. 5, 1: *Aufsätze 1915–1926,* hg. von Inka Mülder-Bach, Frankfurt am Main 1990, 329–336.
215 *Der Dichter O'Neill ... Stücke*] Eugene Gladstone O'Neill (1888–1953), US-amerikanischer Dramatiker und Literaturnobelpreisträger, der sechs Jahre lang auf Cape Cod in Massachusetts lebte und dichtete.

Abb. 35: Turandot. Bild-Text-Collage von Agnes Therese Brumof, wohl um 1936. 20,5 × 16,5 cm.

3 Agnes Therese Brumof
Proben des bildkünstlerischen und lyrischen Werks

Turandot[1]

Gefallne Köpfe fordern Busse
und immerwährend neue zwar
schön eingeteilt ist deine Musse
tagsüber und das [ganz]e Jahr
von acht bis neun ist dies verboten
von März bis Juli jenes Dir
erbaulich drum sind jene Toten
die positiv wie dieser hier
Er sagt nicht: «Lassen!» oder «Meiden!»
er teilt die Musse besser ein:
«Oh wirke ruhig» spricht er bescheiden
[«]doch Jahr und Tag für mich allein!»

Text auf dem Schleier auf dem linken Rand: Sieh her und bleibe deiner Sinne Meister!

---

* Die Transkription normalisiert die Groß- und Kleinschreibung und die u/v-Graphie. Der *Punctus elevatus* zur Worttrennung wird nicht wiedergegeben.
1 *Turandot*] Prinzessin in einer Erzählung aus der orientalischen Sammlung *Les Mille et un jours* (1710–1712), die jeden Freier köpfen lässt, der ihre Rätsel nicht lösen kann. Titelfigur in Friedrich Schillers Übersetzung von Carlo Gozzis tragikomischem Märchen (1802) und Giacomo Puccinis Oper (1926).

Abb. 36: [Frauenschicksale]. Bild-Text-Collage von
Agnes Therese Brumof, wohl um 1936. 20,5 × 16,5 cm.

[Frauenschicksale]

Die Achse Rom-Berlin[2] schon im Gemüte
Erkrankt Thusnelda[3] in der Jahre Blüte
und Gretchen[4] gar als halbes Kind verbleicht
weil ihr Geliebter sie zu spät erreicht.
Kleopatra[5] die 40 überschreitet
als sie den Mann zu bösem Tun verleitet
Der seinerseits sie dahin chikaniert
daß sie die letzte Contenance verliert.
Selbst Senta[6] scheint nicht allzu sehr beglückt,
daß ihr der Liebste (kaum erlöst) entrückt
wogegen sich Lukretia[7] schlicht entleibt,
wiewohl sie unbemannt und unbeweibt.
Da sieht man, daß das Leben eine Qual ist,
ob Du nun jung, ob alt, ob krank oder normal bist.
Läßt Du es stehn, ist es um (dies vertraulich)
ißt du es auf, so ist es schwer verdaulich
Drum lerne früh (und handle nicht daneben)
Die Liebe (nicht der Liebste) ist das Leben.

---

2 Die ‹Achse Rom-Berlin› bezieht sich auf eine Vereinbarung zwischen dem Reichskanzler Adolf Hitler und dem ‹Duce› Benito Mussolini vom 25. Oktober 1936.
3 *Thusnelda*] Gattin des Cheruskerfürsten Arminius (1. Jh. n. Chr.).
4 *Gretchen*] Margarethe, Geliebte des Heinrich Faust in Goethes *Faust I* (1808), die, von ihm verführt, als Kindsmörderin zum Tode verurteilt wird.
5 *Kleopatra*] Kleopatra VII. Philopator (69–30 v. Chr.), Königin von Ägypten und Geliebte des Marcus Antonius.
6 *Senta*] Geliebte und Erlöserin des Fliegenden Holländers in Richard Wagners Oper *Der fliegende Holländer* (1843).
7 *Lukretia*] Figur der römischen Mythologie und Inbegriff weiblicher Tugend: Sie beging nach ihrer Vergewaltigung durch Sextus Tarquinius Suizid, da sie, obschon freigesprochen, als entehrte Frau nicht weiterleben wollte.

Loch für Loch

I.
Mißgönnt ihr nicht den Schub der Fächer –
die zarten Schäden eurer Kluft!
sie sticht dafür in Lampen Löcher
und starrt euch welche in die Luft.

II.
Sie löchert euch an manchen Tagen
mit ganz besonders dummen Fragen
und pfeift noch auf dem letzten Loch
darin sie selber sich verkroch.
Verblutend schwimmt sogar bei Marthen[8]
ein ausgedehnter Liebesgarten.

III.
Mit ihrem unverschämten Drängeln
Durchlöchert sie das Herz von Engeln.

IV.
Doch selbst das Loch der Danaïden[9]
worein sie schöpfen noch und noch
ist gegen ihren Seelenfrieden
nur ein gemeines kleines Loch.

---

8 *bei Marthen ... Liebesgarten*] Wohl Anspielung auf die erotische Begierde der alternden Frau Marthe in der Szene «Garten» in Johann Wolfgang von Goethe: *Faust. Der Tragödie erster Teil*. Die Doppelszene präsentiert kontrastiv abwechselnd «Margarete an Faustens Arm» und «Marthe mit Mephistopheles auf und ab spazierend».
9 *Danaïden*] Figuren der griechischen Mythologie. Die Töchter des Danaos müssen, zur Strafe für den Mord an ihren Ehemännern, in der Unterwelt Wasser in ein löchriges Fass schöpfen.

Abb. 37: Loch für Loch. Bild-Text-Collage von Agnes Therese Brumof (Detail siehe Abb. 1), o. J. 21 × 29 cm.

Der ward zum fürchterlichen Rächer
und <u>niemals</u> stopft sie ihm genug
seitdem sie einst das Loch der Löcher
in euer blankes Wappen schlug.

V.
Verzichtet drum, den Wahn zu rauben,
ihr schnödes Wirken sei getarnt
L[…]r den Danaïden […] glauben
Und seid v[or] […] gew[arnt].

Einzelne Wörter, im Bild verteilt: Kluft, Loch, Loch, Engel, Loch, Schubfach, Seelenfrieden, Danaïden, Arme Irre, Wagentür

Abb. 38: Rätsel («Zwar ist es beiderlei Geschlechts»).
Bilderrätsel von Agnes Therese Brumof, o. J. 19,5 × 18,5 cm.

Rätsel

Zwar ist es beiderlei Geschlechts
und meistenteils verhüllt
Stellst Du es auf, so fehlt ihm rechts
Was sonst Dein Wappen füllt
Verborgen steckt es im Klavier
Doch nackt auf allen Wegen
An jedem 1. springt es Dir
Zu allererst entgegen
Du selbst besitzt es doppelt und
Dem Jüngling fehlt es gänzlich
Dass im Entschluss der Anfangsgrund
Daraus besteht ist brenzlich.
Es fehlt am Tag es fehlt im Jahr
Allein die Zeit umschliesst es
Dein Herz erfüllt es ganz und gar
Und wenn Gott will dann schiesst es.

   Leichtes Sonntagsrätsel.

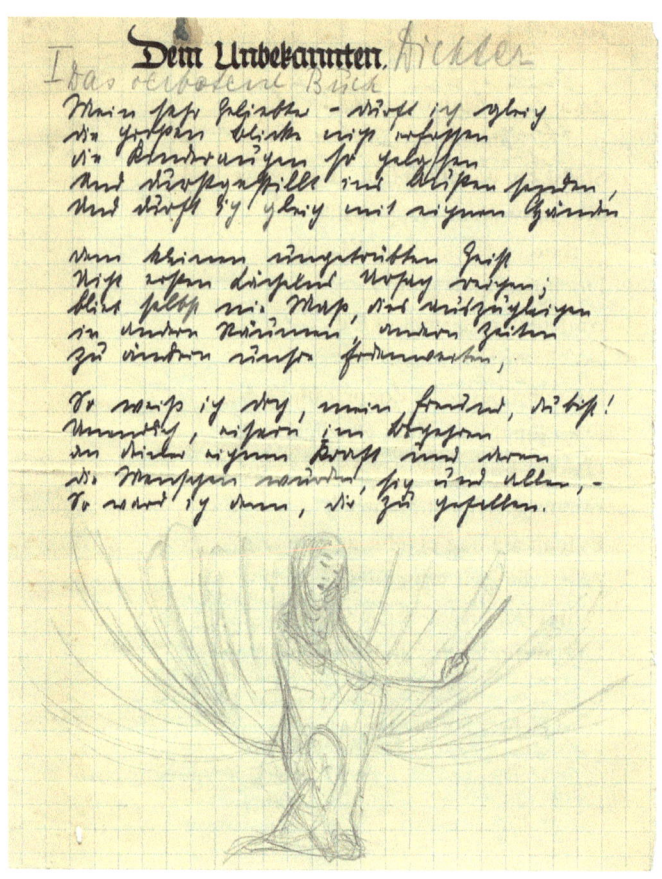

Abb. 39: Dem Unbekannten. Eigenhändiges Gedichtmanuskript von Agnes Therese Brumof mit Bleistiftzeichnung, o. J.

Dem Unbekannten Dichter[10]

I Das verbotene Buch

Mein sehr Geliebter – durft ich gleich
Die großen Blicke nicht erfassen
Die Kinderaugen so gelassen
Und durstgestillt ins Außen senden,
Und durft ich gleich mit eignen Händen

Dem kleinen ungetrübten Geist
Nicht ersten Lächelns Ursach reichen;
blieb selbst nie Maß, dies auszugleichen
in andern Räumen, andern Zeiten
zu ändern unsre Erdenweiten,

So weiß ich doch, mein Freund, du bist!
Unendlich, eisern im Begehren
an dieser eignen Kraft und deren
Die Menschen wurden, sich und allen, –
So ward ich denn, Dir zu gefallen.

---

10 *Dichter*] nachträglich mit Bleistift eingefügt.

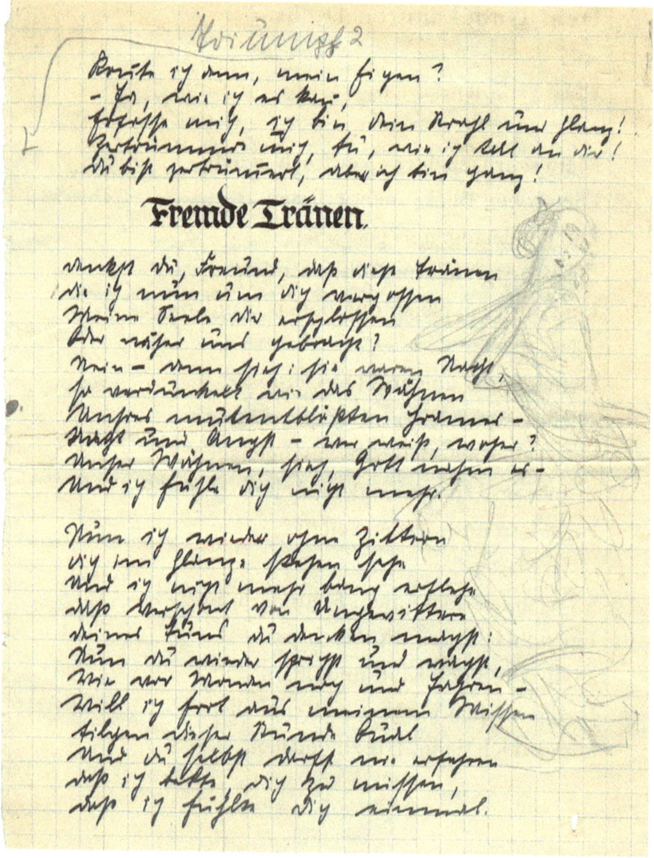

Abb. 40: Fremde Tränen. Eigenhändiges Gedichtmanuskript von
Agnes Therese Brumof mit Bleistiftzeichnung, o. J.

Triumph 2

Konnte ich denn, mein Eigen?
– Ja, wie ich es kann,
Erfasse mich, <u>ich</u> bin Dein Strahl und Glanz!
Zertrümmer mich, tu, wie ich tat an dir!
Du bist zertrümmert, aber ich bin ganz!

Fremde Tränen[11]

Denkst Du, Freund, daß diese Tränen
Die ich nun um Dich vergossen
Meine Seele dir erschlossen
Oder näher uns gebracht?
Nein – denn sieh: sie waren Nacht,
So verdunkelt wie das Wähnen
Unsres mutentblößten Grames –
Nacht und Angst – wer weiß, woher?
Unser Wähnen, sieh, Gott nahm es –
Und ich fühle Dich nicht mehr.

Nun ich wieder ohne Zittern
Dich im Glanze stehen sehe,
Und ich nicht mehr bang erflehe
daß verschont von Ungewittern
deines Tuns du denken magst:
Nun du wieder sprichst und wagst
Wir vor Monden noch und Jahren –
Will ich fort aus meinem Wissen
tilgen dieser Stunde Qual
Und du selbst darfst nie erfahren
Daß ich bebte dich zu missen,
daß ich fühlte dich einmal.

---

11 Schlussstrophe des Gedichts *Triumph*, abgedruckt im Gedichtanhang zu Brief Nr. 44 (textidentisch, kleine Varianten in Orthographie und Interpunktion).

Abb. 41: Partisanenangriff auf österreichische Soldaten in Šabac. Zeichnung von Agnes Therese Pariser. In: Heldenkämpfe 1914–1915, Bd. 4: Rifat Gozdović Pascha: Österreichs Helden im Süden. Weimar: Gustav Kiepenheuer 1915.

Abb. 42: Die junge Serbin Danica und ihr Wächter Risto.
Zeichnung von Agnes Therese Pariser. In: Heldenkämpfe 1914–1915,
Bd. 4: Rifat Gozdović Pascha: Österreichs Helden im Süden.
Weimar: Gustav Kiepenheuer 1915.

Abb. 43: Das Martyrium des Kriegsgefangenen Ibro Davica.
Zeichnung von Agnes Therese Pariser. In: Heldenkämpfe 1914–1915,
Bd. 4: Rifat Gozdović Pascha: Österreichs Helden im Süden.
Weimar: Gustav Kiepenheuer 1915.

Abb. 44: Maria Karôly [literarische Figur]. Illustration von Therese Brumof. In: Erna Ludwig [Ps. Ernestine Pariser]: Lothar Quadrat. Erzählung. Berlin: Reuss & Pollack 1926, S. 51.

Abb. 45: Mädchenköpfe. Illustration zu dem Märchen «Die Augen» von Fjodor Sologub. Holzstich von Albert Fallscheer nach Federzeichnung von Therese Brumof. Fjodor Ssologub: Das Buch der Märchen. Deutsch von Johannes von Guenther. München: Buchenau & Reichert 1924, nach S. 20.

Abb. 46: Das Marienkind öffnet die verbotene Tür. Textbild von Agnes Pariser zu dem Märchenspiel «Marienkind». In: Max Gümbel-Seiling: Marienkind. Für die Märchenspiele der künstlerischen Volksbühne nach dem gleichnamigen Märchen der Gebrüder Grimm in Handlung und Reim gebracht. Leipzig: Breitkopf & Härtel 1918, S. 17.

4 Register und Biogramme

Erfasst werden die in den Briefen und im Kommentar genannten historischen Personen. Angegeben sind die jeweiligen Briefnummern; diese sind kursiviert, wenn auf die betreffende Person nur im Kommentar, im Briefkopf oder in der Vorbemerkung zum jeweiligen Brief Bezug genommen wird. Bei mehrfach genannten Personen aus RMRs und ATBs familiärem, freundschaftlichem und künstlerischem Umkreis ist zur Entlastung des Kommentars in das Register eine knappe biographische Skizze (Biogramm) integriert, auf die in der Edition und der Einleitung mit einem ↑ verwiesen wird.

Alexis, Willibald (1798–1871) 45
Andersen, Hans Christian (1805–1875) *20*
Andreas-Salomé, Lou (1861–1937) *41*
Aye, Ernst Alfred (1878–1947) 25

Bashkirtseff, Marie (1858/60–1884) 56, 57
Bergner, Elisabeth (1897–1886) 26
Blüher, Hans (1888–1955) *24*
Bodenstedt, Friedrich von (1819–1892) 56
Böhmer Cassani, Albertina (1891–1965) *16*
Boileau, Nicolas (1636–1711) 58
Brandes, Georg [d.i. Georg Morris Cohen] (1842–1927) 10
Brillat-Savarin, Jean Anthelme (1755–1826) *26*
Brumof, Hilde (Hilde Hedwig Eugenia Pariser, Künstlername: Hilde Brumof, nach der Urgroßmutter mütterl.) (*28. Juli 1902 in München, †22. September 1969 in Berlin), war Tänzerin, Ballettmeisterin und Tanzpädagogin und die Schwester von Agnes-Therese Brumof. Stationen in HBs Lebens waren das Petz-Kainer Ballett, Königsberg (1923–25), Dresden (1925–28), Kiel (1928–29) und Kassel (1929–1932). Es folgt die Gründung einer eigenen Tanzgruppe in Berlin. 1933 erhielt sie aufgrund ihrer jüdischen Herkunft Berufsverbot. Von 1933 bis 1935 arbeitete sie in Italien. 1935 Rückkehr nach Berlin zur Pflege der kranken Mutter. Ab 1936 Engagements in England. Im November 1938 erfolgt die endgültige Ausreise nach England. 1947 wurde sie britische Staatsbürgerin. Um sich ihrer Schwester ATB wieder anzunähern, ließ sie sich in den sechziger Jahren wieder in Deutschland nieder. Sie starb in Berlin. – Ausgangspunkt ihres künstlerischen Werdegangs bildete 1919 das Petz-Kainer-Ballett, in dem sie u.a. als Solotänzerin auftrat.

1932 gehörte sie zum Ensemble des Staatstheaters Kassel. Da ihre jüdische Herkunft dort zu antisemitischen Angriffen führte, verließ sie das Ensemble. – QUELLE: Berliner Landesamt für Entschädigung der Opfer des Nationalsozialismus, Reg. Nr. 59.770; DTK, Nachlass, Bestand DTK-TIS-11, DTK-TIS-53782-784. – LITERATUR: Janine Schulze (Hg.): *Are a 100 Objects Enough to Represent the Dance? Zur Archivierbarkeit von Tanz*, München 2010. – *23, 31, 34, 41, 45, 56, 58, 60.*

Burckhardt, Carl Jacob (1891–1974)   *33*
Burckhardt-Schazmann, Hélène (1872–1949)   *33*

Casanova, Giacomo (1725–1798)   *56*
Clavel, Gilbert (1883–1927)   *60*

Darwin, Charles (1809–1882)   *10*
Daul, Tilly   *37*
Degas, Edgar (1834–1917)   *21, 26*
Derp, Clotilde von siehe Sacharoff, Clotilde
Delbrück, Heinrich (1855–1922)   *28*
Delaune, Etienne (ca. 1516–1583)   *21*
Dobrženský, Marie (1889–1970)   *23, 24*

Etbauer, Paul Theodor (1892–1975)   *32, 33, 55, 56*

Falckenberg, Otto (*5. Oktober 1873 in Koblenz, †25. Dezember 1947 in München), Regisseur, Theaterleiter und Schriftsteller. – OF absolvierte zunächst eine Lehre in der väterlichen Musikalienhandlung, später studierte er Philosophie, Geschichte, Literatur- und Kunstgeschichte in München. 1901 war er Mitbegründer des literarischen Kabinetts *Die elf Scharfrichter*. Ab 1915 arbeitete er an den Münchner Kammerspielen, zunächst als Oberspielleiter und Dramaturg, ab 1917 bis 1944 als deren Direktor und künstlerischer Leiter. Nach dem Zweiten Weltkrieg wurde er entnazifiziert, kehrte aber nicht in seine Position zurück und erteilte zuletzt privaten Schauspielunterricht in Starnberg. OF prägte die Münchener Theaterszene in der Weimarer Republik durch richtungsweisende Aufführungen. Er gilt als Entdecker oder Förderer zahlreicher Schauspieler (Berta Drews, Elisabeth Flickenschildt, Maria Nicklisch, Käthe Gold, Therese Giehse, Will Dohm, Heinz Rühmann, O. E. Hasse, Axel von Ambesser, Carl Wery, Horst Caspar). 1924 kam es zur Zusammenarbeit mit ATB am Theater, nachdem er ihre Zeichnungen entdeckt hatte und mehrfach an sie herangetreten war, um sie zur Mitarbeit zu bewegen. – LITERATUR: Birgit Pargner (Hg.): *Otto Falckenberg – Regiepoet der Münchner Kammerspiele*, Berlin 2005; Wolfgang Petzet: F., O. In: *NDB*, Bd. 5, 1961, 4f.; Ders.: *Theater. Die Münchner Kammerspiele 1911–1972*, München 1973. – *53, 55, 56, 58.*

Fontane, Theodor (1819–1898) 56
Franz, Robert (1815–1897) 56
Frisch, Efraim (1873–1942) 15, *24*
Fuchs-Nordhoff, Irene von (1883–1963) 15

George, Stefan (1868–1933) 07
Gide, André (1869–1951) 15
Goethe, Johann Wolfgang von (1749–1832) 11, 28
Goll, Yvan (1892–1951) 55

Hardenberg, Graf Kuno von (1871–1938) *58*
Harnik, Eugen 60
Hartmann, Auguste *13*
Hausenstein, Wilhelm (1882–1957) *24*
Hoboken, Anthony van (1887–1983) *51*
Hofmannsthal, Hugo von (1874–1929) *43, 58,* 60,
Hopf, Eduard Kaspar (*10. Januar 1901 in Hanau, †19. November 1973 in Hamburg), war Maler, Grafiker und Goldschmied. EKH absolvierte in Hanau seine Ausbildung zum Goldschmied und ließ sich ab 1923 freischaffend in Hamburg nieder. Während des Zweiten Weltkrieges diente er ab 1941 als Funker in Lübeck, Flensburg und Dänemark. Er kehrte nach Hamburg zurück und verbrachte sein restliches Leben dort, bis er 1973 einem zweiten Herzinfarkt erlag und starb. – Obschon künstlerischer Autodidakt, erwarb er sich bald einen Ruf als talentierter Zeichner und Maler. Er wurde Mitglied des Hamburger Künstlervereins, was ihm die Nutzung eines Freiateliers im Ohlendorff-Haus ermöglichte. 1942 zeichnete er im Auftrag des NS-Regimes Bilder der durch Bomben zerstörten Stadt Lübeck, ab 1943 verarbeitete er immer wieder Kriegseindrücke in seinen Bildern. Nach dem Krieg lehrte er von 1947 bis 1957 als Dozent an der Hamburger Landeskunstschule. Zwischen 1934 und 1950 fertigte er eine Reihe von Tanzbildern an. – LITERATUR: *HambBiogr* 5, 193f.; Uwe Haupenthal (Hg.): *Eduard Hopf – Malerei und grafische Arbeiten,* Husum 2010. – 20
Horwitz, Hugo (1882–1941/42) *24*

Jakobus de Voragine (1228–1298) 15
Jean Paul (1763–1825) 15
Jonas, Luise (1831–1922) *28*
Jung, Carl Gustav (1875–1961) *39*

Kainer, Ludwig (1885–1967) *31, 34,* 56
Kassner, Rudolf (1873–1959) *41*
Keyserling, Graf Eduard von (1855–1918) 56
Keyserling, Graf Hermann von (1880–1946) 29, 30, *41*

Kierkegaard, Sören (1813–1855)   10
Kippenberg, Anton (Hermann Friedrich) (*22. Mai 1874 in Bremen, †21. September 1950 in Luzern), ⚭ mit Katharina, geb. v. Düring, Verleger und Autor. – AK absolvierte eine Ausbildung zum Buchhändler und studierte, ohne Abitur, als Gaststudent in Leipzig Germanistik, Romanistik und Musikwissenschaft. Sein Mentor Albert Köster ermöglichte ihm die Promotion zum Dr. phil. 1905 übernahm AK die Leitung des Insel-Verlages, die er bis zu seinem Tod 1950 ausübte. Im Mittelpunkt des Verlagsprogramms standen zunächst Goethe und RMR, auch später blieb die Förderung der Gegenwartsliteratur auf wenige Autoren beschränkt. AK verband sein Gespür für literarische Qualität wie für die Vorlieben seiner Leserschaft mit zeit- und textgerechter Buchgestaltung. Mit RMR standen bis zu dessen Tod AK und seine Frau ↑Katharina Kippenberg in enger geschäftlicher und freundschaftlicher Verbindung. – LITERATUR: RChr. passim; Curt Vinz: K., A. In: NDB, Bd. 11, 1977, 631–633. – *05, 08, 11, 45.*
Kippenberg, Katharina (geb. v. Düring) (*1. Juni 1876 in Hamburg, †7. Juni 1947 in Frankfurt/M.), ⚭ mit dem Verleger Anton Kippenberg (seit 1905), Herausgeberin, Lektorin und Autorin. – KK entstammt einer reichen Hamburger Kaufmannsfamilie. Nach dem Tod des Vaters im Besitz eines beträchtlichen Erbes nahm sie – für Frauen damals noch ganz ungewöhnlich – ab 1903 an der Universität Leipzig als Gasthörerin an akademischen Veranstaltungen teil. Nach der Heirat mit ↑Anton Kippenberg avancierte sie rasch zu seiner wichtigsten Mitarbeiterin im Insel-Verlag und prägte das Verlagsprogramm entscheidend mit. – KK förderte vor allem RMRs Werk, der einer der wichtigsten Autoren des Verlags war und sich diesem zugehörig fühlte. Bis zu seinem Tod stand RMR mit KK und ihrem Mann ↑Anton Kippenberg in enger geschäftlicher und freundschaftlicher Verbindung, wie der rege Briefwechsel bezeugt. Außerdem verfasste KK eine bedeutende Biographie RMRs: *Rainer Maria Rilke. Ein Beitrag*, Leipzig: Insel 1935. – LITERATUR: Sabine Knopf: *Katharina Kippenberg – Herrin der Insel*, Markkleeberg und Beucha 2010; RChr., passim; Edda Ziegler: *Katharina Kippenberg, die ‹Herrin der Insel›*. In: Dies.: *Buchfrauen*, Göttingen 2014, 66–77. – *08.*
Kleist, Heinrich von (1777–1811)   40
König, Dora (1895–1981)   45, 53

Lessing, Gotthold Ephraim (1729–1781)   58
Lichtenstein, Bertha   23
Ludwig III., Kg. von Bayern (1845–1921)   13

Mädler, Anton (1854–1925)   53
Mädler, Gerda   53
Mewes, Anna (Anni) (*6. Mai 1895 in Wien, †27. April 1980 in München), ⚭ mit dem Schriftsteller Edwin Krutina, Theater- und Filmschauspie-

lerin. – AM war die Tochter von Adolf Mewes, Bühnensekretär unter Otto Brahm. Erste Bekanntheit erlangte sie 1913 durch den Stummfilm *Ein Sommernachtstraum in unserer Zeit* von Hanns Heinz Ewers. ↑Otto Falckenberg holte sie 1917 an die Münchener Kammerspiele, 1918 arbeitete sie an den Hamburger Kammerspielen. Ab 1920 war sie Schülerin Max Reinhardts. In den 1930er Jahren war sie mit Marianne Hoppe, der Gattin von Gustaf Gründgens, auf Tournee. Bis ins hohe Alter war sie in Theater- und Fernsehrollen zu sehen. Nach dem Tod ihres Mannes lebte sie in Badenweiler und Müllheim. In den 1970er Jahren lebte sie zusammen mit Marianne Hoppe in einer festen Lebensgemeinschaft. – AM lernte RMR 1916 in Wien kennen, beide waren fortan freundschaftlich verbunden. Ein Brief von Annie Mewes aus Hamburg vom 9.3.1919 berichtet von einer enttäuschenden Begegnung mit Gerhart Hauptmann, einem RMR-Porträt von Paula Modersohn-Becker ([«ich mag Sie überhaupt sehr.»] und von Lektüreerlebnissen (u. a. Vogeler: *Expressionismus der Liebe*). Um 1918 und 1919 gab es eine rege Korrespondenz zwischen beiden, in der Ausgabe *RMR Briefe 1914 bis 1921*, Nr. 77, 89 und 108. RMR widmete ihr mehrere Bücher, darunter seine Übersetzung der Sonette Louize Labés. 1958 hielt AM Leseabende ab, während derer sie ihren unveröffentlichten Briefwechsel mit RMR erstmals vortrug. Dieser Briefwechsel wird in der Bayerischen Staatsbibliothek in München verwahrt. – QUELLE: Schweizerisches Rilke-Archiv (SLA), Bern, Ms_A_210. – LITERATUR: *RChr*, passim; Adolf Opel (Hg.): *Else Feldmann: Arbeiten für das Theater. Gedenkbuch zum 65. Todestag von Else Feldmann (1884–1942)*, Berlin 2007. – 17, 26, 30, 38, 39.

Mitford, Marianne (1892–1973)   *06*
Mühle   *43, 45*

Nádherný von Borutin, Sidonie (1885–1950)   *32, 39*
Napoleon Bonaparte (Napoleon I.) (1769–1821)   *22*
Nietzsche, Friedrich (1844–1900)   *23, 32*

O'Neill, Eugen Gladstone (1888–1953)   *60*

Pannwitz, Rudolf (1881–1969)   *23*
Pariser, Ernst, Dr. (1883–1915)   *23*
Pariser, Ernestine (geb. Lichtenstein, Künstlername seit 1898: Erna Ludwig) (*21. Februar 1868 in München, †25. März 1943 in Theresienstadt), ⚭ mit Ludwig Pariser, Mutter von Agnes-Therese Brumof und ↑Hilde Brumof), Schriftstellerin. – EP verbrachte einen Großteil ihres Lebens in München. Sie war die Tochter des Großhändlers Jakob Lichtenstein und der Arzttochter Emma Lichtenstein, geb. Kafka. Herkunft und Beschäftigung der Eltern und der jüdischen Familie lassen auf eine wohlsituierte, bildungsbürgerliche Lebenssituation schließen. Am

27. Juni 1892 heiratete sie ↑Ludwig Pariser. Bis 1920 lebte das Ehepaar Pariser in München. Von ihrem unabhängigen Geist zeugt der Austritt aus der jüdischen Kultusgemeinde und ihr ‹freireligiöses› Bekenntnis sowie ihre enge Vernetzung im geistig-literarischen Leben Münchens. So stand EP in engem Austausch mit seinerzeit prominenten Autoren wie Arthur Holitscher, Kurt Martens und Frank Wedekind, der sich für eine Aufführung ihres Dramas *Leda* einsetzte. Vor allem die Freundschaft mit dem Ehepaar Wedekind, die in deren Korrespondenz dicht bezeugt ist, förderte EPs literarische Ambitionen. Im Laufe der Zwanziger Jahre übersiedelte das Ehepaar nach Berlin, wo sie in den Dreißiger Jahren Opfer der nationalsozialistischen Judenverfolgung wurden. Am 14. Januar 1943 wurde EP in das Lager Theresienstadt deportiert. Dort wurde sie am 25. März 1943 für tot erklärt. – Als Schriftstellerin hinterließ EP ein kleines, jedoch gattungsübergreifendes Œuvre, das im Jahre 1898 einsetzt. Sie veröffentlichte unter ihrem Künstlernamen Erna Ludwig Gedichte in den Zeitschriften *Jugend*, *Süddeutsche Monatshefte*, *Deutsche Dichtung* und *Der Türmer*. Ihre erste Buchausgabe, ein stattlicher Band *Gedichte*, erschien 1908 im Piper-Verlag. In ihrer Lyrik, die deutlich von Jugendstil und Neoromantik geprägt ist, verwendet EP gerne konventionelle volksliedhafte Strophenformen. 1915 erschien im jungen, 1911 von Richard Landauer gegründeten Delphin-Verlag in München EPs renaissancistisches Schauspiel *Leda*, in dem es um den Künstler Leonardo da Vinci und die junge Frau geht, die ihm Modell für das Leda-Gemälde stand. Von diesem Drama, das sie im Juni 1913 las, berichtet Tilly Wedekind in der Korrespondenz mit ihrem Mann Frank. 1926 veröffentlichte EP im Berliner Verlag Reuss & Pollack die Erzählung *Lothar Quadrat*, die ihre Tochter ATB illustrierte. Sie handelt vom einem verwachsenen Schneider, auf dessen mühseliges, aber geordnetes Leben emotional zerstörerische Kräfte unvermittelt einzuwirken beginnen, bevor wahre Liebe ihn vor dem Untergang rettet. Unveröffentlicht blieb EPs mediävalisierendes musikdramatisches Libretto *Die goldene Hand* (ca. 1918) zur Musik von Josef Schmid. – QUELLE: Berliner Landesamt für Entschädigung der Opfer des Nationalsozialismus, Reg. Nr. 26.042; Gedenkbuch. Opfer der Verfolgung der Juden unter der nationalsozialistischen Gewaltherrschaft in Deutschland 1933–1945 (https://www.bundesarchiv.de/gedenkbuch/de1130818 [21-08-2022]). – LITERATUR: Gregor Biberacher: *Erna Ludwig – Leben und Werk einer Autorin der klassischen Moderne*, Freiburg 2021 [Unveröff. MA-Arbeit, Universität Freiburg]; *WedekindBW*, II, 206f.; Barbara Schier: *Der Delphin-Verlag Dr. Richard Landauer. Eine Studie zur Ausschaltung eines jüdischen Verlegers im Dritten Reich*. In: Buchhandelsgeschichte 1995/2, B51–B60. – *05, 06, 15, 32, 58, 60*.

Pariser, Georg   *21*
Pariser, Lotte   *23*

Pariser, Ludwig Ferdinand (*10. Oktober 1858 in Luckenwalde, Anfang Oktober 1942 in Berlin), Literaturwissenschaftler, Jurist, ⚭ mit ↑Ernestine Pariser (27. Juni 1892), geb. Lichtenstein, und Vater von Agnes-Therese Brumof und ↑Hilde Brumof. LP stammte aus einer brandenburgischen Tuchmacherfamilie. Bis 1920 lebte das Ehepaar Pariser in München, bevor es nach Berlin umzog und unter der nationalsozialistischen Judenverfolgung zu leiden hatte. Anfang Oktober 1942 verstarb er im Berliner Altersheim Auguststr. 14–16 an Krankheit und Altersschwäche. – LP studierte Jura in Berlin und Leipzig und wurde 1887, nach bestandenem Staatsexamen, zum Kgl. preuß. Gerichtsassessor ernannt. Er ließ sich beurlauben und widmete sich hierauf der Literaturwissenschaft und brachte seine Studien an der Ludwigs-Maximilians-Universität 1891 mit einer Dissertation, *Beiträge zu einer Biographie von Hans Michael Moscherosch*, über Leben und Werk des Barockautors zum Abschluss. Sein weiteres Leben verbrachte er als Privatgelehrter. Er gab zwei Werke in der Reihe «Neudrucke deutscher Literaturwerke des 16. und 17. Jahrhunderts» heraus und arbeitete an den *Jahresberichten für neuere deutsche Literaturgeschichte* mit. In München war LP mit Frank Wedekind befreundet, wie aus mehreren in dessen Tagebuch im Jahre 1889 bezeugten Begegnungen hervorgeht. LP versorgte demnach Wedekind mit «Literatur» («Er gibt mir Kellers Legenden und Dóczys ‹Letzte Liebe› mit» [*WedekindTB*, 25.7.1889]), berichtet von seiner Zusammenarbeit «mit [Roman] Wörner» (*WedekindTB*, 5.8.1889) und kritisiert die antisemitischen Anfeindungen, denen der jüdische Wagner-Freund und Dirigent Hermann Levi ausgesetzt war, als es um die Leitung der Bayreuther Festspiele ging (*WedekindTB*, s.d. 7.9.1889). LP und seine Frau EP gehörten in München zum engeren Bekanntenkreis der Wedekinds. Sie wohnten ab 1907 in München, Georgenstraße 30, und in den Sommermonaten zeitweise in Possenhofen am Starnberger See (*WedekindBW*, II, 206f., 226f. und passim). Der angebliche Umzug des Ehepaars am 25.1.1926 nach Stuttgart (*WedekindBW*, II, 206f.) ist in den dortigen Adressbüchern nicht belegt. Ab 1928 lebten die P.s in Berlin, Wikingerufer 1, ab 1942 in der Solingerstr. 8 (Judenhaus). – QUELLE: Berliner Landesamt für Entschädigung der Opfer des Nationalsozialismus, Reg. Nr. 26.042; Brief EPs an Prof. Viktor Kafka (Oslo, Griffonfeldtsgate 17, Hus 4/1) vom 12.10.1942 mit der Nachricht vom Tod LPs (Privatbesitz). – LITERATUR: LP: *Beiträge zu einer Biographie von Hans Michael Moscherosch*, München 1891; Hans Michel Moscherosch: *Insomnis Cura Parentum, Abdruck der ersten Ausgabe (1643)*, hg. von LP, Halle/Saale 1893 (Neudrucke deutscher Litteraturwerke des XVI. und XVII. Jahrhunderts Nr. 108/109); – *WedekindTB* 1990, passim; *WedekindBW*, II, 206f., 226f. – *05, 06*, 15, 32, 34, 58, 60

Pariser, Paul (1855–1917)   *23*
Petz, Ellen (1899–1970)   *31*

Pitoëff, Georges (1884–1939)   39
Pulver, Max (1889–1952)   *08*

Rathenau, Walter (1867–1922)   *06*
Reinhart, Werner (1884–1951)   44
Rembrandt van Rijn (1606–1669)   *21*
Richter-Schönberner, Lotte   41
Rockefeller McCormick, Edith (1872–1932)   39
Rockefeller, John D. (1839–1937)   *39*

Sacharoff, Alexander (*26. Mai 1886 in Mariupol [Russ. Zarenreich], †25. September 1963 in Siena), ⚭ mit Clotilde, geb. Margarete Anna Edle von der Planitz, Künstlername: Clotilde von Derp (Zürich, 19. Januar 1919), Tänzer und Maler, Choreograph und Pädagoge. – AS studierte ab 1903 Jura und Malerei in Paris. Eine tänzerische Darbietung Sarah Bernhardts weckte dort in ihm den Wunsch Tänzer zu werden, dessen Umsetzung er durch Ballett- und Akrobatik-Unterricht in die Wege leitete. 1913 begegnete er in München seiner künftigen Tanz- und Lebenspartnerin ↑Clotilde Sacharoff (von Derp). Das Paar lebte mehrfach in Paris, in der Schweiz, in Portugal und Argentinien, ab 1952 in Italien. Internationale Tourneen machten die Sacharoffs in der ganzen Welt bekannt. Nach der gemeinsamen Abschiedsvorstellung 1954 in Rom widmete sich AS ganz dem Ballettunterricht und Kostümdesign. AS gilt als erster männlicher freier Tänzer Europas, der Musik in Bewegung zu übersetzen suchte. Seine meist von ihm selbst entworfenen auffälligen und raffinierten Kostüme sind spürbar von Stilelementen des japanischen Theaters beeinflusst. RMR kannte und bewunderte AS. – LITERATUR: Ulrike Voswinckel: *Alexander und Clotilde. Die Tänzer Sacharoff in München,* München 2003; Hans Konrad Roethel: *Alexander Sacharoff.* Ausstellungskatalog der städtischen Galerie im Lenbachhaus München vom 20. November bis 20. Dezember 1964, München 1964; Frank-Manuel Peter, Rainer Stamm (Hg.): *Die Sacharoffs. Zwei Tänzer aus dem Umkreis des Blauen Reiters,* Köln, Wien 2002. – 39
Sacharoff, Clotilde (geb. als Clotilde Margarete Anna Edle von der Planitz, Künstlername: Clotilde von Derp) (*5. November 1892 in Berlin, †11. Januar 1974 in Rom), ⚭ mit Alexander Sacharoff, Tänzerin. CS wuchs, musisch erzogen, in München auf, wo sie schon ab 1909 bei Tanzveranstaltungen auf der Bühne stand. 1913 begegnete sie in München ihrem künftigen Tanz- und Lebenspartner ↑AS. Das seit 1919 verheiratete Paar lebte mehrfach in Paris, in der Schweiz, in Portugal und Argentinien, ab 1952 in Italien. Tourneen führten die Sacharoffs um die ganze Welt. Nach der gemeinsamen Abschiedsvorstellung 1954 in Rom widmete sich CS ganz dem Unterrichten. CS gilt als erste Vertreterin des Genres *Modern German Dance,* gemeinsam mit ihrem Partner und Ehemann als Protagonistin dieses Tanzstils. RMR verehrte

und bewunderte CS seit ihrer ersten Begegnung 1913 (*RChr*, 437). Als RMR 1919 in Zürich im Hotel Baur au Lac residierte, lud ihn Clotilde Sacharoff, die mit ihrem Mann im Hotel St. Gotthard wohnte, zu einem Treffen im «Sprüngli» ein und kündigte ihm an, dass sie demnächst zu einer Amerika–Tournee aufbrechen wollen; am 12. Juli besuchte RMR einen Tanzabend der Sacharoffs in Zürich (vgl. *RChr*, 639). – LITERATUR: Siehe ↑Alexander Sacharoff; Klaus W. Jonas: *Rilke und die Welt des Tanzes*. In: Klaus W. Jonas (Hg.): *Deutsche Weltliteratur. Von Goethe bis Ingeborg Bachmann*, Tübingen 1972, 245–270. – *20, 22, 36, 38, 39*

Salis, Baptist   *22*

Schmid, Rosa   29, 30, *41*

Schönberner, Franz (1892–1970)   *41*

Seidel, Annemarie (1894–1959)   *51*

Shakespeare, William (1564–1616)   *07*

Sieber, Carl (1897–1945)   *49*

Sieber-Rilke, Christine (1923–1947)   *48, 49*

Sieber-Rilke, Ruth (1901–1972)   *48, 49*

Stauffenberg, Gräfin Caroline Schenk von (1875–1956)   *15*

Stauffenberg, Wilhelm Freiherr Schenk von   *19, 56, 60*

Strindberg, August (1849–1912)   *45*

Synge, John Millington (1871–1909)   *39*

Taine, Hippolyte (1828–1893)   *10*

Thurn und Taxis, Fürstin Marie von (1855–1934)   *15, 44*

Ullmann, Regina (1884–1961)   *48*

Valéry, Paul (1871–1945)   *51*

Valmarana, Contessina Pia di (1881–1948)   *15, 39*

Veidt, Conrad (1893–1943)   *36*

Verhaeren, Emile (1855–1916)   *15*

Von der Mühll, Hans (1887–1953)   *44*

Von der Mühll, Theodora (1896–1982)   *33*

Wedekind, Frank (1864–1918)   *03, 06, 26*

Werefkin, Marianne von (1860–1938)   *25*

Westhoff-Rilke, Clara (1878–1954)   *48*

Wiegmann, Karoline Sofie Marie → Wigman

Wigman, Mary (Künstlername für Karoline Sofie Marie Wiegmann) (*13. November 1886 in Hannover, †18. September 1973 in Berlin), Tänzerin, Choreographin und Tanzpädagogin. – MW besuchte die Höhere Töchterschule in Hannover und absolvierte Sprachaufenthalte in England und Lausanne. Von 1910–1912 studierte sie rhythmische Gymnastik bei Emile Jaques-Dalcroze in Hellerau bei Dresden. Nach einem Aufenthalt in Rom ließ sie sich 1913 als Schülerin Rudolf von Labans auf dem Monte Verità nieder und war bis 1919 im Sommer in dessen Schule für Kunst tätig; im Winter unterrichtete sie Ausdruckstanz in Zürich. In dieser Zeit brachte sie erste Tänze zur Aufführung. Ende 1920 eröffnete sie in Dresden ihre eigene Tanzschule (bis 1942), 1949 in West-Berlin das Mary-Wigman-Studio (bis 1967). Zahlreiche Solo- und Gruppentänze begründeten ihren internationalen Ruhm. MW war eine der einflussreichsten Wegbereiterinnen rhythmisch-expressiven Ausdruckstanzes, der als *New German Dance* in den Jahren zwischen 1920 und 1935 seine Blütezeit erlebte. Bis heute werden ihre Werke aufgeführt. ATB kannte MW wohl über ihre Schwester ↑Hilde Brumof; RMR besuchte am 15. Oktober 1923 mit Nanny Wunderly-Volkart einen Tanzabend MWs in Zürich (*RChr.*, 845). – LITERATUR: Hedwig Müller: *Mary Wigman. Leben und Werk der großen Tänzerin.* 2., unveränd. Aufl., Weinheim, Berlin 1987; Gabriele Fritsch-Vivié: *Mary Wigman,* Reinbek bei Hamburg 1999. – 32, 33, 34

Wolff, Jakob Heinrich Emil (*11. Oktober 1879 in München, †24. Februar 1952 in Hamburg), Anglist. – EW studierte Rechtsgeschichte, Sanskrit, englische und deutsche Philologie in Berlin und München und wurde 1908 promoviert; die Habilitation erfolgte 1911 in München. Nach einer Gastprofessur in Gent wurde er nach Hamburg berufen. An der Hamburger Universität blieb er als Ordinarius für englische Sprache und Kultur mehr als 30 Jahre tätig, zweimal auch als Rektor (1923/24 und 1945–1947). Zu EWs Hauptforschungsgebiet zählt die Antikerezeption in der englischen Literatur. EW, der sich in der neuhumanistischen Tradition Wilhelm von Humboldts und Friedrich Schleiermachers sah, erachtete die Kenntnis Klassischer Sprachen als zwingende Eingangsvoraussetzung zu einem universitären Studium. Auch während des Nationalsozialismus blieb EW seiner unpolitisch-humanistischen Geisteshaltung treu und trat der NSDAP nicht bei. Nach dem Krieg gestand er als Rektor das Versagen der Universität beim Widerstand gegen das NS-Regime ein. RMR empfiehlt dem Insel-Verlag, Wolffs *Persephone* in Verlag zu nehmen (*RChr*, 564); Wolff berichtet am 7.6.1919 aus Hamburg, dass er bedaure, RMR nicht in München wiedergesehen zu haben und stellt ihm eine Porträtfotografie von Wilhelm von Stauffenberg in Aussicht (Schweizerisches Rilke-Archiv (SLA), Bern, Ms_A_355/1), das er ihm mit Schreiben vom 8.7.1919 übersendet (Schweizerisches Rilke-Archiv (SLA), Bern, Ms_A_355/2). – LITERATUR: *HambBiogr.*, Bd. 6, 378–380; Gunta Haenicke / Thomas Finkenstaedt: *Anglistenlexikon 1825–1990,* Augsburg 1992, 342, 363f. – 05, 09, 16, 19, 20, 26

Wunderly-Volkart, Nanny (1878–1962)   *15, 33, 44*

Ziegel, Erich (1876–1950)   *17, 26*
Ziegler, Hannelore   *12*

5 Abbildungsnachweise

Abb. 1–3	Privatbesitz.
Abb. 4	By Champés, W. - http://hdl.handle.net/1887.1/item:1673629, CC BY 4.0, https://commons.wikimedia.org/w/index.php?curid=101506042.
Abb. 5–6	Fotografien Hans-Jochen Schiewer.
Abb. 7–8	Privatbesitz.
Abb. 9–10	DTK-TIS-53643; © Genja Jonas: DTK-TIS-53642.
Abb. 11–12	Privatbesitz.
Abb. 13	Fotografie Hans-Jochen Schiewer.
Abb. 14	Schweizerisches Rilke-Archiv (SLA), Bern, FP 38.
Abb. 15	Schweizerisches Rilke-Archiv (SLA), Bern, Ms B1/191.
Abb. 16	Deutsches Literaturarchiv Marbach.
Abb. 17	Erna Ludwig [Ps. Ernestine Pariser]: Lothar Quadrat. Erzählung. Berlin: Reuss & Pollack 1926.
Abb. 18	Eduard Hopf. Malerei und Grafische Arbeiten. Hg. von Uwe Haupenthal. Husum: Verlag der Kunst 2010, S. 45.
Abb. 19	© Oscar Brockshus, Bremen; courtesy: DTK-TIS-53651.
Abb. 20	Hamburgische Biografie. Personenlexikon. Hg. von Franklin Kopitzsch und Dirk Brietzke. Bd. 6. Göttingen: Wallstein 2012, S. 379.

Abb. 21	Schweizerisches Rilke-Archiv (SLA), Bern, FP_39.
Abb. 22	Privatbesitz.
Abb. 23	Das Plakat. Zeitschrift des Vereins der Plakatfreunde e. V. 11 (1920).
Abb. 24	Hedwig Müller: Mary Wigman. Leben und Werk der großen Tänzerin. Weinheim und Berlin: Quadriga 1986, S. 84.
Abb. 25	Schweizerisches Rilke-Archiv (SLA), Bern, Ms_B_8/02.
Abb. 26	Schweizerisches Rilke-Archiv (SLA), Bern, Ms_A_234/18.
Abb. 27	DTK_TIS-53644.
Abb. 28	Schweizerisches Rilke-Archiv (SLA), Bern, FO_65/6.
Abb. 29	Privatbesitz.
Abb. 30	BSB, Bildarchiv, Hoff-35988.
Abb. 31	Schweizerisches Rilke-Archiv (SLA), Bern, Ms_A_234/31.
Abb. 32	Privatbesitz.
Abb. 33	Tänzerin. Illustration zu dem Märchen «Das Bonbon» von Fjodor Ssologub. Holzstich von Albert Fallscheer nach Federzeichnung von Therese Brumof. In: Fjodor Ssologub: Das Buch der Märchen. Deutsch von Johannes von Guenther. München: Buchenau & Reichert 1924.
Abb. 34	Schweizerisches Rilke-Archiv (SLA), Bern, Ms_A_234/35.
Abb. 35–40	Privatbesitz.
Abb. 41–43	Heldenkämpfe 1914–1915, Bd. 4: Rifat Gozdović Pascha: Österreichs Helden im Süden. Weimar: Gustav Kiepenheuer 1915.

Abb. 44   Erna Ludwig [Ps. Ernestine Pariser]: Lothar Quadrat. Erzählung. Berlin: Reuss & Pollack 1926.
Abb. 45   Fjodor Ssologub: Das Buch der Märchen. Deutsch von Johannes von Guenther. München: Buchenau & Reichert 1924.
Abb. 46   Max Gümbel-Seiling: Marienkind. Für die Märchenspiele der künstlerischen Volksbühne nach dem gleichnamigen Märchen der Gebrüder Grimm in Handlung und Reim gebracht. Leipzig: Breitkopf & Härtel 1918.

Das Signet des Schwabe Verlags
ist die Druckermarke der 1488 in
Basel gegründeten Offizin Petri,
des Ursprungs des heutigen Verlagshauses. Das Signet verweist auf
die Anfänge des Buchdrucks und
stammt aus dem Umkreis von
Hans Holbein. Es illustriert die
Bibelstelle Jeremia 23,29:
«Ist mein Wort nicht wie Feuer,
spricht der Herr, und wie ein
Hammer, der Felsen zerschmeisst?»